ラーシュ・ケプレル著
品川 亮/訳

鏡の男(下)
Spegelmannen

JN118035

扶桑社ミステリー
1634

Spegelmannen (vol.2)
by Lars Kepler
Copyright 2020 by Lars Kepler
Published by agreement with Salomonsson Agency
Japanese translation rights
arranged through Japan UNI Agency, Inc., Tokyo

鏡の男（下）

登場人物

ヨーナ・リンナ――――――――スウェーデン国家警察国家犯罪捜査部捜査官
ヴァレリア・デ・カストロ ――― ヨーナが心を寄せる女性
ルーミ ―――――――――――― ヨーナの娘
マルゴット・シルヴェルマン ―― ヨーナの上司
パメラ・ノルドストレーム ――― 建築家、五年前に事故で娘を亡くす
マルティン ―――――――――― パメラの夫、五年前の事故以降、精神を病んでいる
アリス ―――――――――――― パメラの娘
デニス ―――――――――――― パメラの長年の友人
ヤンヌ・リンド ――――――――五年前に行方不明になった高校生
ミア・アンデション ――――――パメラが里親になろうとしている十七歳の少女
トレイシー・アクセルソン ――― ヤンヌ・リンド殺人事件の第一発見者
プリムス ――――――――――― サンクト・ヨーラン病院の精神科病棟の入院患者
エリック・マリア・バルク ――― 精神科医、催眠療法の第一人者
グスタフ・フィエル――――――― シエサルを治療した精神科医
アニータ ――――――――――― グスタフ・フィエルの娘
サーガ・バウエル ――――――― 公安警察の捜査官
ユレック・ヴァルテル ――――― シリアル・キラー

五三

ここのところの猛暑でヴァナディスルンデン公園の木々の葉は黒ずみ、丸く縮《ちぢ》こまっている。パメラとデニスは、赤レンガ造りの巨大な貯水槽の周囲をゆっくりと歩いていた。小道は乾いていて、二人の足元に砂埃《ほこり》がまとわりつく。昼食をいっしょに取ろうと決めたのは、昨夜のことだった。デニスはサンドイッチと、搾りたてのオレンジジュースを持参していた。

一人の痩《や》せた男が、古めかしい帽子箱を片腕で抱えて、二人の背後から離れることなくしばらく歩いていたが、すでにパメラの視界からは消えている。

二人は木陰のベンチに腰を下ろし、デニスはサンドイッチを取り出してパメラに手渡す。

彼女は礼を言う。遠くのプールで遊ぶ子どもたちの声が聞こえてきた。ひび割れた橇《そり》の下には、ゴミと黒ずんだ落葉が山積みになっている。

ミアといっしょにジェットコースターに乗ったのは、ほんの昨日のことのように感じられる。

パメラはようやく、行政裁判所に不服の申し立てをした。必要な証明書や身元保証

6

書をすべて集めるのには、しばらく時間がかかった。だがすでに手続きは開始されていて、社会福祉局の決定が覆される公算は高い。

目撃者としてマルティンの名前が報道されるや否や脅迫が届き、対処法を考えあぐねているうちにミアが姿を消した。

今この瞬間にも、ミアはどれほどひどい目に遭《あ》っているのだろう。そう考えるたびに、凍りつくような不安がパメラの心に突き刺さる。

警察に協力するのが正しいのかどうかもわからなかった。

そのせいでミアが苦しむことになったら？

だが同時に、ミアを探し出すためには手段を選べないこともわかっている。

ヨーナ・リンナは、その鍵《かぎ》となるのがマルティンだと言う。

催眠術がマルティンにもたらした変化には、目を見はらせるものがあった。あたりまえのように理路整然と話せるようになったのだから。ここ何年も、そんな姿を見せたことはなかった。そのうえ、遊び場であの晩に起こったことの断片も思い出せたのだ。

「悲しそうな顔してるね」デニスはそう言い、彼女の頬にかかる髪の毛をかきのける。

「わたしは大丈夫……違う、大丈夫じゃない」とパメラは漏《も》らす。「ぜんぜんだめ。ミアが誘拐《ゆうかい》されたなんて耐えられない。しかも、それがわたしのせいなんだから」

「それはちが――」

「いいえ、わたしのせい」パメラが言葉を遮《さえぎ》る。

「どうしてきみのせいになるんだい」

「警察に協力にしたから」

「ほんとうに協力したの？」

「マルティンが警察に話したの。おなじ病棟の患者が、ヤンヌ・リンドに危害を加える相談をしていて、彼はたまたまそれを聞いてしまった――夜遅くに遊び場に向かったのはそのせいだったの」

「きみもその場にいたの？　マルティンが、警察にその話をしたときに」デニスは、口元を指で押さえながらそう尋ねる。

「マルティンは、催眠術をかけられた状態だった」とパメラは答える。

「まったく、それではひどすぎるよ」とデニスは憤慨《ふんがい》する。「まず無理やり殺人を自白させておいて、こんどは――」

「そういうかんじではないの」とパメラは再び言葉を遮る。「あれは……うまく説明できないけど、とにかく警察が必死にミアを探していることはたしか。それに、催眠術をかけられたら、マルティンはいきなり話せるようになった……ほんとに信じられないくらい。きちんとした長い文章で話すようになったんだから……」

「催眠術をかけた人間は、少なくとも医師の資格は持ってるんだろうね？」デニスは不信感もあらわに訊《き》く。

「うん、医者だった」

「で、マルティン本人も同意していたんだね？」

「もちろん」

「だとしても、どんな目に遭うのか本人はきちんと理解していたかい？　話すつもりのないことを話すかもしれないとか、警察に都合のいいことを言うように操られる可能性があるとか」

「でも、実際にはまったくそんなかんじではなかったんだから」パメラは反論する。

「なるほど、それなら良いんだけど……僕自身は催眠術を非常に懐疑的に見ているものだから。それが引き金となって精神障害を発症する患者を、何人も目にしたことがあるんだ。催眠術下で自分の口から出てくる言葉が、自分のものじゃないように感じたことが原因でね……しかもその感覚は、ときには何週間もあとになって顕在化する場合もある」

「そんなこと、だれも教えてくれなかった」

「必ずそうなるという話ではないんだよ。そういうリスクがあるというだけで。このあとも催眠術を受けることがあるなら、同意する前にもっときちんと検討したほうがいい」

「何回も受けるっていう話は出てない。試しにやってみたら……催眠術を受けてからのマルティンは、以前より言葉が出てきやすくなってるってこと」

「ただ、それは電気痙攣《けいれん》療法の効果じゃないかな」

「そうかも」

パメラは、眼下に広がる建物の屋根を眺めた。ギラギラと輝く換気ダクトの上で、熱気がゆらめいている。ミアのことは、だれがなんと言おうと自分の責任だ。ミアの人生に介入さえしなければ、こんなことはなにひとつ起こらなかったはずなのだから。

「また黙り込んだね。自分の感情を押し殺して、いつも殻《から》の中に閉じこもろうとしてるみたいだ」とデニスが言う。

「ごめんなさい、わたし……」

「謝る必要なんてないよ」

パメラはジュースの瓶《びん》をベンチの脇の地面に置き、深く息を吸い込む。

「なにもかもがいっぺんに起きて、不意打ちを食らったってかんじなの。わたしのことはよく知ってるでしょ？　こんなのわたしらしくない。飲み過ぎたり、うっかりあなたと寝てしまったり。いったいわたし、どうしちゃったんだろう？」

「パメラ」デニスが口を挟もうとする。

「わかってる。あなたは警告してくれたし、ブレーキをかけようとしてくれた」

「きみには後悔をさせたくなかったからね」とデニスは応えながら、パメラの手に自分の手を重ねる。「マルティンは好きだけど、僕がほんとうに大切に思ってるのはきみなんだ。いままでもずっとそうだった」

「なのに、ぜんぶめちゃくちゃにしてしまって、ごめんなさい」自分の手を引き抜きながら、パメラはそう言う。

「関係のない人から見たら、僕らのしたことは、お世辞にもすばらしいとは言えないと思う」とデニスは言う。「でも、人間らしいことだし、無理もないことでもある」

「わたしにとっては違う。すごく恥ずかしいし、できれば——」

「僕はまったく違う」デニスはその言葉を遮る。「僕は恥ずかしくないよ。だって、正直にぜんぶ言ってしまうと、僕はずっときみを愛してきたから」

「デニス……誤解させるようなことをしてしまったっていう自覚はあるの。自分がほんとうにいやになるし、わたしは——」

「やめてくれ、頼むよ」

「わたしは恥ずかしいの。だって、マルティンを捨てるつもりはまったくないんだから……その意志があったら話はまったく変わってくるけど、そうじゃないの」

デニスは、膝の上のパン屑《くず》を払い落とす。

「きみの言いたいことは尊重する」デニスはそう言い、ごくりと唾を呑《の》む。「でもね、マルティンが元通りになるかもしれないってことには、あまり期待しないほうがいいかもしれない……電気痙攣療法と正しい投薬を組み合わせていけば、二十四時間体制の看護は必要なくなるかもしれない。でも……」

「デニス、あなたのことは友だちとして大好き。だからあなたを失いたくない」

「その心配はいらないさ」デニスは、そう応えながら立ち上がる。

パメラは、自宅の書斎でパソコンに向かっている。ヤンヌ・リンド捜索に関する過去の記事に目を通しているのだ。

眼鏡を外し、窓に顔を向ける。赤と黒に塗られたブリキの屋根を眺めながら、おそろしい偶然のことを再び考える。マルティンが、たまたまヤンヌ・リンドの殺害を目撃したというだけの理由で、ミアは死ぬかもしれないのだ。

ヤンヌはすでに死んでいるが、ミアはまだ生きている。

ミアは生き延びるのだと信じなくては。

ミアは生還する——警察に協力していることを、犯人に悟られさえしなければ。脅しに屈すれば、ミアのために闘う者はいなくなる。そうなれば、彼女はほんとうに一人ぼっちになってしまう。テレビに出演し、解放を懇願《こんがん》してくれるような両親はいないのだから。スウェーデンの全国民に訴えかけ、報奨金を設けさせるよう政府に働きかけるような。

パメラは、私立探偵について検索をかける。

今まで、探偵のことなど考えてみたこともなかった。だがどの探偵も、ひそかに身辺調査をしたり不正を暴いたり、諜報活動をしたり浮気調査をしたりする以外に、行方不明になった子どもや家族、友人の捜索も引きうけていることがわかった。

パメラはキッチンに移動し、食器棚を開け、並んでいる酒の瓶を見つめる。

ミアを救い出す見込みが少しでもあるのなら、なんでもするつもりだ。

今回は、スパでシャンパンを飲んでいるわけにはいかない。もう一度あんなふうに自己嫌悪に打ちのめされるくらいなら、死んだほうがましだ。

ウォッカをすべてシンクに流そうかと考える。ボトルは今のまま残しておくべきだと自分に言い聞かせる。そうすれば、誘惑を目の前にしながら、飲まないという決断を、いつでも自ら選びとらなければならないからだ。

キッチンテーブルで腰を下ろし、ヨーナ・リンナに電話をかける。彼が応答すると、不安定に響く自分の声を意識しながら、質問を繰り出す。催眠術によって引き出せた情報から判明したことはあるのか、次はどんな手を打つのか。

ヨーナは、根気よくすべての質問に答えていき、一度たりとも落ち着けとは言わない――パメラはおなじことを繰り返し尋ねていたし、その声は途切れがちだったのだが。

「やかましく口を挟んでごめんなさい。でも、ヤンヌ・リンドの両親のことが思い出されて。娘が行方不明になったとき、あの人たちはものすごく精力的に動きまわっていたから。どこにいてもあの二人の姿が目に入った。なのに、しばらくしていきなり二人は消えてしまった」と彼女は話す。「それは捜査が行き詰まって、マスコミが興味を失ったせいだと、今まではずっと思い込んでいた。もちろん、そのとおりだったのかもしれないけど、マスコミの興味がよそに移ったからといって、急に存在しなくなるものなんてないでしょう」

「そのとおりです」

「それで、ミアのポラロイド写真のことを考えはじめたの。誘拐する前に、わたしにメッセージを寄こしていたわけで……犯人はヤンヌ・リンドの両親にも接触したんじゃないかしら。最近、あの人たちの話は聞いた？　ミアが失踪してから、ということだけど」

ヨーナは椅子《いす》の上で姿勢を変える。その気配がパメラの耳に伝わってきた。

「警察との接触を、いっさい拒否しているんです」とヨーナが言う。「それも無理もないことです――警察はヤンヌを見つけだせず、彼女は亡くなってしまったわけですから」

「でも、あの人たちがなにか隠してたらどうするの？　犯人はおなじなんだから、警察に協力するなって彼らを脅してる可能性はないかしら……そういう理由で、二人は口を閉ざしたのかも」

「実は私もおなじことを考えました。しかし――」

「もしかしたらあの人たちも受け取って――話を遮ったりしてごめんなさい――でも、もしかたらあの二人もヤンヌが行方不明になる前に写真を受け取っていたけれど、裏側のメッセージにはまったく気づかないままだったのかも。字がものすごく小さかったから」

「問題は、こちらが警察だとわかると、すぐに電話を切られてしまうってことなんです」とヨーナは説明する。「警察とのかかわりはいっさい拒んでいるんです」

「でも、接触するのがわたしだったら？」とパメラは口走る。

「それでも変わらないと思いますね」

「でも思ったの……一瞬でもちゃんと話を聞いてもらうことさえできれば、別の子の生命がかかっているんだって理解してくれるんじゃないかしら」

パメラは電話を切るや、《カトリーネホルムス＝クリーレン》のホームページを開く。リンド家の住む町の地方紙だ。そして、訃報欄をクリックする。見出しに目をとおしていき、やがてヤンヌ・リンドの死亡記事にたどり着く。そこには、葬儀の日時が記されていた。

五四

目覚めると、ミアは檻《おり》の中のコンクリート床の上にいた。トレーラーの荷台で揺られながらの道中が、夢の中のように感じられた。口はテープで塞《ふさ》がれ、両手と両足は結束バンドで縛られている。移動のあいだ、ミアはほとんど気を失った状態だった。それで、車が停まったときには、どれくらいの距離を走ったのかまったくわからなくなっていた。

最後の鮮明な記憶は、ガソリンスタンドの外でコンクリートブロックに腰かけていたときの光景だ。ポントゥスを待っていると、トレーラーが入ってきて目の前で停車した。

それが罠《わな》だったのだ。

運転手は財布を地面に落とし、荷台の向こうへと歩いていった。

それからミアは車体の下にもぐり込んだわけだが、そうしなかったとしても、どちらにせよ拉致されていたのだろう。だが、トレーラーの下でうつ伏せになっていた自分は、あまりにも捕まえやすい獲物だった。逃げ出すこともできないし、身を守ることもできない体勢だったのだから。

運転手はミアを殴り、布きれを顔に押しつけた。そのあとで、おそらくなにかを注射された。

どうやって檻に入れられたのかは、まったくわからない。

中庭と、細長く窓のない小屋が連なっている風景の断片が、頭の中をせわしなくよぎる。

後頭部になにかを押しつけられ、奇妙な冷たさを感じたとき、ミアはまだ半覚醒状態だった。

何時間がすると頭皮はチクチクしはじめ、かゆくなってきた。その後二日間は、火傷でもしたような感覚があった。

ほかの人びと同様、烙印《らくいん》を押されたのだ。

ミアは今、コンクリート床に敷かれた不潔な藁《わら》の上に横たわっている。丸めたミリタリージャケットが枕がわりだ。頭をわずかに持ち上げ、ペットボトルの水をすする。

指先はいまだにハンバーガーの匂いがしている。

太陽が昇り、建物のブリキ屋根が温まるにつれてキイキイと軋《きし》んだ。昼間のうちに汗まみれになった服は、夜のあいだに一晩かけて乾いた。

「今日は検査があるの？」ミアが訊く。

「お婆がやってくるよ」とキムが答える。

「二人とも静かに」別の檻の中にいるブレンダが、声を上げる。

ミアは格子越しに、建物の最奥《さいおう》にある扉を見やる。それは施錠されていて、隙間から射し込む外光によって、明るく四角形に縁取られている。その隣には、パンとトウモロコシの入ったバケツと、壁かけ式の薬品棚がある。

おなじ檻には、二十二歳の子がいた。キンバルという名で、短くキムと呼ばれている。両親はメキシコの出身だが、キムはマルメで生まれ育った。ハンドボールの選手で、チームメイトたちと試合に向かう途中で拉致された。

キムは母親そっくりだ。ただし、顔はキムのほうがはるかに細かった。

家族のポラロイド写真が、すべての檻の格子にテープで留められている。キムの母親は、ベッドの中にいるところを撮られていた。フラッシュが部屋を照らす直前に目覚めたに違いない。両目を見開き、口も開けている。混乱と恐怖の表情だ。

パメラの写真は、鏡に映っている姿をエレベーターの柵越しに外から捉えたものだ。

シエサルは、パメラの申請が却下されたことを知らないらしい。

ミアは、キムに尋ねてみたことがある。だが、自分の置かれている状況の意味は、彼女もいまだに理解できていない。いったい、ここに監禁されることになった原因なり目的なりがあるのかどうか。

お婆は、シエサルの言うことならなんでも聞く。

時折、トレーラーで姿を消しては、丸一日戻ってこないこともある。

攻撃の残忍さや黒いレザージャケットから考えて、ミアは当初、自分を誘拐したのは男だと考えていた。

だが今では、それがお婆だったことを知っている。

ときどき、お婆は新しい女の子を連れて姿を現す。そのうちのだれ一人として、売られたりどこか別の場所へ移送されたりした者はいないようだ。

ここは、死ぬまでいる場所なのだ。

お婆とシエサルが何年間こんなことを続けているのか、キムにはまったくわからない。二年前にやって来たときには、インゲボリという女性がいて、彼女はすでにここで七年を過ごしていた。

毎日の暮らしに変化はない。ほぼなにも起こらないのだ。多数の女性たちが、自らの意志に反してここでの生活を強いられている。シエサルはひと月に数回、グレーのプリムス・ヴァリアントでやって来ては数人をレイプする。

最近まで、大きな屋敷での暮らしを許されていた女の子たちもいる。高価な服や金のアクセサリーを与えられていたのだ。だが、ヤンヌ・リンドが脱走を企《くわだ》てて以来、シエサルはすさまじく暴力的になり、全員を檻に閉じ込めた。

警察内部には、シエサルの知り合いが何人もいる。これはだれもが知っていることだ。ブレンダによれば、ストックホルムに着いたヤンヌは、おそらく警察に通報した。街中ならば安全だろうと判断したからだ。

ヤンヌの写真は、全員が見た。あの雨の晩に、罰を与えられているヤンヌの姿を捉えたものだ。最初の写真の彼女は、これから許してもらえると思い込んでいるように見える。それからは、もがき抵抗するヤンヌの写真が続く。大きく見開かれた目、引きつれた口元、喉から流れ出る血。そして最後には、だらりと力なくぶら下がっている死体。

お婆は変わってしまった、とキムは主張する。当初は女の子たちを〝おりこうさん〟と呼び、やさしさを見せることもあった。それが最近では、厳格な態度を崩さないし、いつでも怒っている。

お婆は、先端に毒を仕込んだ杖《つえ》を持ち歩いている。深くひと突きされたら、数時間は意識が戻らない。だが、皮膚を引っ掻《か》かれるだけだったり、アンプルに入っている薬液が少なかったりした場合には、しばらく目が見えなくなる程度で済む。

シエサルの心に働きかけ、同情心をかき立てることで解放させることはできないものなのかと、ミアは尋ねた。だが全員が口を揃《そろ》えて、シエサルはお婆よりはるかにひどいと答えた。すべてを決めているのは、シエサルなのだと。

つい先週も、シエサルは怒りにまかせてアマンダを殺した。

その話をしながら、キムは泣きはじめた。なにもかも悪夢を見ているようだと、彼女は何度も繰り返した。

外で犬が吠えはじめ、別の小屋にいる女性が抑えきれずに叫び出した。キムは恐怖にすすり泣き、ミアはその手を握る。

「主を信じれば、すべてうまくいくわ」とブレンダが二人に話しかける。

ブレンダは最年長の女性だ。いつでも、ほかの子たちが新しい生活に順応し、苦しみを避けられるようにと気を配っている。姉のような存在で、できるかぎりみなの身体を清潔にさせ、きちんと食事や飲料を取らせようとする――どれほどひどい味だったとしても。

ブレンダの檻には、ルーマニア人のラルカという少女がいる。スウェーデン語は話せないが、英語とドイツ語の単語がいくつかわかる。ラルカはお婆のことを、まるで以前から知っていたかのように、〈バーバ・ヤーガ（スラヴ民話における魔女。）〉と呼ぶ。

「姿勢を正して――あの人が入ってくる」ブレンダがみなに告げる。

お婆の手押し車が軋みながら近づいてきて、外で停まった。犬の荒い息づかいも聞こえる。スコップで食糧をすくい上げ、ボウルに入れる音がする。

「わたし、ずっとおばあちゃんが欲しかったんだ」とミアがふざける。

「黙って」

「バーバ・ヤーガ」ラルカはそう囁《ささや》き、檻の奥で小さく縮こまった。

横木を持ち上げ、壁に立てかける音がした。そしてお婆が扉を開くと、目のくらむような陽光が部屋に射し込む。

埃が空中で渦巻く。

ボウルを運び込んだお婆は、それをカウンターの上に置く。杖を握りしめたまま檻に近づくと、戸を開いて犬を中に入れる。

キムは、汚れた赤いジャージのズボンと、レディー・ガガのTシャツを着ている。犬が近づいて来ると、彼女は股を開く。

うつむきかげんのその顔は、うつろなままだ。

犬はキムの匂いを嗅《か》ぎ、くるりと向きを変える。そして鼻先を舐《な》めてからミアのほうに向かう。

ミアは胡座《あぐら》をかいたまま、お婆を見上げている。犬はミアの股間《こかん》に鼻を突っ込んでから、檻を出ていく。

検査が済むと、彼女たちはいっせいに感謝の祈りを捧げる。そして、豆を少しだけ添えたヘラジカの乾燥肉と、一切れのパンを与えられる。

今日、最初に外に出されるのはミアとキムだった。二人の両手は、皮膚に食い込む頑丈な結束バンドで縛られている。立ち上がり、歩き回ろうとすると、おかしな感覚に襲われる。だが檻に戻される前に、できるかぎり身体を動かしておかねばならない。

　中庭の中央には白いバスタブが置かれていて、その中に少女が横たわっている。長風呂は心を落ち着かせるのだと、お婆は主張する。かつては一晩中泣き続けていたこの子も、二週間風呂に浸かっていたら静かになったのだ、と。

「ヤンヌがストックホルムまで行けたんなら、脱出は可能だってことでしょ」とミアが言う。

「そんなこと口にするのもやめて」キムが囁く。

「でも、ここでレイプされるのをぼうっと待つなんてあり得ない」

　地面は乾いていて、靴が土埃を舞い上げた。結束バンドで手首が切れないようにと、二人は両手を握り合わせている。

「その悪名高い森の中の罠を、実際に見た人はいるの？」ミアが訊く。

「あんたはまだなにもわかってないだけ」

　バスタブの横を通り過ぎると、少女がうつろな表情のまま視線を上げる。水面下の皮膚はスポンジのようにふやけていて、足首や膝の皮が剝《む》けかけていた。

「あんたとわたしは違うの……あんたの両親はぜったいに捜索をやめない」とミアが

キムに話す。「でもわたしには、探してくれる人はいない……」

五五

マルティンは介助人に続いて談話室に向かい、その途中にある電話ボックスに入る。そこは狭い空間で、一つしかない窓からは廊下が見える。戸を閉めてから腰を下ろし、受話器を持ち上げる。

「もしもし」とマルティンは言う。

「調子はどう？」とパメラが訊く。

「僕は大丈夫だよ」と答え、わずかに声を低くする。「きみは？」

「少し疲れてる。ベッドで紅茶を飲んでるとこ」

ガサゴソいうかすかな音とともに、パメラが体勢を変える。

「図面を描いてるの？」とマルティンは言う。

「音が聞こえた？　あなたがわたしの横に寝転がってたころがなつかしいな。図面を眺めながら、コンセプトについてわたしに質問してたでしょう」

マルティンは電話ボックスの戸を開け、廊下が無人であることを確認してから話を続ける。

「プリムスは見つかったの？」と囁く。

「見つかってないみたい」

「どうしてプリムスの言葉を思い出せないのか、自分でもわからないんだ」

マルティンは視線を下ろし、引っ掻き傷だらけの台と鉛筆立て、そして丸められた紙切れを眺める。

「ヤンヌ・リンドの葬儀と追悼式が月曜日にあるの。わたしも行こうと思ってる」とパメラは告げる。

「へんなかんじにならないかな？」

「たぶんなると思う。でも、母親のほうに訊きたいことがあって」

「ミアに関すること？」

「ちょっと質問したいだけ。答えるかどうかは向こうが決めたらいい。でも、ありとあらゆる手を尽くしておかなければ、あとで自分を許せなくなると思うの」とパメラは言う。「いっしょに来る？　あなたにとっても良い効果があるかも」

「どうして？」

「そんなことする元気はないってかんじなら、無理することはないのよ。あちらとしては、あなたがいると罪悪感を刺激されるかもしれないし」

マルティンはくすくすと笑う。

「鼻に絆創膏《ばんそうこう》でも貼って、気の毒がらせてやるよ」

「あなたの笑い声が聞けてうれしい」とパメラが言う。

マルティンは、再びそっと廊下を覗《のぞ》く。これであの子たちに罰せられることになる、と彼は考える。自分たちに墓がないことを嘲笑《あざわら》っていたのだと、彼らは主張するだろう。

「きみがそうしてほしいなら、僕も行くよ」とマルティンは言う。

「主治医は許可を出してくれると思う？」

「僕は強制収容されてるわけじゃないからね……」

「念のため、主治医にも訊いといたほうがいいかな、って思っただけ。行き先はお葬式だから──あなたの調子を悪くしたくないの」

「大丈夫さ。ここから出たくてしようがないんだ」

「デニスが車で送ってくれることになってる」

「デニスは最高だね」

五六

食事のカートを押す看守に続いて、ヨーナは八四〇四号独房に赴く。そしてトレイを持ち上げると、中に入る。

扉が閉まり、錠が音をたてる。

ヨーナは食事のトレイをテーブルに置き、録音をはじめる。日時とともに、同席者の名前を吹き込む。

プリムスの姉であるウルリーケ・ベントソンは、ヨーナの正面にあるベッドに腰かけていた。刑務所支給のだぶついた服を身に着け、片腕を吊《つ》っている。アクセサリー類は押収され、脂じみた灰色の髪は後ろになでつけられている。その細面に、メイクの痕跡は微塵《みじん》もない。

ウルリーケは、ステファン・ニコリックと三十五年間結婚していた。子どもはいない。

生気のない目をヨーナに向ける。まるで閉じる力が残っていないとでもいうように口が開き、乱杭歯《らんぐい》が覗いている。

ヨーナの着ている灰色のシャツは、胸と肩にぴたりと張り付いていた。上着は車の中に置いてあり、今は袖《そで》を肘までまくり上げている。

室内の冷気に鳥肌が立った。

ヨーナの前腕と両手には、かすかな傷痕がある。パラシュート・コードとナイフによる攻撃が残したものだ。

「鳥たちに餌《えさ》をやってくれる人がいるといいですね」とヨーナが言う。

「ステファンがやるさ。あいつのはじめたことなんだから。鳥に愛情を注げるなんて、わけがわからない。わたしには、ただの醜《みにく》いちび恐竜にしか見えないからね……ところがステファンときたら、鳥類学者としての教育を受けてる――語りはじめたらとまらなくなるのさ。一度聞かせてやりたいね。『こいつらは完璧な生物なんだぞ』『自分が飛べたらって想像してみろよ』『息を吸い込むと、骨の中に空気が入るんだからな』とかなんとか」

「で、あなたのほうはタトゥーショップを？」ヨーナが尋ねる。

「ああ」

「商売の調子はどうですか？」

ウルリーケは肩をすくめる。

「まあ、少なくとも一人はお客さんがいましたね」とヨーナが言う。

「レーナのことかい？　あの子は客とは言えないね――ステファンのガールフレンドだから。タトゥーを入れて、ステファンを驚かせてやろうとしてたのさ」

「あなたの夫のガールフレンドということですか？」

「ステファンのほうとしちゃ大歓迎さ……こっちはしゃぶってやりすぎて、口のかたちが変わっちまったからね」ウルリーケはそう話しながら、歯を剝きだしてみせる。

窓から落ちた若い女性の名は、レーナ・ストリッズフェルドという。そして六歳の少年は、彼女の息子だ。

二人とも、爆発による深刻な負傷は逃れた。

少年は社会福祉局に引き取られ、レーナはストックホルムにあるクロノベリ刑務所に収監された——ウルリーケと生き残りのボディガードたちとともに。

「あなたは、殺人未遂の疑いで勾留されます」とヨーナが告げる。

「正気かい、いいかげんにしてほしいね」とウルリーケがため息をつく。「あれは正当防衛だろうが。おまえらはうちの中に侵入してきたんだ——どう対処したらよかったって言うんだい。自己紹介もなければ、身分証を見せられもしなかったんだからね……こっちは、レイプされたあと足を切り落とされるのかと思ったんだ」

「しかし、実際に起きたのはそういうことではなかった。違いますか？」

特殊部隊の隊員が一人、ボディガードの持っていたショットガンで頭部を撃たれ、即死した。その十秒後、隊員の相棒によってそのボディガードは射殺された。アーロンは重傷だが、状態は安定している。シャワーのホースで気道を確保するという、ヨーナが施した処置のおかげで一命を取り留めたのだ。

結局のところ、ミアは屋敷にいなかったことがあきらかになった。その点について、マルゴットは騙《だま》されたと感じている。特殊部隊の側からはすでに、マルゴットへの抗議を含む報告書が提出されている。強制捜査に関しては、内部調査がおこなわれる予定だ。

「あんたには鎖骨を折られたんだ」ウルリーケはそう呟《つぶや》きながら、吊られている腕を指し示す。

「それなら治ります」

「へえ、今度は医者のつもりかい？」

ヨーナは豆スープのボウルを二つトレイから持ち上げ、スプーンとコップを配置する。チーズサンドイッチの包みを引き裂き、ナプキンを広げる。

「冷める前に食べましょう」とヨーナは言う。

近代的な尋問術においては、早い段階で聞き手側に回るべきだとされる。ヨーナは、なによりもその点に重きを置いていた。そして今は、話しすぎたため、残りを隠すことに意味がない、という状態にまでウルリーケを持っていこうと考えている。

ヨーナはスープを一口食べてから動きを止めて、ウルリーケにほほえみかける。

「うまい」とヨーナは言う。

ウルリーケはスプーンを手に取り、スープをかき混ぜてから味わう。

「協力したらどんな見返りがあるんだい？」そう尋ねると、ナプキンで口元のスープを拭《ぬぐ》う。

「どんな協力をしてくれるんですか？」

「訴追を逃れ、新しい身分を手に入れられるなら、ぜんぶ話す」

「ぜんぶとは？」ヨーナはそう尋ねながら、サンドイッチに手を伸ばす。

「長年のあいだにいろんなことを見聞きしてきたからね」とウルリーケが話す。

「〈クラブ〉がドラッグ取り引きやマネーロンダリング、そして恐喝に手を染めていることはわかっています」

「おなじみのやつだね」ウルリーケは呟《つぶや》き、スープをさらに口に入れる。

「そうです。しかし、若い女性たちを誘拐しているかどうかは知っていますか？」

スプーンが乱杭歯に当たり、カチリと音をたてる。

「人身売買はしてない。あんたの話してるのがそういう意味ならね」と彼女は応える。

「しかしステファンには、あなたにすら隠していることがあるかもしれない」

「あいつはただのオタクなんだよ。子どものころに悪い友だちとつきあったってだけでね。テーブルに拳銃を置いてから腰を下ろすのが、かっこいいと思ってるんだから……」

ヨーナはサンドイッチを食べ終わり、林檎《りんご》ジュースを飲みはじめる。

「ヤンヌ・リンドは知ってますか？」

「いいや、だれだい、それ？」

「あなたの弟は知ってます」

ウルリーケはスープから目を上げる。

「プリムスが？」

「そうです」ヨーナは、彼女の目を見つめながらそう応える。

ウルリーケは口角を下げて顔をしかめながらうつむき、食事に戻る。

「ミア・アンデションのことは聞いたことがありますか？」ヨーナが訊く。

ウルリーケは返答することなく食べ続ける。しばらくするとボウルを傾けて、スープを最後まですくい取る。

「これ以上話す前に、ぜんぶ書面にしてもらいたいね」そう言いながら、手にしたスプーンを下げる。

「え？」

「わたしは訴追を免れる。それから新しい身分、新しい人生を与えられるってことをさ」

「スウェーデンにそういう制度はないんですよ。内部情報として、だれかに不利な証言をしたからといって訴追を逃れることはできません」

「一杯食わされた気分だね」

「一杯食わしたのはあなた自身では？」

「だとしたら、いつものことさ」とウルリーケは口の中で呟く。すでに真実をかなり話してしまっているということに、ウルリーケは気づいている。

これは交渉ではないのだという事実を、彼女は受け入れるほかない。話し合いは一方的なものなのだ。

「一休みしましょう」

ヨーナは、哲学者のミシェル・フーコーの言葉を思い出す。真実とは、権力構造の一部ではない。むしろそれは、分かちがたく自由と結びついている。

自白とは、すなわち解放なのだ。

「わたしは、うちに押し入ってきた刑事を殺そうとした」そう話すウルリーケの声は、先ほどよりも低い。「そいつの首を刺してから、あんたの腹を刺そうとした」

「だれをこわがってるんです？」紙ナプキンをプラスティック製のコップに押し込みながら、ヨーナがそう尋ねる。「ステファン・ニコリックですか？」

「ステファンを？　なんの話だい？」

「家の明かりはすべて消えていました……あなたはナイフを持ったまま、シャワー室に隠れていた。しかもボディガードを二人も連れて」

「みんなやってることだろ？」ウルリーケは笑みを浮かべる。

「プリムスがこわいのですか？」

「あんた、それでも刑事かい？」

ヨーナはウルリーケのボウルを自分のボウルに重ね、スプーンを二本ともその中に入れると、背後にもたれかかる。

「あなたは、新しい身分を求めたかと思えば、今度は刑務所に残りたいと言うんですからね」ヨーナはそうウルリーケに話しかける。「だれをこわがっているのか教えてくれれば、助けることもできるかもしれませんよ」

ウルリーケは、テーブルの上のパン屑を片手で払い落とし、座ったまましばらくのあいだ口をつぐんだ。それから、顔を上げる。

「シエサルっていう男がいるのさ」とウルリーケは言う。

ウルリーケは右足を揺すり、刑務所支給のサンダルを床に落とす。それから身をかがめて靴下を下ろす。踝《くるぶし》のすぐ上、足首のまわりに傷があった。最近手当されたばかりのように見えるが、腫《は》れた傷口に黒ずんだ血が付いている。そして縫い目のせいで、切り傷は有刺鉄線のように見えた。

「あいつはベッドの下に隠れてて、夜中に這《は》い出てくるとわたしの写真を撮ったんだ」

「シエサルが？」

「わたしは寝てたから、あいつが足首を切り落とそうとしはじめるまで、目が覚めなかった……最初はなにがなんだかわからなかった。ただ馬鹿みたいに痛くて……叫んだり叩いたりして押しのけようとしたんだけど、無駄だった。あいつはノコギリを挽き続けて……ベッドは血塗《まみ》れになった……自分でもどうやったのかわからないけど、どうにかアラームに手が届いた。警報が鳴りはじめて、あいつはようやくやめた。ノコギリを床に放り投げて、サイドテーブルにポラロイド写真を置いてから、走って逃げていったよ……まったく……あんなことする人間がいるかい？　人のベッドの下に隠れてて、足を切り落とそうとするなんて、完全にイカレてる」

「顔を見ましたか？」

「暗かったんでね」

「でも、どんなかんじの人間かはわかったでしょう？」

「まったくわからない。真夜中だったし、自分は死ぬんだと思い込んでたからね」

ウルリーケは、慎重に靴下を引き上げる。

「そいつが出ていってから、どうしたんですか？」

「ベルトで足を締め上げて、出血を止めたのさ……警備会社は、救急車よりもはるかに早く到着したよ。でもそのときには、もうシエサルの姿はなかった……ベッドの下にはビニール袋があって、あいつの持ってきた道具がぎっしり詰まってた」

「どんな道具ですか？」

「さあね、ボディガードの一人が、ドライバーを取り出すのは見たよ。あと、ハンドルの付いてるなにかと、鋼鉄のワイヤーも少し」

「ウィンチですか？」

「わからない」

「そのビニール袋は、今どこに？」

「ステファンが処分したよ」

「シエサルのことはどうやって知ったんですか？」

「プリムスが教えてくれた、事件のあとでね。ステファンは、敵対してるバイカーギャングの一員だと思い込んでる——だから、ボディガードと銃器を揃えたのさ」

「しかしそれ以前には、シエサルに会ったことも、彼の噂《うわさ》を耳にしたこともなかったんですね？」

「ああ」

「では、プリムスはシエサルのことをどう話してましたか？　二人はどうやって知り合ったんです？」

「SNSで知り合ったのさ……二人の社会観はおなじなんだ、わかるだろ？」

「敵対関係にあるバイカーギャングの一員ではなさそうですね」

「まあね。だけどステファンはそう思い込んでしまってる。わたしとレーナに向かって、レイプされるぞって話してた」

「で、あなた自身はこのこと全体をどう考えてるんですか？」

ウルリーケの顔には、うんざりしたようないかめしい表情が浮かんだ。

「最初のうち、シエサルは王様なんだ、ってプリムスは話してた。ところが、あのできことがあって以来すっかりちぢみ上がってしまってね。電子レンジで自分の携帯電話を焼いたりした」

「そしてあなたもシエサルをおそれて、刑務所に残りたいと考えているんですね？」

「次はわたしの首を切り落とすぞって、プリムスを脅したのさ」

「どうして、あなたを脅す必要があるんですか？」

「プリムスを罰するためだよ。わたしがいかに美しいか、あの子はしゃべりっぱなしだからね――あの子の頭の中をぐるぐる回ってて出ていかないものの一つなのさ。まあ、若かったころのわたしはたしかにかわいかったんだ。その時期はもうとっくに過ぎてるけどね」

「ではなぜ、シエサルはプリムスを罰したいと考えるんですか？」

「たぶんプリムスは、できもしない約束をしたんじゃないかな。あの子はいつもしゃべり過ぎるから。今のわたしもそうだけどね」

「真実を話すのは、良いことです」

「だれにとって？」

「ここにいればあなたの安全は保証されますし、プリムスを探す手助けをしていただければ、シエサルを止められるかもしれません」

「プリムスを探すだって？」

「入院していないときのプリムスは、どこで暮らしているんですか？」

「知らないね」

「あなたの家に泊まることは？」

「ステファンがダメだと言ったのさ。あの子はどこででも寝てる——友だちのところとか、階段とか、地下鉄とか……でも、今日は〈鷲《わし》の巣〉が開いてるから、あそこにいるだろうね」

「〈鷲の巣〉？」

「なんだい、知らないのか。あんたらは、優秀な人間揃いなんじゃなかったのかい？」ウルリーケは笑みを浮かべる。「みんなして、有り金をドブに捨てるために集まる場所さ……昔は闘鶏だった。だれかさんの発案でね。でもさっきも言ったとおり、ステファンとおなじくらい鳥に興味を持ってる人間なんてほとんどいない。だから最近では、もっぱら総合格闘技とか闘犬になってる……」

「その場所はどこにあるんです？」

「波止場のほうさ。セデテリエの南埠頭《ふとう》に、倉庫と貨物の積み降ろし場所を持ってる運送会社があってね……ステファンは、そこの警備会社と話を付けてある」

「そしてプリムスは、その〈鷲の巣〉に現れるんですね？」

ウルリーケは腕を組んで、背後にもたれかかる。目の下の隈《くま》はさらに黒ずんだようで、疲れ果てて見えた。

「死んだか精神病院に閉じ込められるかしてないかぎり、あの子はかならずあそこにいるよ」

五七

下降するエレベーターの中でマルティンは、鏡の中のパメラの目から視線を逸らす。彼女の目には、その顔がひどく孤独で無防備に見える。エレベーターが減速しはじめると明かりが点滅し、地上階に着く。

扉が開く。

マルティンは床に置いていたバックパックを持ち上げ、片方の肩に掛けた。

二人で玄関ロビーを歩き抜ける。

デニスは、車寄せに停めた自動車の背後で待っていた。ダークグレーのスーツを身に着け、サングラスをかけている。

「久しぶりだね」そう言いながら、マルティンと握手をする。

「そうだね」

「会えてうれしいよ」

「僕もだよ」マルティンは、背後をちらちら見やりながらぼそぼそと言う。

「車を出してくれて、ほんとうに助かるわ」車に向かって歩きながら、パメラはデニスに話しかける。

「つい最近、パメラは『ワイルド・スピード』ばりのカーアクションをやらかしたからね」とデニスが冗談を言う。

「そうらしいね」とマルティンが応える。

「病棟を出た気分はどうだい？」彼のバックパックを受け取りながら、デニスは尋ねる。

「良いよ」

デニスはバッグを収めてからトランクを閉じる。

「マルティン、前に乗りたい？」とパメラが訊く。

「どっちでもいいよ」

「前に行って。二人でおしゃべりもできるでしょう」と彼女は言う。

デニスは助手席のドアを開け、マルティンがシートの上に落ち着くのを確認してから閉める。それから、パメラのために後部座席のドアを開ける。

「大丈夫かい？」デニスは小声で尋ねる。

「だと思う」

デニスは、車に乗り込もうとするパメラの身体に背後から腕を回し、うなじにキスをする。

パメラはさっと身をよじるようにして逃れ、シートに腰を下ろす。心臓が激しく鼓動を打っていた。

デニスはドアを閉め、運転席側に回り込む。エンジンをかけ、精神科病棟から離れていく。

ああいうことはやめてほしいとデニスに伝えなければ。

車で送ってもらいたいと頼んだのは誤りだったかもしれない。窓外を高速で流れていくビルの列を眺めながら、パメラはそう考える。デニスによけいな勘違いをさせたかもしれない。ミアを救出するために、積極的な行動に移ったパメラのエネルギーを、自分に向けられた好意の証と受け取った可能性がある。

リーラおよびストーラ・エッシンゲン島をつなぐ橋の上は渋滞していて、車はのろのろと這うようにしか進まない。マフラーから出る排ガスやアスファルトから立ちのぼる熱気で、空気はねっとりと重く、生気がない。

三人の乗った車は、タンクローリーの背後から抜けられない。タンクの鏡板は土埃にまみれ、そこにだれかが巨大なペニスの落書きをしている。いったいどういう種類の人間がこういうことをしたがるのか、パメラはいつも不思議に思う。

セデテリエを過ぎるころから交通量が減りはじめ、車は徐々に速度を上げる。郊外住宅地や防音壁、そして競技場が飛び去っていった。

「催眠術はどんなかんじだった？」デニスはマルティンに尋ねる。

「どうだろう、僕としては協力したいだけだったんだ。でも、受けてからずっと、なんだか落ち着かないかんじがする」

「そうなるのも理解できる――催眠術はきみには良くない、僕はそう断言するよ」

「でも、電気痙攣療法と混ぜてるのがよくないのかも」マルティンは、自分の鼻を擦りながらそう続ける。

「マルティン、警察に協力したいというきみの意志はりっぱなものだと思うよ――もちろんそうすべきだと思うし。だけど、これ以上催眠術を受けてはいけない。僕が伝えたいのはそれだけなんだ」とデニスはマルティンに話す。「記憶というのは、思い出せるか思い出せないかどちらかで……抑圧された記憶を無理やり掘り返すと、実際には起こっていなかったことの記憶まで湧き出てくることがよくあるんだ」

「でも、プリムスの話していた内容はおぼえてる」

「ただ、催眠術下で蘇《よみがえ》った記憶がほんものだとしたら、催眠術がかかっていなくても思い出せるはずだからね……それにその場合は、少なくとも暗示で植え付けられた記憶でないことははっきりする」

テールランプの破損したタクシーが不意に割り込んできて、デニスは急ブレーキを踏む。パメラの肩にシートベルトがきつく食い込んだ。

マルティンがきちんとした文章で話しはじめている。パメラには、それが信じられない思いだった。なにがこの変化をもたらしたのだろうかと考える。電気ショックなのか、催眠術なのか。あるいは、ミアを見つけるために警察に協力しているという事実なのか。

「雨の中で犬を散歩させていたことしか思い出せないんだ」とマルティンは言う。

パメラは、前部座席のあいだから身を乗り出す。

「でも、あの晩家に帰ってきてから絵も描いていたのよ」と彼女は言う。

「思い出せないんだよ、そのことも」

「だとしても、少なくともヤンヌを見かけたっていう事実は証明されるわけでしょう。殺人そのものは目撃してなくても、首を吊られた彼女の姿は見たっていう」

「きみはそう言うけど……」

「どうにかして思い出してもらいたいだけなの」パメラはそう言い、再び後ろにもたれかかる。

「努力はしてるさ。でも、ぜんぶ真っ黒なんだ」

五八

教会の中のひんやりとした空気は、石の匂いがした。空いている会衆席を見つけた三人は、並んで腰を下ろす。すると、すぐに葬儀がはじまった。

それはささやかなもので、参列者は家族や親しい友人たちだけだった。二十人ほどの人びとが、軋む木製のベンチに腰かけている。

最前列にいるヤンヌ・リンドの両親の姿が、パメラにもちらりと見えた。鐘の音が響く中で、父親の背中がすすり泣きに震える。

葬儀が進行するにつれて夏の日差しはゆっくりと壁面を移動していき、聖歌隊席のステンドグラスを輝かせた。

司祭は慰めと希望を与えるべく努めていたが、その説教はあまりに無力に聞こえた。ヤンヌ・リンドの母親は両手で顔を覆い、パメラは身体に震えが走るのを感じる。少女は今、棺《ひつぎ》の中に横たわっている。そして、かつて彼女は、ここからほんの数分のところで拉致された。パメラは、その事実に気づいたのだ。

司祭が、棺の蓋《ふた》の上に十字のかたちに土を撒《ま》く。そのさらさらというかすかな音を耳にしながらパメラは強烈な不安をおぼえ、具合が悪くなるのを感じた。

アリスのとき以来、はじめて出席する葬儀だった。

マルティンは、パメラの手を取り強く握りしめる。

パメラはうつむき、最後の詩篇《しへん》が読み上げられるあいだ、きつく目を閉じたままでいた。やがて音楽の演奏が終わると、ヤンヌの家族が会衆席から立ち上がる音を耳にする。

気持ちを落ち着かせてから目を開く。そして彼らがゆっくりと進む列に加わり、棺に献花する二人の姿を眺める。

教会の外の空気は熱く、息が詰まりそうなほど湿度が高かった。

二人の女性が司祭に話しかけている。車椅子の男性が迎えを待ち、幼い少女が砂利道で砂埃を蹴り上げている。

ヤンヌの父親は、すでに車の座席に座っていた。だが母親のほうはまだ教会の入り口にいて、参列者の悔やみ言に耳を傾けている。

パメラは、最後の会葬者が教会を離れるのを待ってから、マルティンを連れてヤンヌの母親のもとに向かう。リネア・リンドの顔は、悲しみの表情のまま凍りついていた。両目を赤く泣き腫《は》らしている。

「心からお悔やみ申し上げます」とパメラが話しかける。

「ありがとうございます」リネアはそう応えながら、マルティンから目を離せない。

「あなたは……その……申しわけありません、夫があんなことをして」

「気にしないでください」とマルティンは応じ、目を地面に向ける。

「まったくベングトらしくない振る舞いでした。いつもすごくおだやかな人なのに」

教会と駐車場のあいだには、一握りの人びとがまだ留まっていた。

「こんなことお願いするのは、場違いだと重々承知しています」とパメラが言う。

「でも、一度お話をさせていただけませんか。明日、お電話を差し上げてもよろしいでしょうか?」

「このあとの〝お茶会〟（葬儀後に、軽食を取る風習がある。）にいらしてください」

「ありがとうございます、でも……」

「ヤンヌが失踪したのとおなじ年に、お嬢さんを亡くされたと聞きました……だから気持ちはおわかりだと思います。簡単ではありませんせん」

「立ち直ることなんてできません」

お茶会に参加する人びとは、リネアとベングトの家までの短い距離を移動し、屋外の来客用スペースに車を停める。

「あなたはどうするの？」マルティンとともに車を降りながら、パメラはデニスに尋ねる。

「ここで待ってるよ」と彼は答える。「どちらにしても、何本か返すメールがあるんだ」

淡い黄色のマンションに足を踏み入れた一握りの人びとは、エレベーターで五階へと上る。

パメラは、キッチンへと向かうリネアのあとに続き、美しい葬儀だったという意味のことをどうにか口にする。

「ええ、ほんとに」リネアは抑揚なくそう応える。

そしてコーヒーマシンのスイッチを入れると、ぎこちない手つきでクッキーの包みをいくつか開ける。

リビングのコーヒーテーブルには、昔ながらのお茶会の準備が整っていた。小さなコーヒーカップは模様の合ったソーサーに載《の》せられ、角砂糖のボウルとミルクピッチヤー、そして三層になったケーキスタンドもある。

客たちが腰を下ろすと、古いソファが軋《きし》んだ。細々とした装飾品や旅の土産ものが、鉢植えの植物や編み物のテーブルクロスとともに、いたるところに置かれている。

ベングトがキッチンから椅子を四脚持ち込み、全員を座らせる。だれもが世間話をしようとするが、すぐに会話は途切れる。スプーンがコーヒーカップを鳴らす。だれかが猛暑のことを話し、別のだれかが気候変動について冗談を言おうとする。

やがてリネアはヤンヌの額入り写真を持ち上げ、娘がいかに特別で優れていたかということについて話そうとする。

「今の時代はフェミニズムとヴィーガン食ばかりだけど……わたしたちの世代ときたら、不適切な言葉は使っていたし、乗り回すのは化石燃料の車……でも、そういうものだらけだった昔がすごく懐かしいわ」

リネアの声は先細りになり、涙が頬を伝い落ちる。夫は彼女の背に手を伸ばし、さすった。

高齢の女性が立ち上がり、犬を散歩させなければならないのでと告げると、ほかの人びともいっせいにその機会をとらえて謝辞を口にしながら暇乞《いとまご》いをする。

リネアはそのままにしておいてくれと言うが、来客たちは自分たちの使ったカップをキッチンへと運ぶ。

「みんな帰るのかしら?」パメラはマルティンに囁きかける。

廊下のほうから別れを告げる声が聞こえ、やがて玄関の扉が閉ざされる。一瞬の静寂ののち、リネアとベングトが戻って来る。

「わたしたちもお暇しなくちゃ」パメラが二人に話しかける。

「まさか、もう帰るつもりではないでしょうね?」ベングトがいかめしい声で言う。そして食器棚を開けると、ボトルを二本とグラスを四個取り出す。自分とマルティンにはウォッカを、女性二人にはチェリーのリキュールをそそぐ。

「マルティン、謝らせてくれ。殴ったりして申しわけない」とベングトは言いながら、グラスを手渡す。「言いわけのしようもない。ただわたしは……わかるでしょう。刑務所の前で、ついにきみの姿を直接目にして、わたしの中でなにかが弾けてしまったんだ……」

ベングトはグラスを空ける。焼けるようなアルコールを感じると、その表情がゆるむ。そうして、咳《せき》払いをしてから話を続けた。

「とにかく、ほんとうに申しわけないことをした……謝罪を受け入れてもらえるかな」

マルティンはうなずき、パメラを見やる。自分の代わりに返答することを望むように。

「なにもかも警察のミスなんです」と彼女は言う。「マルティンは病気で、警察はしてもいないことを自白するように誘導したんですから」

「わたしはてっきり……その」とベングトが言う。「言いわけをするわけではないんだが……」

「いいんです」とパメラが言う。

「握手をしてくれるかな？」ベングトは、マルティンを見つめながら問いかける。

マルティンはうなずき、片手を差し出す。だが、ベングトがそれを握ると、かすかにビクリとしたようだった。

「なにもかも水に流してくれるかい？」

「僕のほうはかまいませんよ」マルティンはおだやかにそう言う。

パメラは、リキュールをするふりをしてからグラスをテーブルに戻す。

「犯人が、また少女を誘拐したことはご存じですか？」と彼女は訊く。

「ミア・アンデションね」リネアは間髪置かずに言う。

「胸が悪くなる」ベングトが呟く。

「ほんとに」とパメラが囁く。

「でも、きみは見たんだろう?」とベングトが尋ねる。「現場にいたんだろう。違うのかい、マルティン?」

「暗すぎたんです」とパメラが説明する。

「警察はどう言ってるの?」リネアが訊く。

「わたしたちに、ですか? たいしたことは」とパメラは答える。

「そうだろうな」とベングトは言い、ため息をつく。そしてテーブルの上にあったパン切れをつまみ上げ、口に放り込む。

「一つだけ、頭から離れないことがあるんです」とパメラが続けた。「ヤンヌが誘拐されたとき、犯人からの接触はありませんでしたか?」

「いいえ――それはどういう意味?」リネアが不安気に尋ねる。

「手紙や電話もなし?」

「ええ、そういう……」

「犯人はただのイカレ男さ」ベングトはそう吐き捨て、顔をそむける。

「でも、ヤンヌが失踪するまえに接触してきませんでしたか?」

「よくわからないわ」リネアが眉を寄せる。

「わたしの勘違いかもしれません。でも犯人は、ある種の警告としてミアの写真を撮っているんです――行方不明になっている子の」パメラは話しながらも、自分がしどろもどろになりつつあるのを感じる。

「いいえ、そんなことはなかったわ」リネアはそう答える。そしてグラスをテーブルに戻すと、自分で思っていた以上に大きな音が鳴った。「あれは不幸な偶然だったんだって、みんな話してました。あの日トレーラーが通りかかったときに、うちの子が歩いて帰る途中だったのは」

「なるほど」とパメラはうなずく。

「犯人はあの日、たまたまヤンヌを見かけて誘拐することに決めた。警察はそう確信してました」そう続けるリネアの声は震えている。「でもほんとうはそうじゃなかったんです。行き当たりばったりなんかじゃなかったの。警察にもこのことを話そうとしたんだけど……たしかにあのときのわたしは取り乱してて、いろんな言葉を口走ってしまった。腹が立っていたし、頭の中が混乱していたから。でも、それでも、警察は耳を傾けてくれるべきだったのよ」

「そうさ」ベングトがそうつけ加え、再びグラスを充《み》たす。

「なぜ行き当たりばったりじゃなかったってわかったんですか?」パメラは身を乗り出しながら質問をする。

「何年か経ってから、ヤンヌの日記を見つけたの。あの子がベッドの下に隠してたんです。ここに引っ越してくるときになってようやくそれが見つかって……それで警察に連絡したけど、時すでに遅しだった。気にかけてくれる人はだれもいなかった」

「なんて書いてあったんですか？」パメラは、リネアの目を見つめながら尋ねる。

「ヤンヌは怯《おび》えてた。話してくれようとしてたのに、わたしたちは聴く耳を持たなかった」そう答えるリネアの目に、涙が湧き上がる。「あれは行き当たりばったりではなく、計画的だった。犯人はヤンヌに目を付けて、インスタグラムのアカウントをフォローしてたんです。ヤンヌの生活を調べ上げて、学校からの帰りにどの道を使うかを把握《はあく》していた」

「ヤンヌがそう書きつけていたんですか？」

「うちの中にも侵入してたのよ。ヤンヌを監視して、たんすから下着を盗んで」リネアは続ける。「ある晩、わたしたちがサルサ・ダンスの教室から帰ってくると、ヤンヌは浴室に鍵をかけて閉じこもってた。完全に取り乱した状態だったわ。なのにわたしたちときたら、ほんとうの原因を探ろうともしないで、ホラー映画を見ることを禁止したの」

「わたしでもおなじことをしてたと思うわ」パメラは静かに言う。

「でも日記を読むと、実際にどんな目に遭ったかが書かれていた。この家に引っ越してくる前のことで、うちはまだ一軒屋に住んでいたんです。ヤンヌがキッチンで宿題をしていると、日が暮れて外が暗くなった。窓のところには小さな卓上ランプがあったんだけど、それは点《っ》けてなかったの……どんなかわかるでしょう——屋内に明かりが点いてないと、日が暮れてからでも外の庭が見える——それでヤンヌは、だれかが木のあいだに立ってるのを見かけたように思った」

パメラはうなずく。

「気のせいだってヤンヌは考えた。自分の想像力がたくましすぎるんだって。だから窓のところのランプを点けたんです……でもそうしたら、今度は男の姿がはっきりと見えた。一瞬のあいだ二人はお互いを見つめ合って、すぐに相手はくるりと背中を向けていなくなった……何秒かしてヤンヌは気づいた。外が暗いときに屋内の明かりを点けたら、窓は鏡のようになるでしょう。そこに映っていたってことは、男はキッチンの中にいて、彼女の真後ろに立っていたんだって」

五九

ヨーナは、セントラル橋の下の蒸し暑い空気の中を歩いている。両車線を自動車がうなりをあげて走り過ぎ、排ガスがヨーナの身体にまとわりついた。コンクリートの橋台には、汚れた衣類や寝袋が並んでいる。その隙間には、空の缶や捨てられたポテトチップスの袋、そして使用済みの注射針が転がっていた。

手の中の携帯電話が鳴りはじめる。パメラ・ノルドストレームからだった。

その声は甲高く、昂奮《こうふん》している。ヤンヌ・リンドの両親と会ったこと、そしてヤンヌの日記に書かれていた内容を説明する。

「犯人はキッチンの中にいて、彼女の真後ろに立ってたの」とパメラは言う。「目が合ったのはほんの数秒のことで、人相についての記述はなかった。ただ、真っ黒な毛皮の襟《えり》がついてる不潔なコートを着てて、緑色のゴム長靴を履いていた」

「あなた自身がその日記を読まれたんですか？」

「そうよ。でも、犯人についての記述はそれだけだった。とはいえ、ほかの何カ所かでも、だれかに見られてるかんじがするって書いている……しかもここが興味深いところなんだけど、ある晩のこと、ヤンヌは明るい光で目を覚ましたの。でも目を開けたら、部屋の中は真っ暗。寝てるあいだに写真を撮られたんだって、彼女は確信した。フラッシュのせいで目が覚めたんだって」

バスの走り抜けたカーブに、鉛色の埃が舞い上がる。

「被害者が衝動的に選ばれていると考えるのは難しいと、私もずっと感じていたんです」ヨーナは言う。「犯人は被害者をどこかで見かけた……そして、その人たちをひそかに監視していたのは間違いない」

「そうね」

「まだプリムスが見つかっていません。もう一度マルティンの話を聞かなければ。本人が同意してくれれば、ですが」

「マルティンに協力の意志はあるし、本人はずっとそう話してる。ただ、わたしたちの友だちが――精神科医なんだけど――これ以上催眠術は受けるべきではないと考えてて。マルティンの状態を悪化させるのではないかって心配してるの」

「それでは、催眠術は使わずにやりましょう」とヨーナはパメラに告げ、電話を切る。

岸壁を照らす夕陽の中に出ると、ヨーナの足音の反響は消えていく。ゆったりと流れる水面から、かび臭い匂いが立ちのぼってくる。棹《さお》の先で旗はだらりと垂れ、アスペンの木立《こだち》の葉までもが静止している。

ヨーナは国会議事堂を通り過ぎ、ストレームパターレン公園を見下ろしながら水辺を歩く。そして、ずいぶん昔にはここの水も冷たかったと思い出す。

王立オペラ座内のレストラン〈オペラシェッラレン〉に到着すると、ウェイターに案内されて豪奢《ごうしゃ》なダイニングルームを抜け、黄金の間仕切りの背後にあるサンルームへと足を踏み入れる。窓からは、湖面とストックホルム宮殿を見渡すことができる。

ヨーナは、奥まったテーブルにマルゴットの姿を見出す。そこには、公安警察長官のヴェルネル・サンデーン、主席検事のラース・タム、そして県警本部長のイェスタ・カーリンの姿もあった。

四人が乾杯のためにシャンパングラスを掲げたところで、ヨーナが現れる。

「ヨーナ、わざわざここまで足を運ぶ必要はなかったのに――答えは〝ノー〟。変わらない」ヨーナが口を開くより先に、マルゴットが言う。「〈鷲の巣〉などだれも聞いたことがない。それについては、ちょうどここにいるヴェルネルとラースにも尋ねたところだし、サイバー犯罪対策課と犯罪捜査局にも確認した」

「ところが、どうやら存在するようなんです」とヨーナは譲らない。

「ここにいる全員が、事件に精通している。屋敷の強制捜査に踏み切り、それが大惨事を招いたことも含めてね。どこかのだれかが、なにがなんでも実行すべきだと主張したのが原因」

「女性三人が誘拐されています――そのうち二人はすでに殺害されている……」

ヨーナは口をつぐみ、脇へ退く。給仕係が最初の料理を配膳し、グラスを充たしていく。

要求を通すには、慎重に話を進める必要がある。マルゴットの命令により、援護部隊の到着を待つことなく突入がおこなわれた。そして、この判断によって味方の損害が発生した。それが、すでに共通の認識となっているのだ。

「鴨《かも》レバーのグリル、リコリスと生姜《しょうが》のソースがけです」とウェイトレスが告げる。

「召し上がれ《ボナペティ》」

「どうも」とヴェルネルが言う。

「食事しながらで失礼するよ」とラースが言う。「今日はイェスタの歓送会なものでね。欧州刑事警察機構《ユーロポール》に出向するんだ」

「いいえ、こちらこそ申しわけありません。急を要する案件でなければ、お邪魔はしませんでした」とヨーナが言う。

四人が食事をはじめるあいだ、ヨーナは静かにその場に立ち、マルゴットが顔を上げるのを待ってから続きを話す。

「背景をご説明すると、まずマルティン・ノルドストレームという目撃者がいます。この人物が、プリムスとシエサルと呼ばれる男とのあいだの会話をたまたま耳にした」とヨーナは説明する。「彼らはヤンヌ・リンドと遊び場のことを話していました。殺人のわずか数日前のできごとです」

「そこまではわれわれも知っているな」ヴェルネルはそう言いながら、鴨レバーをソースに浸す。

「で、プリムスとそのシエサルという男が、ヤンヌ・リンドを殺した。あなたは今もそう信じているということね？」とマルゴットが問う。

「実行犯はシエサルだと考えています」

「なのに、あなたはプリムスを探している」マルゴットはそう言い、ナプキンを口元に当てる。

「なぜシエサルのしわざだったと思うのかね？」とヴェルネルが尋ねる。

「プリムスはシエサルの命令を実行できなかった。それで、ウルリーケ・ベントソンが罰を受けました――夜中に家の中に現れたシエサルが、彼女の片足を切り落とそうとしたんです」

玉ねぎのローストにフォークを刺したラース・タムは、それを口に運ぶのをためらう。

「犯人像とは合致するのかね」イェスタが質問をする。

「ウィンチを持ち歩いていました」

「ならばそいつだな」ヴェルネルが断言する。

ウェイターが現れ、食器を片づけてからパン屑を銀の皿に払い落とし、水のグラスを充たす。その間、だれもが口を閉ざす。

「シエサルについてわかっていることは？」ウェイターが立ち去るや、マルゴットが訊く。

「なにも」とヨーナが答える。「データベースには合致する者がいませんでした。シエサルが本名だとすれば、マルティンとプリムスが入退院している精神科にかかったことはありません。記録が残る場所で働いたこともない……それに、ステファンのバイカーギャングもしくは敵対関係にある組織にも、その名の人物はいません」

「手がかりは皆無か」イェスタが呟く。

「プリムスを見つける必要があります。彼だけが、シエサルの正体を明かせるからです」とヨーナは訴える。

「筋は通っているな」ヴェルネルが深みのある声で同意する。

「プリムスはホームレスです。しかし彼の姉によれば、〈鷲の巣〉に行けば必ずいるそうです」

　給仕係が再び音もなく現れて冷えたリースリングを注ぎ、ローストしたブロッコリーのクリームと酢漬けのコールラビ（アブラナ科の野菜。）を添えたザンダー（スズキ目の淡水魚。）のオーヴン焼きを配膳していく。

「ワインを飲みましょう」とマルゴットが言う。

　四人はグラスを持ち上げ、軽く乾杯をしてから一口含む。

「すごくいいね」とヴェルネルが言う。

「いずれにせよ、特殊部隊を出動させるには証拠が足りない」マルゴットがヨーナにそう告げる。

「そのとおり。しばらくのあいだは、慎重に物事を進めなければ」イェスタがもごもごと言う。

「では、私が潜入捜査をします」とヨーナが言う。

「潜入捜査」マルゴットはため息をつく。

「承認していただければ、プリムスを見つけます」とマルゴットは笑みを浮かべる。

「申しわけないけど、それはどうかしら」とマルゴットは笑みを浮かべる。

「だいいち危険すぎる」ヴェルネルはそう指摘しながら、ワインをもう一口飲む。

「ほかに方法はありません」とヨーナが食い下がる。「〈鷲の巣〉が開かれるのは、今晩だけです。この機会を逃せば、街中の階段や駅を虱潰《しらみつぶ》しにしなければならなくなります——いつものパターンに従うとすれば、次にプリムスが精神科病棟に現れるまでは、何カ月もかかる可能性があるんです」

「少し整理したいのだが」ナイフとフォークをテーブルに置きながら、ラースが口を開く。「〈クラブ〉は、プリムスとシエサルに誘拐と殺人を命令しているのかね？」

「それは違うと思います」とヨーナが応える。

「だが〈クラブ〉は、たしかにドラッグの取引や賭博に手を染めている……それにくわえて、違法な高利貸しで莫大《ばくだい》な利益を上げている」

「おきまりのやつですな」とヴェルネルが言う。

「しかし、すべてを円滑に進めるには、貸し付けた金をきっちりと取り立てなければならない」とラースが続ける。「踏み倒される可能性がわずかでもあれば、商売全体が崩壊する」

「とはいえ、若い女性の誘拐というのは、少しやりすぎのようだけど」とマルゴットが指摘する。

「彼らにとっては違う」とラースは主張する。「取り立ての最終手段と見なしているだけなのだからね」

「背景にある動機がどうあれ」とヨーナが言う。「今現在、捜査を前進させられる人物は一人だけです」

「プリムスだな」ヴェルネルが言う。

「で、プリムスがやって来ると考える根拠は？」マルゴットが尋ねる。

「プリムスの姉が、弟は必ず〈鷲の巣〉に行くと話しています」

「で、プリムスを見つけたとして、どうやって連れ出すつもりなの？」

「なにか方法を考えます」

「そういうとき、あなたは行き当たりばったりにことを進める傾向があるから……」

ウェイターがテーブルを片づけるあいだ、再び全員が口を閉ざす。

「すばらしかったよ」イェスタが、ウェイターに向かって静かに言う。

「ありがとうございます」そう応えてから、彼は姿を消す。

全員の視線がマルゴットに集まる。手にしたワイングラスをゆっくりと回転させている。屈折した光が、白いテーブルクロスに広がる。

「今晩潜入捜査を実行に移すというのは、性急にすぎると思う」マルゴットはそう言い、ヨーナの顔を見上げる。「しかも潜入したところで、プリムスを見つけることすらできないかもしれないのだから」

「きっと見つけます」とヨーナが食い下がる。

「でも、わたしにはそう思えない……いつも話しているとおり、大切なのは警察の地道な仕事なのであって、ゆっくりと動くこの巨大な装置を信頼すべきです」

「しかしチャンスは今晩だけなんです……」

「ヨーナ、じっくりと腰を据えて待ちなさい。〈鷲の巣〉の開く夜は今晩だけではない――」

「それを待っていては、ミア・アンデションが死ぬかもしれない」ヨーナは、マルゴットの言葉を遮る。

彼女は厳しい視線をヨーナに向ける。

「話の腰を折り続ける気なら、この事件から外しますよ」

「はい」

「わたしの話がわかりましたか？」

「はい、わかりました」

そして居心地の悪い沈黙が訪れる。イェスタは話題を逸らそうとして、ムスケ島の海辺にある小屋を改装する計画をぎこちなく持ち出すが、応じる者がだれもおらず、あきらめる。

次の料理が運ばれてきたときには、だれもがまだ気まずそうに口をつぐんでいた。ウェイターは口早に、ゴットランド島産子羊のヒレ肉に、レンズ豆とヘイゼルナッツのラグーを添えた料理であること、そしてボルドーを流れるジロンド川河口西岸で作られた赤ワインであることを説明する。

「さて食事をさせてもらおうかしら」ヨーナに向かってそう告げたマルゴットは、ナイフとフォークを手にする。

「後ほどお時間をいただけますか？　計画を詰めるために」とヨーナが尋ねる。「小さな部隊で充分です。潜入し、目立たないよう行動しながらプリムスをほかの人びとから引き離し、逮捕します」

マルゴットはフォークを持ち上げて、ヨーナに向ける。その先端から垂れたソースが靴に付着する。

「ヨーナ、あなたはかしこい人間よ。だけど、あなたの弱みがわかったわ」とマルゴットが言う。「事件に取り憑《つ》かれたあなたは、脆弱《ぜいじゃく》になる。なぜなら、あきらめることができないから。そして、目的を達成するためにならどんなことでもする――法を破り、職を失い、命を失うことすら」

「それは弱みなのでしょうか？」とヨーナは問い返す。

「今晩の潜入捜査は、承認しません」

「しかしどうしても――」

「今、話の腰を折りましたね？」マルゴットがカッとして言う。

「いいえ」

「よく聞きなさい、ヨーナ」マルゴットはゆっくりと話す。「わたしはカルロスではない。あなたのせいで職を失うつもりはないの。わたしはあなたの上司。わたしの命令には従いなさい。たとえ納得できなくても」

「そうします」

「よろしい」

「靴にソースが付いています」ヨーナはマルゴットに言う。「お取りしましょうか？」

ヨーナは返答の隙を与えることなく、カートから白いナプキンを取り上げる。そして、マルゴットの足元にひざまずく。

「おい、面白くもない冗談だぞ」ヴェルネルが声を上げる。

「そんなことやめたまえ」そう言うイェスタの声も、こわばっている。

ヨーナは丁寧にソースを拭い取り、靴全体を磨き上げる。

隣接するテーブルのだれかが、不快そうな呟きを漏らす。サンルームにいるだれもが口をつぐんでいた。ラースの目は不意に輝きを増し、ヴェルネルはテーブルの上でうつむく。

ヨーナは、もう片方の靴を悠々と磨き終えてから立ち上がり、ナプキンを折りたたむ。

「人員は二名」マルゴットは冷ややかにそう告げ、皿の料理にナイフを入れる。「今晩だけ。失敗は許しません。それから明日の朝、報告を入れること」

「どうも」ヨーナはそう応え、踵《きびす》を返して歩み去る。

六〇

横一列に並んだ三台のバイクが、セデテリエ市南部に広がる港湾部の工業地帯を走り抜けていく。ディーゼル車の給油施設やトレーラー置き場、そして運送会社の建物が、次々と背後に流れ去る。

単気筒エンジンの轟音《ごうおん》が、立ち並ぶ建物の単調なファサードに反響する。

夜の空気は暑く、じっとりと湿っていた。湾の対岸には、巨大な熱電供給プラントがそびえている。

中央のバイクに乗っているのはヨーナだ。そして両脇に二名の同僚を従えている。

三人の任務は、〈鷲の巣〉に潜入し、プリムスを探し出すこと、そして人目に付かないように逮捕することだ。

ヨーナは四時間前、エドガル・ヤンソンとラウラ・ステーンハンマルに対して、今晩の計画をつまびらかにした。

二人と行動をともにしたことはない。だがラウラが十年前に、ノールマルム警察の現役を外されたことは記憶していた。アンフェタミン精製装置を積んだバンに向かって、手榴弾《しゅりゅうだん》を投げつけたのだった。その後彼女は、公安警察の治安維持課に採用された。そこでは、過激派メンバーの特定や潜入捜査に携わっている。

エドガルはわずか二十五歳だが、ストックホルム地方全域を管轄する麻薬捜査班の潜入捜査官だ。

三人はそれぞれに身分証と現金、そしてフスクヴァーナ・ヴィットピレンを一台ずつ与えられた——七〇〇CCのエンジンを積んだバイクだ。

服装もすべて、この作戦にふさわしいものを選んである。

顔合わせのときにニットのチュニックを着ていたラウラは今、タイトなレザーパンツとバイカーブーツ、そして白のタンクトップという姿だ。

エドガルの淡い茶色のズボンとチェックのセーターは、黒のジーンズとカウボーイブーツ、そして裂け目の付いたデニムジャケットに入れかわっている。

ヨーナは白と黒の迷彩パンツを穿《は》き、ワークブーツと黒のTシャツを身に着けている。

ラウラは、自分の抱えている情報提供者の一人から、カードキーを手に入れることができた。〈鷺の巣〉への、ある種の通行証として機能するものだ。

プリムス・ベントソンとステファン・ニコリックの写真を子細に観察し、容貌を記憶している彼らは、二人の姿を目にすれば、ただちに識別することができる。また、港湾地区の衛星写真を細部にいたるまで検討し、建物と道路、そして背の高い塀や埠《ふ》頭《とう》やコンテナヤードの位置関係が頭に叩《たた》き込まれている。

運河上では、特殊作戦部隊の隊員三名がリブボートに乗り込み、待機している。ヨーナらがプリムスを発見した際には、五分で〈鷺の巣〉の開かれている埠頭に急行できる位置だ。

ヨーナたち三人は鉄道の高架をくぐり、背の低い塀に沿って進む。そこには、警備会社や監視カメラの存在を警告する看板がところ狭しと掲げられている。やがて彼らは、コンテナやバルク貨物を積み降ろしするターミナルへとつながるゲートの前で減速した。

ラウラはカードキーを取り出し、塀の支柱に取り付けられているカードリーダーに通す。ゲートが開きはじめると、彼女は緊張の高まりと安堵《あんど》がない交ぜになったものを感じる。

三人は内部へと進入し、駐車スペースで停まる。そこには、すでに巨大なバイクがぎっしりと並んでいた。航空機格納庫を思わせる建物がそばにあり、中からは叫び声や騒音が聞こえてくる。

「機会があったら、プリムスに発信器を取り付けるんだ。だが、けっして危険を冒してはいけない。焦らずにな」ヨーナはそう繰り返しながら、扉に向かって歩いていく。

三人は中で別れ、目立たぬようにプリムスを探す計画だ。

夜空は明るい。だが彼らのいる場所はまだかなり暗く、人工照明によるくっきりとした影は落ちていない。

三人は、埠頭のコンクリート面に敷かれている錆《さ》びついた線路に沿って歩いていく。

顎髭《あごひげ》を生やし、タトゥーを入れたレザーベストの一団が彼らの前にいて、セキュリティゲートのほうへと近づいていく。

エドガルは、こわばった笑みを浮かべながらデニムジャケットの裾を引っぱり、整える。

三人はエントランスへの列に加わる。ラウラは髪を解き、赤い巻き毛を剝きだしの肩に垂らす。

入り口には四人の用心棒がいて、それぞれアサルトライフルを構えて警護にあたっている。

ヨーナらの前にいたがっしりとした体格の男が、自分の拳銃と引き換えに受領書を受け取り、それを財布に押し込む。

格納庫からの叫び声や拍手《はくしゅ》が、いちだんと高まる。海岸に打ち寄せては砕ける波のようだ。

セキュリティゲートを抜けると、背の高い金髪の女性が客を迎え入れながらドリンクチケットを配っている。それは、一コマずつ切り出した映画のフィルムでできているようだった。

「幸運を」女性は、ヨーナの目を見つめながらそう言う。

「ありがとう」

建物の内部ははるかに暗かった。格納庫の中央にボクシングリングが設けられていて、その周囲に人だかりがある。ゴングが鳴り、ボクサーたちがそれぞれのコーナーに戻る。二人とも息が荒く、白いテープを巻いた両拳は血塗《ちまみ》れだ。

ヨーナたちはバーカウンターへと向かう。その周囲は、タトゥーの入った腕、剃《そ》り上げた頭、黒いレザー、顎髭、そしてピアスを開けた耳がひしめき合っている。

「コスプレ最高」ラウラが乾いた口調で呟く。

床はびしょ濡《ぬ》れで、プラカップや捨てられた嗅ぎ煙草《たばこ》、そして使用済みのドリンクチケットが散乱している。

ラウラは映画のコマを持ち上げ、バーの上に取り付けられているライトにかざす。

それはポルノ映画だった。装置に取り付けられた長い棒の先がディルドーになっていて、一人の女性がそれを挿入されている。

三人はそれぞれに映画のフィルムをビールと交換し、人ごみの中へと分かれていく。

ボクシングリングは煌々《こうこう》と照らされている。人びとが群がり、前方にいる人間は頭上のライトを顔面に浴びていた。

ヨーナはそちらに近づいていく。

鈍い音がすばやく連続して聞こえてくる。片方の選手が拳《こぶし》を叩き込んでいるのだ。山高帽をかぶった長髪のノミ屋が、群衆のあいだを移動しながら賭け金を受け取っていく。

格納庫の奥にある、埠頭に面した扉は大きく開け放たれていた。昆虫を狙うツバメたちが、建物の内側深くに飛び込んでくる。

ヨーナは、二人のボクサーにしばらくのあいだ視線を向け、赤コーナーの男が勝つだろうと見きわめる。

背後をふり返り、セキュリティゲートとバーカウンターのほうを見やると、同僚二人の姿はすでにない。

格納庫の片側の壁際には中二階が設けられ、そこが事務所になっている。空間全体を見渡せるその巨大な窓の内側では、暖色の明かりに照らされた何人もの人びとが、シルエットとなって動きまわっている。

青コーナーの男がなにごとか叫びながらローキックを繰りだしたあと間髪置かず、相手の頬に回し蹴りを命中させる。

打撃を受けたほうの頭がぐらりと揺れ、身体は横方向によろめく。そしてうつろな顔でロープに手を伸ばした瞬間、ラウンドが終わる。

山高帽のノミ屋が観客から観客へと移動しながら、賭け金と引き換えに受取を手渡している。

「赤コーナーのKO勝ちに」ノミ屋と目を合わせたヨーナが言う。

「オッズは二・五倍です」と彼は応える。

「いいよ」男はヨーナに受取を差し出してから、移動を続ける。

赤コーナーの選手はバケツに血を吐き出す。あたりには汗と塗布薬の匂いが漂っている。対戦相手がマウスピースを口中に戻す。

再びゴングが鳴る。

リングマットを踏みしめる両選手の剝きだしの足が、鈍い音をたてる。

ヨーナはさりげなく人ごみの中を移動し続ける。プリムスを見逃さないよう、一人一人の顔を確認していく。

だれもがリング上のボクサーに意識を集中させていた。

青コーナーの背後に、痩せた男が立っていることに気づく。黒いスウェットを着ていて、フードをかぶっている。顔は見えないが、試合の推移に反応しているようすはない。

人をかき分けながら、男のほうに向かいはじめる。

観衆が叫びを上げ、腕を突き上げる。

赤コーナーの選手が、相手の肋骨《ろっこつ》に重いジャブの連打を浴びせる。

ヨーナは脇に押しのけられ、フードの男を見失う。

青コーナーの選手は後ずさりしながら、肘で脇を守ろうとする。ジャブを打ち返すと、相手は身体を落としてそれをかわす。その瞬間、両手がわずかに下がる。

打撃音が響きわたる。濡れた手を打ち合わせたような音だ。

右フックを頰にまともに受けた青コーナーの選手は、横方向によろめく。

再びびくり出された右フックが彼のテンプルを捉え、片足の力が抜ける。

そして床に倒れ込む。

ヨーナは人を押しのけながら前進する。観衆の突き上げる腕のあいだから、赤の選手が相手の顔面に足を蹴り下ろすのが見える。

歓声が沸き、何人かが手を叩きはじめる。

飲みかけのビールが投げ込まれ、リングのキャンバスに泡をぶちまける。ヨーナには、フードの男の姿が見つからない。

観衆の大部分が、賭け金の受取を床に投げ捨てていた。

ヨーナは一人一人の顔を確認しながら、受取と引き換えに勝ち金を回収する。再び事務所を見上げると、ステファン・ニコリックらしき男が窓際に立ち、リングを見下ろしている。ほとんどシルエットにしか見えないが、背後にある暖色の明かりがわずかに顔面を照らしている。

六一

エドガルは、バーカウンターのところでラウラと分かれる。リングサイドの群衆の中にいるヨーナを見つけるが、自分は格納庫の奥のほうへと進んで行く。

人びとの流れに身をまかせ、開いた扉を抜けて埠頭に出る。

近くから、激しく吠える犬の声が聞こえてくる。

　プリムスの顔を求めて人ごみに視線を走らせながら、仮設トイレの前の長い行列を過ぎ、コンテナヤードを歩き抜ける。

　レザーベストを身に着けた痩せた男が、ゴミ箱の蓋の上に嘔吐《おうと》している。ジーンズは尿でびしょ濡れだ。エドガルは視線を逸らしながら、男の両腕が注射痕だらけだと気づく。

　艀《はしけ》や貨物船が埠頭に沿って繋留《けいりゅう》されていた。

　だれもが、円屋根の巨大な倉庫に向かって進んでいくようだった。扉は大きく開け放たれ、中からは叫び声や咆吼《ほうこう》が聞こえてくる。

　エドガルは大型積込機の横を通り、広大な倉庫に向かう人びとともに歩いていく。そこには凍結防止に使う道路用塩が貯蔵されていた。中に足を踏み入れると、床一面が雪で覆われているように見える。奥のほうの空間には塩の詰まった袋が積み上げられ、十五メートルほどの高さのところにある黄ばんだアクリルガラスの天井まで達している。

　倉庫の手前の空間には、暴徒の侵入を防ぐために使われるフェンスを用いて、長方形の囲いが設けられている。

　白い床に深い轍《わだち》が何本も走り、壁際には塩が吹き寄せられている。

　五十人ほどの人びとが、フェンスの周囲で押し合いへし合いしていた。

檻がいくつも並んでいて、その中には、筋肉の発達した首筋と顎を持ち、落ち着きがなく凶暴そうな闘犬たちが入れられている。

エドガルは、人びとの昂揚《こうよう》した顔を眺めていく。

人ごみの隙間から、一人のトレーナーが囲いの中に足を踏み入れるのが見える。両手でリードと首輪をつかんだまま、犬に引きずられるようにして進んでいた。後ろ足で床を踏みしめているその犬の身体は、空中に持ち上がっている。

人びとは猛烈な勢いで賭け金を張り込む。だれもが叫んだり指さしたりしていた。犬たちは吠えながらすさまじい力でリードを引き、喉を詰まらせてゼエゼエと苦しそうな息をつきはじめる。

チェック柄のコートを着た審判が、片手を上げる。

トレーナーはリードを外すが、首輪からは手を離さない。二、三歩前へと引きずられながら、なにごとか叫んでいる。

エドガルの位置からは、囲いの反対側が見えない。だが、もう一人のトレーナーもおなじことをしているのだろうと考える。

審判がカウントダウンをし、手を下げる。

二人のトレーナーがいっせいに手を放し、二頭の犬が突進していく。相手の身体に牙を深々突き立てようと、互いに隙をうかがいながらうなったり、飛びつきかけたりする。

群衆の昂奮はいやが上にも高まり、だれもがフェンスに身体を押しつけてひしめく。

二頭の犬は後ろ足立ちになり、互いの肩にのしかかる。土埃を蹴り上げながら、繰り返し相手に咬《か》みついた。

焦げ茶の犬が敵の耳を咬むことに成功し、そのまま首と頭を激しく振る。二頭は再び四本足に戻り、絡み合ったままその場で回転する。白い床に血が滴った。

体重の軽いほうが、哀れっぽい鳴き声を上げている。

荒い呼吸とともに、二頭の腹が上下する。

焦げ茶の犬は、相手の耳に咬みついたままだ。首を右に左にと激しく動かし、ついに肉片を引きちぎるとさっと走り去る。

エドガルの傍《かたわ》らにいた男が笑い声を上げる。

心臓の高鳴りを感じながら、エドガルは前進する。その瞬間、プリムスの姿を発見する。倉庫の奥のほうにいる。間違いない。写真のプリムスだ。あの細面、乱杭歯、灰色の長髪。赤いレザージャケットを身に着けていて、背の低い男と激しい口論をしているようだ。

トレーナーたちが叫び、犬がうなる。そして、再び互いに向かって突進していく。

軽いほうの犬が転び、背中を地面につけたまま相手にのしかかられる。

エドガルは、プリムスが分厚い封筒を相手に渡すのを見る。受け取った側は、紙幣を数枚引き抜いてチップとして戻してやる。

焦げ茶の犬は、敵の喉に咬みついて放さない。

群衆がわめきはじめる。

小柄なほうの犬は震えはじめ、恐慌状態で相手の身体に足を回すが、相手は放そうとしない。

その凄惨な光景に、エドガルの目には涙がこみ上げたが、人びとをかき分けながらどうにかプリムスに近づこうとする。

人ごみのあいだに、まだ赤いレザージャケットが見えている。

エドガルは手で涙を拭いながら、プリムスに発信器を付けるのは容易《たやす》いと考える。

「おまえ、どうしたっていうんだよ」顎髭の男が大声を出しながら、エドガルの上腕をつかむ。

「なんでもない」と応えたエドガルの目に、相手の泥酔した視線が飛び込む。

「ただの犬じゃねえか」男はニヤニヤしながらそう言う。

「うるせえ」エドガルは声を張り上げながら、腕を引き離す。

「あっちのほうで人間がどんな目に遭《あ》ってんのか知ってるのかよ——」

「ほっとけ」とその言葉を遮り、男を押しのけて脇を通り抜ける。

「女々しい野郎だぜ！」男が背後で叫ぶ。

プリムスがいない。群衆の中を半狂乱になって探しまわったエドガルは、倉庫を出ようとしているプリムスを見つける。人びとをかき分け、謝罪しながら突き進む。やがて、人びとのあいだに空間が開く。トレーナーが、死んだ犬を囲いの中から引きずり出しているのだ。エドガルはその隙間を利用し、先を急いだ。

六二

エドガルが夜の空気の中に出ると、塩の倉庫からはまだ犬の吠え声が聞こえていた。人びとは今や、埠頭全域に広がり蠢《うごめ》いていた。積み上げられたコンテナのほうへと向かう人びともいれば、中央にある格納庫の入り口へと回り込んでいく一群もいる。前方にプリムスの姿を見出したエドガルは、足早にあとを追う。

額に鉤《かぎ》十字のタトゥーを入れた年配の男が、ペットボトルのファンタを飲み干すとげっぷをし、腹で手を拭う。

プリムスは進行方向を変え、コンテナの隙間に入る。エドガルもまた、それを追って暗い路地に足を踏み入れる。不意に騒音が消え、聴覚を失ったように感じられた。人糞《じんぷん》と吐瀉《としゃ》物の臭いがする。

赤や黄、そして青に塗られた鋼鉄の壁が、十五メートルほどの高さまで聳《そび》えていた。前方で通路が交差している。そこにある男たちの行列はコンテナの内側へと続いていて、その先にはビニールシートで覆われたベッドがあった。裸の女性が大の字に横たわっていて、がっしりとした体格の男がのしかかっている。短いレザースカートを穿いているもう一人の女性が列にいる男に指名され、連れ出されていくのが見えた。金髪のウィッグを着けた背の高い女性が、脚のあいだにコンドームを垂らしたままよろよろと歩いていく。

プリムスは、コンテナの隙間に広がる迷宮じみた通路の先へと進んでいく。ポニーテールが、その赤いレザージャケットの背中で跳ねていた。百メートルほど先で向きを変えると、コンテナの中に消える。

エドガルは狭い通路を歩きながら一瞬ためらったのち、プリムスを追って暗闇に足を踏み入れる。注意深く壁に沿って進み、立ち止まった。

すぐ近くに、動く人びとの気配がある。あちこちから、抑えた話し声が聞こえてくる。

息が詰まりそうな空気には、鼻を突く化学的な臭気があった。

天井には風防付きランプが吊されていて、ぼんやりとした光を投げかけている。

目がゆっくりと暗闇に順応していくと、壁にもたれたり床に寝転がったりしている十数人の姿が浮かび上がってくる。

プリムスは奥のほうの隅にいて、編《あ》み込み髭の男の前に立っている。透明の筒に詰まったコカインとおぼしきものを買うプリムスから幾ばくかの金を引っぱり出す。ゆっくりとベニヤ板の床の上を進む。編み込み髭の男は、金を数えなおしている。その間プリムスはイライラと足を踏み鳴らし、耳にかかった灰色の髪を払いのける。

エドガルは眠り込んでいる男をまたぎ、プリムスに接近する。紙幣を差し出しながら、床の上で見つけたふりをする。

「これ、落としてたよ」とエドガルは言う。

「え？　ああ、ありがとよ。親切にどうも」プリムスはそう言い、それをポケットに押し込む。

エドガルは、親しげなふうをよそおいながらその肩を叩き、レザージャケットの襟の裏側に発信器を取り付ける。プリムスはプラスティックの筒を明かりにかざしてから床に腰を下ろし、両膝を胸に引き寄せる。

そして、小さなガラスパイプの準備をはじめる。

ランプの下には若い男が立っていて、震える両手でアルミホイルの小さな円錐《えんすい》を作っている。

エドガルはプリムスの細面を横から観察する。頬に刻まれた皺《しわ》と、肩まで垂れた髪。麻薬捜査班で潜入捜査をしているエドガルにとっては、なじみの光景だった。クラック・コカイン(固形コカイン。)を吸うことはできない。中に含まれている塩分によって、融点が高くなりすぎるからだ。だがそこにアンモニアとベンジンをくわえれば、成分が分離する。上澄みに、純粋に近いコカインの層ができるのだ。そして溶液が蒸発すると、白くもろい塊が残る。それを熱して煙を吸い込むと、短く強烈な恍惚《こうこつ》感を得られる。

プリムスはレザージャケットのファスナーを降ろし、内ポケットからライターを取り出す。そして、パイプに覆いかぶさるようにして前かがみになる。

発信器が襟からはずれ、落ちかけている。

それを付けなおさなければならないと気づいたエドガルは、プリムスのほうへとにじり寄る。

ライターでパイプを熱しているプリムスの口には、よだれが溜《た》まりはじめている。ガラスの小さなボウルの中で、煙が渦巻きはじめる。

身を反らしながらそれを吸い込む。

涙が頬を伝う。顎に力が入り、唇が色を失う。ぶつぶつと不安げにひとり言を漏らす。小さなパイプが、その手の中で震えていた。

エドガルはその傍らにしゃがみ込み、肩に手を載せる。

「大丈夫かい？」そう尋ねながら、今度こそ発信器を正しい位置に固定する。

「どうかな」プリムスがもごもご言いながら、再びパイプを熱しはじめる。「くそう、効かねえ——あんたにやるよ」

「どうも、でも……」

「やりなって、さっさと吸わないとなくなるぜ」いらだった口調でそう言うと、パイプをエドガルの口に押しつける。

考える間もなく煙を吸い込んだエドガルは、パイプの中が空になるのを見守る。効き目はたちまち現れた。筋肉は重くなり、崩れ落ちるようにしてプリムスの隣の壁にもたれかかる。

エドガルの中に激しい動揺が広がる。ヨーナを探し出す前に、効き目が切れるのをこのままじっと待たなければならない。

全身をすさまじい恍惚感が走り抜ける。ペニスが固くなり、鼓動が速まり、唇が疼《うず》く。

「おれはいろんな薬物を摂取してる」プリムスが低い声で説明する。「だからこいつを吸うと、頭をぶん殴られたみたいになって顎の筋肉がこわばることがあるんだ……」

エドガルはその声に耳を傾けている。思考は完璧に明晰《めいせき》で、この感覚は単にドラッグの効果だとわかっている。それでもなお、ひとり笑みを浮かべる。

ジーンズの股間が張りつめていた。

まわりじゅうの人びとが、暗闇の中でひそひそと言葉を交わし合っている。髪の毛を繊細に編み込んだ女性が、エドガルにほほえみかける。

エドガルは背後にもたれ、目を閉じる。するとだれかがジーンズのボタンを外すのを感じる。あたたかい手が中に滑り込み、ペニスをつかむとそっと握りしめる。

エドガルは、鼻から途切れ途切れに息を吸い込む。

心臓が激しく鼓動を打っている。

快感は強烈で、ほかのすべてがどうでもよくなる。

手がやさしく上下に動きはじめる。

エドガルは目を開き、闇の中でまばたきをする。すると、プリムスが前かがみになって口に含もうとしているのが見える。

それを押しのけ、ガクガクと震える足で立ち上がる。ジーンズを引き上げ、勃起したペニスをしまい込みながら、よろよろとコンテナの外に出る。

われを失うことへのすさまじい恐怖が、エドガルを衝《つ》き動かす。同時に、自分のしようとしていることが過ちだという認識もある。

両足はゼリーと化したように力が入らない。鼓動が耳の中で轟《とどろ》く。

足早に歩き、細い通路に戻る。行列の男たちにはかまわずコンテナに飛び込むと、中にいる女性のうち一人の前で立ち止まる。茶色の瞳には警戒心が覗き、口角がひび割れている。ひと言も発さずに彼女の上腕をつかむと、傍らに引き寄せる。

「大慌てじゃないか、だれかさんは」と女性が言う。

手持ちの現金をすべて手渡すと、女性の顔に驚きの表情が浮かぶ。それをちらりと目に留めながら彼女の身体を回転させ、その顔を壁に向ける。短いフェイクレザーのスカートの中に手を入れ、赤い下着を膝まで引き下ろす。

苦痛をおぼえるほどの勃起だった。

震える両手でジーンズのボタンを外し、女性の中に押し入れる。

エドガルは自分のしていることが信じられなかった。こんなことはしたくないのだ。だが、どうしても自分を止められない。

血中を駆け巡るドラッグが、氷水のように感じられる。全身の毛が一本残らず逆立つ。エンドルフィンが身体の隅々にまで行きわたる。

エドガルは女性を突き続け、オーガズムを迎える瞬間にすすり泣きを漏らす。それは滝に打たれたような感覚で、痙攣はいつまでもやまなかった。

六三

ヨーナは、バーカウンターのところにいるフードの男に歩み寄る。故意に自分の身体を突き当て、目を合わせてから謝る。

プリムスではなかった。金髪の顎髭を生やし、頰にピアスを入れた若者に過ぎない。

ヨーナは、ブラカップを手にしてボクシングリングに戻る。

顔面や胴が傷痕であばたのようになっている男が二人、対峙《たいじ》していた。頭上のギラつくライトの中で、向き合ったまま旋回している。

二人の手には、割れたボトルがある。

一人はジーンズ、もう一人は黒の短パン姿だ。

観衆の熱気は高まる一方だが、二人は攻撃に移ることをためらっているようだった。それぞれに飛びかかろうとするが、攻撃は一つも命中しない。

頭を剃り上げ、首筋にタトゥーを入れた大男がヨーナの肩を叩く。緑のTシャツに、だぶついたスウェットパンツという姿だ。

「なあ、ちょっといいかい」男が熱っぽく話しかける。「おれのこと、わかるかい?」

「さあ、どうかな」ヨーナはそう応え、視線をリングに戻す。

身長は二メートルを超えているだろう。体重はヨーナをはるかに凌駕《りようが》している。桁《けた》外れに太い両腕は、濃緑色のタトゥーで覆われている。

ヨーナは、男がだれなのか明確に認識している。〝ポニーテール＝テール〟という名で、クムラ刑務所を根城とするいわゆる囚人ギャングの一員だ。だが、ヨーナがクムラに収監された直後、サルトヴィク刑務所に移されていたのだった。

「ぜったいどこかで会ったことあると思うんだけどな」ポニーテール＝テールが言う。

「かもな。でもほんとうに思い出せないんだ」とヨーナは応じながら、もう一度男の顔を見る。

「名前は？」

「ユルキだ」ヨーナは言い、男の目をまっすぐに見つめる。

「おれはポニーテール＝テールって呼ばれてる」

「聞いたことあるような気がするな」そう話した瞬間に観衆が沸《わ》き、ヨーナは視線をリングに戻す。

黒の短パンを穿いた男がハイキックを繰り出すが、その足を片手でつかんだ対戦相手は、割れたボトルで爪先をひと突きしてから放す。

「くそっ、おかしいな。ぜったいあんたとは会ったことがあるはずなんだけどな……」

ポニーテール＝テールはバーカウンターに向かって進みはじめるが、何歩か進んだところで踵を返すと戻って来る。

「いつもここに来るのかい?」と男が尋ねる。

「そうでもないな」

「おれはおつむがとろすぎるんだ。思い出せねえ」そう言うと、笑みを浮かべながら首筋を掻《か》く。

「もしかしたら、あんたの知り合いに似てるだけなのかも——」

「違うな。あんたにはぜったい会ったことがある」とポニーテール=テールが言葉を遮る。

「じゃあな、おれは行くぞ」

「そのうち思い出すと思う」男はそう言いながら、自分のこめかみを何度か殴りつける。

ヨーナはリングのそばを通りすぎ、格納庫の巨大な扉へと向かいはじめる。黒い短パンの男が、血の筋を残しているのが見えた。

あとを追いかけてきたポニーテール=テールが、ヨーナの腕をつかむ。ふり向いたヨーナの険しい表情を目にした巨漢は、謝罪するように両手を挙げる。

「もう一度あんたの顔を見たかっただけなんだ」と彼は言う。「ちょっとだけ待ってくれよ」

「おまえ、気にしすぎだろう」

「あんた、イエテボリに住んでなかったかい？」

「いいや」とヨーナは言い放つ。

「そうかい、悪かったな」大男はそう言いながら頭を深々と下げた。首に懸かっているトールハンマー（北欧神話の神、トールの持つ武器。）がぶらぶらと揺れはじめる。

ヨーナは、こちらに背中を向けてバーカウンターへと向かう男の後ろ姿を見つめる。

群衆がいっせいに叫び声を上げる。

二人はロープ際でもみ合っている。ジーンズの男は、相手の突き出すボトルを片手でかわす。その手には深い切り傷が口を開き、血液の筋が腕を伝う。それでも自分のボトルは手放すことなく、それを使って相手の顔を狙うがどうしても命中しない。

六四

ラウラは、ボクシングリングから離れてエントランスに向かう。タトゥーの入った男が、彼女の肩に手を回す。耳元でなにごとか囁かれるが、男の呂律《ろれつ》は回っておらず、彼女には聞き取れない。だがその意味は、経験上充分に推測できた。

男を振り払いつつ、思わずラウラは元恋人のことを考える。タンクトップ一枚にレザーパンツという姿で、こんな男たちに取り囲まれている姿を見たらなんと言うだろう。

あいつが今ここにいたら、携帯電話の画面から顔を上げることすらできないだろう。

リング上の若い男が、仰向けに倒れて大の字になる。そのはずみに後頭部がフロアを打ち、派手な音をたてる。血塗れのマウスピースが飛び、彼の髪の毛の中に落ちる。

群衆は不満の声と叫びを上げる。

空のコップやゴミ屑が雨あられと降りそそぐが、若い選手は身動きしない。傍らのカットマン（ボクシングにおいて、傷の手当を請け負う専門職。）は、どうにか立ち上がらせようと懸命だ。だが本人は、自分が今どこにいるのかすらわかっていないようだった。そして歩こうとすると、たちまちのうちに腰が抜ける。

その直前の対戦では、ラウラは大勝ちをしていた。だがその勝ち金はすべて、今フロアに横たわっている若いボクサーに賭けていた。

ラウラは手もとの受取をちらりと見やり、丸めて地面に投げ捨てる。もう一杯ビールを買ってから、格納庫の奥にあるモニターの周囲に集まっている男たちのほうに向かおうと考える。

人をかき分けながらバーカウンターに向かいはじめたところで、背の高い白髪の男に呼び止められる。

「ステファン・ニコリックが、ＶＩＰルームであなたに飲み物をごちそうしたいと申しています」と彼は言う。

「ありがとう。でもけっこう。もうそろそろ帰るつもりだから」とラウラは応じる。

「あなたとお話がしたいと申してます」白髪の男が言い張る。その声にはあたたかさの欠片《かけら》もなかった。

「わかったよ、ありがたいことで」

ラウラは、男に続いて人ごみの中を進む。ずんぐりとした男がこちらに突進してきたので、それを押しのける。汗でびしょ濡れになったＴシャツの感触が、掌《てのひら》に残る。近づいてくる白髪の男を目にして、一団の人びとが道を開ける。格納庫の最奥には扉があった。

そのすぐ外には、防弾ベストを身に着け、拳銃を携えた男が二人立っている。ラウラは鼓動が速くなるのを感じる。

なぜニコリックに呼ばれるのか、まったくわからなかった。

白髪の男はキーパッドに暗証番号を打ち込み、中に足を踏み入れる。ラウラはそのあとを追って、照明に照らされた短い階段を上る。

二人は、ワインレッドのビーズのカーテンをくぐり抜け、ＶＩＰルームに入る。

室内には光量を抑えた暖色の照明が灯っていて、焦げ茶色の革の肘掛け椅子と、低いコーヒーテーブルを照らしている。その上には、鳥に関する大判の書籍が載っていた。

奇妙な匂いが鼻を突く。

ステファン・ニコリックは大きな窓の前に立ち、ボクシンググリングと人ごみを見下ろしている。

アフロヘアの痩せた女性が立っていて、その傍らにあるサイドボードには、デキャンタやグラス、そしてアイスペールがところ狭しと並んでいた。女性は光沢のあるスポーツウェアを身に着け、黒いビーチサンダルを履いている。

「どうも」ラウラは、笑顔で声をかける。

女は無言のまま、感情を微塵《みじん》も見せることなく、白い布巾でグラスを磨いては元の位置に戻していく。

壁際には大きすぎる檻があり、中にはイヌワシがいる。焦げ茶色の逆立った羽は暗がりに溶けこんでほとんど見えないが、金色の頭と折れ曲がった嘴《くちばし》が、わずかに明かりを反射している。

その巨大な鳥はビーズのように輝く目で、室内の動きをすべて追っているようだった。

踵を返したステファンの片手には、双眼鏡があることにラウラは気づく。

彼はひと言も発することなく椅子などの置かれている一画に移動すると、双眼鏡をコーヒーテーブルの上に置く。

何日も睡眠が取れていないような顔だった。両目は腫れぼったく黒ずんでいて、口元には締まりがない。白髪交じりの髪は短く刈られ、顔面は殴り合いの瘢痕《はんこん》だらけだ。鼻は何回か折れたように見えるし、頬には何本も傷が走っている。

「調子はどうだい？」ラウラを見やりながら、ステファンが尋ねる。

「最高……まあ、最初の試合からこっち、ずっとついてないけど」そう応えながら、顎先で窓を差す。

「見たことのない顔だな」

「そうかい？」

「人の顔をおぼえるのは得意なんだ」

「あんたの言うとおり。今日がはじめてさ」ラウラはほほえむ。

「座りな」

「どうも」

ラウラは腰を下ろし、明るく照らされたボクシングリングと格納庫の中を動きまわる人ごみを見下ろす。

「早い段階で負けが込んだお客さんには、挨拶《あいさつ》するようにしてるのさ」とステファンは話しかける。「試合はいかさまだと思い込む連中もいるもんでね。だが、そんなことはけっしてない。対戦の結果がどうあろうと、おれたちは大金を稼げる仕組みになっているからな」

ステファンは口をつぐみ、サイドボード脇の女性に向かって指を二本立てて見せる。それから、ラウラの正面にある肘掛け椅子に大股開きで座る。

「とはいえ、対戦結果を予測する力さえあれば、金持ちになってここを出て行ける……」

指示を受けた女性は急ぐようすもなく、二つのタンブラーにデキャンタからウィスキーを注ぎ、トングを使ってアイスペールから氷をいくつか入れる。そしてそこへ、サーバーから炭酸水を足す。

コーヒーテーブルの上のライトには、小さな短剣が二本、革ひもに吊されている。室内の空気が動くたびに、それがちりんちりんとかすかな音をたてる。

「闘鶏に使うものだ」ラウラの視線をたどったステファンが、そう説明する。

「へえ」と感心したように言う。

「鶏の足に取り付けるのさ。拍車《はくしゃ》みたいにね」

あいかわらず無表情な女性が、グラスを二個テーブルに運び、一つをステファンに、もう一つをラウラに手渡す。

「ありがと」

「ここの掛け率は、馬鹿みたいに良い」とステファンが続ける。「あんたも知ってのとおりね。ところが、たいていのギャンブラーは定期的に擦《す》る。だから、ここでは貸付もやってるのさ……まあ、正直なところ金利は高いがな。だから超短期のローンをお勧めするよ──返済期日が明日とか明後日のような」

「考えておくよ」ラウラはウィスキーをすすりながら、応える。

「そうするといい」

ステファンは右足を膝に載せ、踝の上にグラスを置く。ジーンズの裾《すそ》はぼろぼろで薄汚い。

白髪のボディガードが、ラウラを指さしながら唇をすぼめる。そして、

「この女は気に入らないです」と静かに言う。

「うちに押しかけて来たあの卑怯者どもの仲間だって言いたいのか？」ステファンが訊く。

「いや、むしろ麻薬捜査官の匂いです。それとも犯罪捜査局か……この女に金を渡して、いくらか賭けに参加させたってとこでしょう。ところがこいつときたら、貸付には飛びつかないし、ドラッグもやらない」

リングの周囲の人だかりが突如沸き上がり、窓ガラスを震わせた。ステファンはテ

ーブルの双眼鏡を持ち上げ、格納庫の内側を見下ろす。

「レニは最後の金を擦ったな」と彼が言う。

「ここまで引っぱって来ましょうか？」とボディガードが尋ねる。

「それもいいだろう」

「わかりました」ボディガードはそう言い残して立ち去る。

ステファンは双眼鏡をテーブルに戻し、グラスを持ち上げて一気に飲み干す。ラウラとは目を合わせない。サイドボードの女性はウィスキーと氷、そして炭酸水を混ぜ、飲み物をもう一杯作る。

鷲が檻の中で身じろぎ、音をたてる。風景をよく見ようとしているのだ。ラウラは、部屋に充満している腐臭に気づく。檻の底には、山積みの糞と絡み合った骨がある。

ステファンはグラスを置き、新しいものを女性から受け取る。彼女は空のグラスを手にして音もなく持ち場に戻って行く。

「昔はビキニのリングガールを出してたんだが、最近の〈Ｍｅ Ｔｏｏ〉運動のおかげで、ああいうのはうけなくなった」ステファンは、ひとり言のようにそう話す。

Ｔシャツが、腹回りにぴたりと貼り付いている。そして、襟元には老眼鏡がぶら下がっていた。

「飲み物をどうも」ラウラはそう言い、グラスを注意深くテーブルに置く。「そろそろ下に戻るよ。軍資金はまだいくらでも――」

「まだだ」とステファンがその言葉を遮る。

六五

ステファン・ニコリックは片手をわずかに上げて、席を立とうとしたラウラを制する。そのとき、階段のほうから足音と話し声が聞こえてくる。そしてランプに吊された短剣が、再びちりんちりんと鳴りはじめる。

「おれの知ったことか」ボディガードは、そう言い放ちながら部屋の中に入ってくる。従えているのはひょろりとした男で、フランネルのジャケットと茶色い靴を身に着けている。四十歳前後で青白く、髪の毛は薄い。

「ヨッケが一杯食わせやがったんだ」と男が言う。「あの野郎、ぜったい許さないぞ。倍返しにしてやる」

「黙れ」ボディガードがぴしゃりと言う。

ステファンは立ち上がると、バーコーナーの冷蔵庫に向かう。鎖で吊されている鳩《はと》の死骸を一つ取り出し、それを檻の前で振ってみせる。すると、鷲がカツカツと音をたてながらついばみはじめる。

「明日には金が入るんだ」

「明日払う」男が囁く。「ぜったいだ。明日には金が入るんだ」

「期日は今日だろうが」とボディガードが指摘する。

「私のせいじゃないんだ。今日支払いをうけるはずだったのに、それが明日に延びたんだよ。ヨッケに一杯食わされたんだ。それに――」

男はボディガードに殴られ、口をつぐむ。横方向によろめき、まばたきを繰り返しながら頬に手を添える。

「クソみたいに痛かったよ」と男が言う。「これでしっかり学ばせてもらったから――」

「金はどこだ？」ステファンは、背中を向けたまま問いかける。

「明日には手に入る。ボスに電話しよう」そう言いながら携帯電話を取り出す。「直接ボスと話してくれたらいい」

「もう遅い」

「いや、遅いはずがない。たった一日なんだから。私のことはよく知ってるじゃないか」

「今すぐにやるぞ」ステファンはそう言い、踵を返して男の顔を見すえる。

男は携帯電話をしまい、半狂乱の状態でジャケットのポケットをまさぐりはじめる。財布を取り出し、震える指先で妻と子の写真を抜き出してみせる。

「みじめな真似《まね》はよせ」ステファンが男を諭す。

「私の家族を見てもらいたかったんだ」

「弾丸は一つ、空の薬室は五つ」

「なんだって?」男は笑みを浮かべるが、たちまちうつろな顔になる。

ステファンは、デスクの引き出しにあったリボルバーを手に取ると、回転弾倉をずらして弾丸を掌に出す。五発は鉛筆立てに入れ、六発目を装塡《そうてん》する。

「ステファン、お願いだよ」男は囁く。

「癌《がん》の診断を受けたと思えばいい。生存率はけっこう高いぞ。八十三パーセントだからな……しかも治療はほんの一瞬だ」

「こんなことはしたくない」男はステファンにリボルバーを手渡され、そう漏らす。

「その人、もう充分理解できたみたいだよ」ラウラが落ち着いた調子でそう言う。

「おまえは黙ってろ」ボディガードが彼女に咬みつく。

ひょろりとした男は、右手でリボルバーを握りしめている。顔面は蒼白《そうはく》で、鼻先から汗が滴り落ちる。

「鷲には当たらんように気をつけろよ」ステファンが言う。

ボディガードが男の両肩をつかみ、身体の向きを九十度変える。それから引き下がると、録画しはじめる。

「さあやれ」とボディガードが言う。

こめかみに向けたリボルバーが、男の手の中で震えはじめる。呼吸は速く、涙が頬を伝い落ちている。

「私にはできない。お願いだ。利子も付けて払うから……」

「いいからやれ。すぐに済む」ステファンが言い聞かせる。

「いやだ」男はそう言うと、すすり泣きながら拳銃を降ろす。

ボディガードはため息をつき、携帯電話をポケットに入れるとリボルバーを取り上げる。

「代わりにおまえがやれ」ステファンはラウラに向きなおり、そう言う。

「わたしとはなんの関係もない」

「まさにお巡りの言いそうなセリフだぜ」ボディガードはそう言いながら、リボルバーを差し出す。

「なにもされてない相手を撃ったりはしない」

「相手はどうでもいい人間だぞ。マリファナや覚醒剤を売り歩くみじめなちびネズミだ」とステファンが言う。

「警察の豚め」とボディガードが罵《ののし》る。

ラウラの頭はズキズキと痛む。ボディガードの手から重い拳銃を受け取ると、胃の底から吐き気がこみ上げてくるのを感じる。

「それじゃあ、お巡りじゃないことを証明するためだけに、ちんけな売人を撃てって言うのかい？」とラウラは言う。口の中はからからに乾いている。

ステファンは感心したように笑い声を上げるが、たちまち真顔に戻る。

「さっさと額に拳銃を当てて……」

「膝を撃つことにする」ラウラはそう提案する。

「おれがおまえの膝を撃ってやる。ステファンの言うとおりにしないならな」とボディガードが言う。

バーカウンターの女性は、視線を床に向けたまま身じろぎもせずに立っている。

恐怖に震える男に拳銃を向けながら、ラウラの思考はめまぐるしく駆け巡る。金属のくすんだ表面に、黄色い明かりが当たる。

「やめてくれ」と男が懇願する。「頼むからやめてくれよ……金は明日持ってくる。明日にはぜったいに返すから」

ラウラは拳銃を降ろし、ボディガードを撃てるだろうかと思案する。だが、運に味方されなければ、弾丸が飛び出る前に五回空撃ちすることになる。

「警察の豚が」とボディガードが叫ぶ。

ラウラはゆっくりとリボルバーを持ち上げる。引き金に絡みついた自分の指が、白くなる。

ボディガードが彼女の背中をひと突きする。

ステファンは期待の面持ちで、両耳を掌で覆っている。

ラウラは自分の激しい鼓動を感じながら、銃口を男の額に押し当てる。

男の両目は大きく見開かれ、震える唇に鼻水が垂れている。

ラウラは引き金を引く。

弾倉が回転し、撃鉄がガチリと大きな音をたてる。

薬室は空だった。

男は膝をつくと声を上げてすすり泣き、顔面を両手で押さえる。

引き金を引く瞬間、銃の本体と弾倉の隙間から、真鍮《しんちゅう》の底面がちらりと見えた気がする。

であるとすれば、弾丸は三番目の薬室に入っている。

確実と言うにはほど遠い。見えたのは一瞬に過ぎないからだ。ソファの上に吊されている白熱電球の反射、つまり目の錯覚でしかない可能性は高い。

引き金を引き終えた瞬間から、確信はほどけていった。それでも、なにかすがるものが必要だ。この状況を脱するためには、それ以外に方法がない。

自分がどんな目に遭《あ》っているのか、その意味を考えはじめる余裕はない。今はただ、空虚感だけがあった。

「明日には必ず金を持って来いよ」ステファンは男に向かってそう言い、ラウラの震える手から拳銃を受け取る。

「約束する」

ステファンはリボルバーを引き出しに戻し、鍵をかける。それを見ていたラウラは、武器を見つけなければと考える。この場を言葉だけで切り抜けられない場合には、身を守る手段が必要になる。

ボディガードは男を立たせると、ビーズのカーテンの向こうへと引きずっていく。二人が階段を下りはじめてからでも、男のすすり泣きがラウラには聞こえている。

ステファンはそそくさとトイレに向かう。痩せた女性もそのあとに続き、扉を閉めて施錠する。

ラウラは立ち上がり、ライトからぶら下がっている小さな短剣をつかむ。そして革ひもを解こうとするが、縛り目がきつすぎて指が滑る。ランプが揺れ、短剣がちりんちりんと音をたてた。

壁と窓に投じられている光の輪が、上下に揺れる。

トイレを流す音がする。

片方の短剣を使い、もう片方に結びつけられている革ひもを切る。

ラウラはライトの揺れを止めようとするが、自分の手はまだ震えている。

トイレの扉の錠が音をたてる。

ラウラは腰を下ろし、短剣をブーツの中に押し込む。

ステファンが出てきて、女性は持ち場に戻る。

テーブルの上のライトは、まだゆっくりと揺れている。

「さっきも言ったとおり、金が必要なら貸すからな」ステファンはそう告げると、窓際へと戻る。そして、ラウラが最初に見たのとおなじ姿勢で立つ。

「勝つつもりなんでね」ラウラは、そう言いながら立ち上がる。

ステファンは応えず、ラウラはビーズのカーテンへと向かう。ＶＩＰルームを出て行く彼女の姿を見つめていたのは、鷲だけだった。

六六

〈鷲の巣〉に入場しようと並ぶ人びとの行列は、さらに長く伸びていた。ヨーナは、ビールを飲みながらバーカウンターの近くに立ち、格納庫に入ってくる人びとの顔を確認している。

マルティンが耳にしたという、プリムスとシエサルとのあいだの会話に思いをめぐらせる。マルティンに聞かれていることを、プリムスは知っていたという可能性がある。ヤンヌを救いたいと考え、マルティンが遊び場へやってくるように仕向けたのかもしれない。それによってマルティンは指紋を残し、監視カメラにしっかりと捉えられることになった。だが、恐怖に凍りついたマルティンが、現場で身動きできなくなるという事態は、プリムスも予期していなかったということか。

マルティンを説得し、再度催眠術を受けさせるのが最善の策だろう。前回口にした内容より、はるかに多くのものを彼が目撃していることに疑いの余地はないからだ。

エドガルが人ごみをかき分けながらこちらに向かってくるのに気づき、ヨーナの思考は中断される。エドガルの頬は紅潮していた。そして、バーカウンターにたどり着いた彼の両腕に、鳥肌が立っていることにヨーナは気づく。

ぎこちない動作でポケットの中から映画のコマを取り出すと、バーテンに渡す。

「やつを見つけた」エドガルはそう囁き、唇を舐める。「見つけて、発信器を取り付けた」

「プリムスに?」

「発信器は落ちそうになったけど、なんとか付け直せた」

エドガルは、渡されたビールをゴクゴクと飲み、コップをカウンターに置くと手の甲で口元を拭う。

「きみは大丈夫なのか?」

「大丈夫……いや、よくわからない。闘犬を見物してた。ひどいもんだ。見てて吐きそうになった……正直言うと、ちょっと参ってます」エドガルがそう口走る。

「きみはここにいるんだ」ヨーナはおだやかな声でそう言う。「私がプリムスを連れ出す」

「いや、いいんです。僕も行く。もちろんいっしょに行きます」

「ここにいてくれたほうが助かる。出口を見張っていてもらいたいんだ」とヨーナは譲らない。

「わかりました。ここにいます」エドガルはそう言いながら、頬を掻く。

「発信器の信号は確認できた——よくやったぞ」携帯電話に目を走らせたあとで、ヨーナが言う。

「赤いレザージャケットを着てます」エドガルはその背中に向かって言葉をかける。

自分の言動が普通でないことは認識している。

ヨーナはバーカウンターを離れ、ボクシングリングの角を回り込む。女性選手が、顔面にハイキックを食らうのが目に入る。だが彼女は果敢に闘い続ける。相手の喉に拳を打ち込み、頬にも再び打ち込む。そして二人してロープに倒れ込む。

発信器によれば、プリムスはコンテナ埠頭の端にいる。ヨーナは人びとの流れに身をまかせて、空いている扉から外に出る。そこは、外部から立ち入ることのできない閉鎖された埠頭だった。

外の空気はまだあたたかい。

屋外トイレの扉に向かって放尿している酔漢のそばを通りすぎる。塩倉庫のほうからは、まとまりのない叫び声が聞こえてくる。

ヨーナは信号を追い、色とりどりのコンテナの積み上げられた一帯に足を踏み入れる。三段もしくは四段に積み重なったコンテナは窓のない街区をかたちづくり、その中を通りや路地が縦横に走っている。

人びとはあらゆる方向に移動していた。

地面には、割れた薬剤容器、コンドーム、空のブリスターパック、キャンディの袋、そしてボトルがいたるところに散乱している。

ヨーナは携帯電話を確認し、プリムスが移動したことを知る。

角を曲がり、路地に入る。

前方では二人の男が、赤いコンテナの外で激しい議論に熱中している。ヨーナが通りかかると二人とも口をつぐむ。そしてしばらく待ってから、小声で会話を続ける。

開放式ドックの区域に出ると、プリムスが塩倉庫に戻っていることに気づく。

いくつもの白いタイヤ痕が集まり矢印のかたちをなし、開いた扉の内側を指し示していた。

負傷した犬を担ぎ出そうとしている男のために、人ごみが二つに割れる。

犬の血はその男のズボンを伝い、白い地面に滴っている。

倉庫に足を踏み入れると、ヨーナのブーツの下で塩の結晶が砕ける。

犬のうなりと吠え声が聞こえてくる。

スピーカーがバリバリと音をたて、次の対戦は十五分後におこなわれることを告げる。

一人のノミ屋が、群衆の中をすばやく移動しながら賭け金を集めていく。

ヨーナは、格納庫の手前の空間を見渡す。するとその向こうに、赤いジャケットがちらりと見える。

群衆をかき分けながらそちらに向かおうとするが、やかましく騒ぎながら闘技場に入ってきた男たちに針路を遮られる。

空気中には汗と饐《す》えたビールの臭いが漂っている。

一つの檻の中では、ピットブルが落ち着かなそうに行きつ戻りつしている。

若い男が、塩の山の急な斜面をよじ登ろうとして果たせず、床まですべり落ちてくる。

次の対戦がはじまるまでに、闘技場を回り込まねばならない。掃き寄せられた塩の山をよじ登ろうとした瞬間、だれかがヨーナの腕をつかむ。

ポニーテール＝テールが、目を大きく開きながらヨーナを見つめている。両方の鼻の穴が、乾いた血で黒ずんでいた。

「あんた、機械工かい？」とポニーテール＝テールは尋ねる。

「違う。だがあんたが――」

倒れ込みかけた人ごみに当たり、二人はよろめく。離れたところで、凶暴な怒鳴り声が上がる。

「馬鹿みたいだけど、どうしても気になるんだ」ポニーテール＝テールがそう呟き、ヨーナをじっと見つめる。

「全員の顔をおぼえるなんて無理さ」

ちょうどそのとき、ヨーナの目にプリムスの姿がはっきりと映る。闘技場の反対側で別の男に話しかけている。相手の男が、いまいましそうに柵を蹴り上げる。

「そのうちぜったいに思い出す」

「だれかと勘違いしてるんでなければな――」

「してない」とポニーテール＝テールが言葉を遮り、ヨーナをにらみつける。

カーキ色の服を着たトレーナーが、一頭の黒い犬を檻から出していた。犬は突進しようと前のめりになり、喉に首輪を食い込ませて苦しげなしゃがれ声を上げる。

会話の済んだプリムスが、出口に向かいはじめるのが見えた。

「じゃあな」

踵を返して立ち去ろうとした瞬間、ヨーナは脇腹に鋭い一撃を感じる。たちまち、焼けるような苦痛の波が広がる。視線を下ろし、ポニーテール＝テールが背後から腹部にナイフを突き刺したことを悟る。

「おまえはクムラにいた豚野郎だ……おまえのおかげで……」

大男は短いナイフを引き抜き、もう一度突き刺そうとする。だがヨーナは、すんでのところでそれを阻止する。二人は群衆に押されて後ずさる。ポニーテール＝テールはヨーナのTシャツをしっかりとつかみ、放さない。そして再びナイフを突き出す。

「死にやがれ、この――」

ヨーナは上体をねじると、伸び上がりながら巨漢の咽頭《いんとう》のすぐ上に拳を叩き込む。ポニーテール＝テールは瞬時に言葉を失い、よろよろと後ずさる。そして二人の男の腕の中に倒れ込むとヨーナを指さし、早口でなにごとかをしどろもどろに話す。

二人の周囲に空間が開く。

脇腹の傷がズキズキと痛む。そこから流れ出た血液が、ズボンの中を伝い下りるのがわかった。

ヨーナは一歩踏み出し、武器になるものを探そうとするが、右足の力が抜けて崩れ落ちる。両手で衝撃を受けとめながら、尻餅をつく。

大男はナイフの血液を振り払い、苦しげに息をつきながらヨーナに接近する。

ポニーテール＝テールのまなざしは揺るがない。もう一度ヨーナにナイフを突き刺すためになら、どれほどの苦痛でも甘んじて受けとめようという男の目だ。

ヨーナは片膝をつき、バランスを取る。背中がフェンスで擦れる。

ポニーテール＝テールが飛びかかる。左手をヨーナの顔に向けて突き出し、右手の動きを隠す体勢だ。そうしてナイフですばやく突く。

ヨーナは身体を回転させながらそれをかわしながら、左肘に全体重をかけて相手の首に叩き込む。もつれ合いながら倒れ込んだ二人は、フェンスを乗り越えて闘技場の内側の地面に叩きつけられる。

ヨーナは転がりながら遠ざかり、立ち上がる。

右の尻とズボンの足は今やぬるぬるになり、血で黒ずんでいる。

視界が狭まりはじめているようだ。

プリムスの姿は、もう見えない。

群衆がフェンスに押し寄せ、叫びながらビールを投げ入れる。

ポニーテール＝テールは咳き込みながら立ち上がる。片手を喉に当てながら、もう片方の手もとのナイフを見下ろす。

黒い犬が吠える。強烈な力で、トレーナーをじりじりと引きずっている。

自分の体力が急速に失われつつあることを、ヨーナは意識する。

ブーツは血塗れで、一歩踏み出すごとにグシュグシュと音をたてる。

病院に行かねば。それもすぐに。

ポニーテール＝テールは、ナイフの切っ先をヨーナに向ける。だが、言葉を発することはできない。ギラギラと輝く刃《やいば》を振り回し、水平方向に8の字を描きながらヨーナに近づいてくる。

背後を取らなくては、とヨーナは考える。やつの着ているTシャツで首を締め上げ、脳への血流を止めるのだ。

ポニーテール＝テールが、ナイフを突き出してフェイントをかける。ヨーナはそれをかろうじて避ける。だが次の攻撃をかわすには、自分の動きが遅くなりすぎている。ナイフが別方向から振り下ろされ、やむなく腕で受けとめる。鋭い刃が前腕の側面を切り裂き、深い傷が口を開く。

犬はじりじりと前進し続けている。

ヨーナは苦痛の叫びを上げながら突進し、身をかがめてナイフの下に入る。そのままポニーテール＝テールを持ち上げ、仰向けに押し倒す。

犬がリードを引きずりながら飛び出してくる。ポニーテール＝テールに飛びかかり、腕にがっしりと咬みつく。そしてそのまま頭を振り回し、放そうとしない。

大男は仰向けのまま転がり回る。首にナイフを繰り返し突き立てると、犬はようやく腕を放す。

ヨーナは立ち上がろうとするが、再び崩れ落ちる。もうほとんど力は残っていない。失血が多すぎ、心臓が早鐘を打っている。

「ヨーナ、ヨーナ！」

ラウラがフェンスに取り付き、隙間から革ひもの付いた小さな短剣を差し出している。

ヨーナはそれをつかみ、立ち上がる。もはや、柵にもたれかかることで、かろうじて立っていることしかできない。必死に短剣を握り直そうとして、取り落とす。それは音をたてながら金属の柵のあいだに落下していった。

ポニーテール＝テールがよろめきながら向かってくる。片腕はズタズタに引き裂かれている。指先から血液が滴っていた。

「クソ豚が」漏れる息でそう呟き、血塗れの手でヨーナの首をつかむ。

ヨーナは押しのけようとするが、ポニーテール＝テールは腕に体重をかけ、ナイフを脇腹に食い込ませようと力をこめる。二人の筋肉が震え、ナイフの切っ先がゆっくりとヨーナの肋骨のあいだに沈んでいく。

苦痛は、奇妙なほど遠くに感じられた。

ヨーナは、床の上の短剣が光を反射しているのを見る。そして、革ひもをまだ握りしめていたことに気づく。

周囲の群衆が叫びを上げ、柵の一部が倒れる。

今やヨーナの血はナイフを伝い、ポニーテール＝テールの手を濡らしている。革ひもをグイと引くと、短剣が動く。そして輝く弧を描いてヨーナの手に収まる。

人びとが声を張り上げる。

ヨーナはどうにかポニーテール＝テールを押し戻すと、最後の力を振り絞って、小さな短剣を相手の額に突き立てる。

囁き声が聞こえ、会場が静寂に包まれる。ポニーテール＝テールが二歩、後ずさる。

その唇はぴたりと閉ざされ、タトゥーに覆われた首筋が張りつめている。

短剣は深々と額に刺さり、顔の前で革ひもが揺れている。

ポニーテール＝テールは断続的にまばたきをしはじめ、片手を持ち上げたかと思うと、仰向けに倒れる。

巨体が重い音をたてて地面を打ち、塩が空中に舞い上がる。

群衆が両手をフェンスに打ちつけながら、再び叫びを上げる。そして、賭け金の受取が飛散する。

ヨーナは脇腹を押さえたまま、よろめきながら歩み去る。呼吸は速く、浅い。鼓動とともに噴き出る血液を、指のあいだに感じる。

プリムスの赤いジャケットが倉庫の外にちらりと見えるが、すぐにクレーンの背後に消える。赤い色は倍の大きさに膨《ふく》らみ、目の前で二つに割れたように見えた。ヨーナはクレーンの脇を通り過ぎる。低下していく血圧を補おうと、心臓が懸命に動いているのを感じる。

そこへラウラが追いつき、ヨーナはその肩に腕を回して身体を支える。二人はそのまま塩の倉庫から離れていく。

「救出部隊に連絡してくれ」ヨーナは荒い息をつく。「ドイツ船籍のローロー船（トレーラーなどを、貨物を積んだままの状態で運べる貨物船。）の横で私を拾うように伝えるんだ」

「今すぐ医者に診《み》せなきゃ死ぬよ」

「大丈夫、なんとかなる……エドガルを見つけてすぐにここを脱出してくれ」

「ほんとに？」

二人は立ち止まり、ヨーナは脇腹の深い傷をさらに強く押さえようとする。

「エドガルは出口近くのバーカウンターにいる」とヨーナは続ける。「なにかでハイになっているから、脱出には手助けが必要だ……」

気温は下がっていなかった。だが頭上には雲が集まり、クレーンや艀はぼんやりとした灰色の光の中に浮かび上がっている。

ヨーナは赤いジャケットに向かって、足を引きずるようにして進む。ローロー船の舳先《へさき》に取り付けられた照明が揺れる光の輪を投げかけ、埠頭の端に立つ二つの人影を照らしている。

プリムスは若い男と話していた。相手は、茶色の人工皮革のジムバッグを抱えている。

ヨーナは立ち止まり、荒い呼吸を鎮めてから二人に近づく。

「良い闘いだったな」ヨーナに気づいたプリムスが、そう声をかける。

ヨーナは無言のまま前進し、両手でプリムスを突き飛ばす。プリムスは埠頭の縁から暗い水面へと落ちていく。

水の跳ねる音が、海面のほうからすぐに聞こえてくる。

バッグの若者は、混乱したまま後ずさりする。

ヨーナは動きを止めず、まっすぐに埠頭の縁を越える。海面に反射する自分の姿を眺めながら落下し、冷たい水の中に飛び込む。沈みながら周囲を見まわすと、舞い上がる気泡の向こうにプリムスの姿がちらりと見える。そして、その髪の毛をしっかりとつかむ。

二台の船外機の轟音が、水中に響きわたる。ヨーナは水を蹴り、水面に向かって上昇しはじめる。

六七

アンダーシャツはぐしょ濡れで、背中にへばりついていた。汗が胸を伝い、鼻先からも滴り落ちる。ミアはゆっくりとパン切れを噛《か》みながら、扉を見やる。キムは干し肉を少しだけ引き裂き、残りをバケツに戻す。

「食べなよ」ブレンダが二人にそう話しかけるのは、これで三回目だ。

ブレンダは二人の世話をしようと懸命だ。藁《わら》で歯を磨いたり、指で髪をとかしたりするのを忘れないように気を配り、コリント書（新訳聖書に収められている書簡の一つ。）の長いくだりについて教える。

ブレンダは、穴掘り以外にもお婆の手伝いを許されることがある。たとえば、ペルシャ絨毯《じゅうたん》を庭に出して叩いたりといった作業だ。以前には、トレーラーの運転を試したことすらある。

全員の中で、いちばんの怖がりはキムだ。ただ喉が渇いたというだけの理由で殺された少女のことや、毒ガスで殺された少女のことをミアに話して聞かせた。

昨日の休憩時間には、ミアとキムは森のきわに駐《と》められているトレーラーのところまで歩いていった。その間、お婆は二人から目を離さなかった。

地面には、古いトタン板が放置されていた。錆びつき、湿った枯葉に何年間も覆われていたせいですっかり傷んでいる。ミアは、容易に切り離せそうな部分があることに気づいた。磨き上げれば、良いナイフになりそうだ。

今日もまた、キムを連れてトレーラーのところまで行った。お婆とブレンダは、細長い小屋二棟のあいだに渡された物干しロープに、洗濯物を吊しているところだった。お婆の発する不機嫌そうな指示や、ブレンダの応える愛想のいい声がミアにも聞こえた。そしてミアとキムの足元では、ブーツに踏みしめられた砂利が音をたてていた。

「戻ろうよ」とキムが話しかけた。

「ちょっとたしかめたいことがあるだけ」とミアは応えた。

二人は木陰に入ると立ち止まり、トレーラーの放つオイルの臭いを吸い込んだ。ミアはトタン板を踏み、小屋のほうをふり返った。白いシーツが、そよ風にゆっくりと揺れていた。

「なにしてるの?」キムが不安そうな声を上げた。

ミアは片膝をつき、外れかけていた金属片を拾い上げ、それをブーツの中に押し込んだ。それからすばやく、さらに大きな金属片を切り離そうと試みた。だがミアはそ恐怖におののいたキムは、ミアの手を引っぱって立たせようとした。

れに抵抗し、トタン板の端を前後に小刻みに動かし続けた。

折れ目から、錆がパラパラと剝がれ落ちた。

物干しロープが軋む。別のシーツが掛けられたのだ。

金属片が外れ、ミアはすばやくそれもブーツの中に押し込んだ。そして立ち上がると、膝の泥を払ってから歩き去ったのだった。


だれかが助けに来てくれるのをじっと待つ。自分にはそんな贅沢《ぜいたく》は許されないのだ、とミアにはわかっている。なぜなら、そこまでして会いたいと思ってくれる人など一人もいないからだ。

ミアは、最後の食糧を食べる。床に落ちていたトウモロコシの粒を拾い上げて、口に放り込む。そうして、作業を続けた。

ゆっくりと丹念に、金属片をコンクリートで研ぐ。その手もとは、ミリタリージャケットで覆い隠してある。

ミアは、ほかの二人にも脱出計画を明かした。だがキムは怯えすぎているし、ブレンダはそのうち状況が好転すると信じ込んでいる。三人とも、まもなく屋敷に戻されるはずだと主張したのだ。そこに戻れば、清潔な衣服と金のアクセサリーを再び与えられるはずだと。

「なにもしなければみんな死ぬよ」ミアは冷静に訴えかける。

「あなたはわかってないだけ」ブレンダはそう言い、ため息をつく。

「わたしがわかってるのは、ここを見てるのが老婆一人だってこと。だからみんなでかかったら、あのばあさんには勝ち目がない」

「だれも協力しないよ」キムがもごもごと言う。

「でも、こっちは数で優ってるんだよ」とミアが言う。「三人もいたら充分すぎるくらい……計画もある」

「わたしはいや」

ミアは口をつぐむ。だが、ナイフを完成させてから、改めて二人を説得しようという気持ちに揺らぎはない。

身体の中で最も柔らかい部位、お婆の喉か首に刺す方法を、二人に教えてやるのだ。声に出して数えながら、最低九回は刺さなければならない。

ミアは床に唾を吐き、上着で手もとを隠しながら刃を研ぎ続ける。金属片をゆっくりと擦る音が、小屋の中を充《み》たすようだった。

「そんなのやめなさい」ブレンダが諭《さと》すように言う。

「わたしに話してる？」

「擦ってるのかなんなのかわからないけど、やめなさい」

「わたしにはなんにも聞こえないけど」ミアはそう言いながら、作業を続ける。何日間かはかかるだろう。だが切っ先が尖《とが》り、充分鋭利になったら、細く切り裂いた布を湿らしてから根元に巻き付け、ナイフの柄にするつもりだ。

ミアとキムは、ナイフを一本ずつ服の中に隠し持つ。そして次の休憩時間のあいだに結束バンドを切断したうえで手を握り合わせ、そうやって手製ナイフを隠したまま散歩を続ける。ブレンダはタイミングを見計らってお婆の杖を奪い取る。その瞬間にミアとキムは二手に分かれて、お婆の前と後ろから攻撃を仕掛ける。

九回ずつ深く突き刺すのだ。

お婆が死んだら自分たちの身体をきれいにして、ほかの檻もすべて開け、犬を連れて出発する。

そうなれば、だれにも止められない。

ミアの両手は、疲労に震えはじめる。擦り剝けた指先を口で吸い、注意深くナイフを隠す。キムのそばに這い寄り、その肩に腕を回す。

「こわいのはわかるよ」と彼女に囁きかける。「でも、どうやったらいいか教えてあげるから。ぜったいにあんたの面倒はみる。約束する。両親のいる家に帰って、またハンドボールができるようになるんだからさ……」

中庭に車が進入する音がして、ミアは口をつぐむ。犬が怒ったように吠えはじめ、ミアは一瞬、ようやく救出されるのだと想像してみる。ついに警察がやって来て連れ出してくれるのだ、と。だが、ブレンダが最後の水を使って顔を洗い、髪の毛を整えるのを目にして現実に引き戻される。シエサルがやって来たと気づいたのだ。

お婆が横木を上げ、扉を開ける。それから、屋内にマットレスを引きずり込む。外は暗いが、庭の明かりで蝶番《ちょうつがい》や屋内の家具類がきらりと輝く。

「わたしはいや、わたしはいや」キムが小声で囁き、両の拳を目に当てる。

ミアは彼女を落ち着かせようとしながらも、お婆から目を離さない。お婆は、フランネルのシャツとだぶついたジーンズを身に着けている。深い皺《しわ》が、顔面にできたひび割れのようだ。鋭く尖った鼻のせいで、陰気な顔つきに見える。

よたよたと進むお婆の胸元では、大きな魔除《アミュレット》けが揺れている。

いらだたしげにトタンバケツを押しのけてマットレスを広げると、それをさらに部屋の奥へと引っぱっていく。

キムはミアのもとから這って逃げ出し、檻の奥で縮こまる。

お婆は別の檻に歩み寄ると、ラルカを指さす。すると彼女は、すぐに戸へと這い寄り、外に出る。編み込んだ長髪は藁だらけで、ロングスカートの汚れた裾からは裸足《はだし》が覗いている。ラルカがマットレスに横たわると、お婆は瓶の中の液体で布きれを湿らせ、彼女が意識を失うまでそれで口元を覆う。

風に吹かれた扉が大きく開き、中庭の光で小屋の内側がさらに明るくなる。

お婆の肌は荒れ、皺だらけだ。だが首筋の筋肉が発達し、上腕は太く、手も大きい。

お婆はラルカの顎をつかみ、不快そうにその顔を観察する。それから、杖を使って立ち上がる。

「出てきな」お婆がキムに命じる。

「わたしはいや。気分が悪いの」

「人はみな、それぞれに務めがあるんだ」

お婆は、杖の先の刻み目に、淡い黄色の先端部を取り付ける。

それは、小さな牙のように見えた。

お婆は杖を持ち上げて外の光にかざすと、細めた目をキムに向ける。

「いや。やめて。お願いだから刺さないで……外に出て神様に感謝するから。布きれを吸います。じっと寝転がります」キムはそう懇願しながら、檻の反対側へと這って移動する。

だがお婆は格子のあいだに杖を押し込むとぐいと前に突き出し、キムの肩に先端部を刺す。

「痛っ！」

肩をさするキムの指先が、血に汚れる。

「さあ、出てくるんだ」お婆は、杖の先端部を引き抜きながらそう命じる。

キムは開口部に這い寄り、檻から出ると、足をふらつかせながら部屋を横切る。懸命に涙をこらえる彼女の押し殺したすすり泣きは、ほとんどしゃっくりのようだ。

風が吹き、小屋の扉が軋みながら閉まる。屋内は再び闇に沈んだ。

「横になりな」

ミアは息をする気にもなれない。檻の格子にもたれかかることでかろうじてバランスを保っているキムの姿を、薄暗い檻の中から身じろぎもせずに見守った。彼女は信じられないほど弱々しく見える。マットレスに両膝をつき、横ざまに倒れ込む。その傍らには、ラルカが力なく静かに横たわっていた。

お婆はいらだちのため息をつきながら、二人の穿いているズボンと下着を引きずり下ろし、マットレス上で身体をまっすぐに揃える。

それから立ち上がり、戸口に向かう。

扉が開き、マットレスに並んで横たわる二人の女性に明かりが注がれる。不潔で痩せ細り、下半身が剝きだしになっている。

犬が吠え、砂利を踏みしめる足音が外から聞こえてくる。手押し車になにかが当たり、音をたてる。

男の声が、お婆を怒鳴りつける。

「おれのなにがいけないんだよ？」と男は叫ぶ。「あいつらにはなにもかも与えて、きちんとしてやってるのに……」

「あんたのせいじゃないさ」お婆が安心させようとする。「ただ――」

「いやだって言うなら、あいつら全員皆殺しにしてやる」シエサルが、お婆の言葉を遮る。

足音が、砂利の上を近づいて来る。お婆は足を引きずりながらそのあとを追う。

「あの子らはあんたのものさ。全員あんたのものなんだ。誓って言うけど、あの子らはあんたに感謝しているし、あんたのことを誇りに思っているんだよ……」

シエサルは扉を勢いよく押し開けると、大股で屋内に入ってくる。騒々しく鉈《なた》を投げ捨て、意識のないままマットレスに横たわる二人の女性のもとへと足早に歩み寄る。

「自分たちの美しささを理解してさえいればな」とシエサルは声を張り上げる。

風に蝶番が軋み、シエサルは背後をふり返る。突き出した顎や青白い唇が、外から射し込む明かりの中に浮かぶ。ミアの目は、それをちらりと捉えた。

再びこちらに向きなおったとき、シエサルの眼鏡が暗い顔の上で一瞬だけ輝く。

ミアは、音をたてることなく檻の片隅へと移動する。次に扉が開いたとき、光が届かない場所にいるためだ。身体を縮こめながら、ナイフの刃はまだ鈍すぎて使えないと考える。

シエサルは片膝をつき、視線を向けることもなくキムの身体を転がし、マットレスから落とす。

シエサルがラルカの股を開くと、再び扉が開き、庭の明かりがコンクリートの床を照らす。

血でべとついている股間を目にしたシエサルは、ラルカを押しのけてから立ち上がる。

「なるほど、わかったぞ。だがこんなことで動揺する私ではない」せわしなく息をつきながら、そう言う。「己の十字架は背負おう。湯浴みをし、自らの身体を清めよう……」

シエサルは、ラルカに唾を吐きかけてから、手の甲で自分の口元を拭う。

「自分では賢明なつもりなんだろう。不意を突き、私のバランスを突き崩せると思ったんだろう」とシエサルは言う。「だがそんなことにはならんのだ。そうはいかん」

少し前に、ラルカは腹痛を訴えていた。だがミアには、彼女の生理がはじまってるなんてだれにもわからなかった、と主張する勇気はない。

「またみんないっしょに屋敷で暮らしたいものだ」と話すシエサルの声は、感極まり震えている。

扉が閉まりはじめ、弱まっていく明かりの中で、シエサルは鉈を床から拾い上げた。

ミアはその姿を見つめている。

彼女には、進行しつつある事態の意味がよくわからない。

「しかしな、今許してしまえば、おまえらは法の権威が失われたと思い込むことだろう」シエサルはそう続ける。

ほんのわずかばかり射し込んでいる光によって、シエサルがラルカの髪をつかみ、頭を持ち上げるのが見える。

「これがおまえらの望みなんだな」そう語りながら、鉈の刃をラルカの首に当てる。「それとも、だれかラルカと入れかわりたい者はいるか？」

深い傷口から血があふれ出し、巨大な金属バケツの縁にポタポタと垂れる。

ミアは両手で口を押さえ、叫びだしそうな自分を抑える。目をぎゅっとつむる。胸の中では心臓が早鐘を打っている。

シエサルは、ラルカの首を切る。

ラルカは、意識を失っているあいだに殺された。その理由はただ一つ、生理だったから。

こんなことが現実に起こっているとは、ミアには信じられなかった。鉈が床を打つ音が聞こえてくる。

心臓が耳の中でドクドクと拍動する。

次に目を開くと、シエサルはキムにのしかかっている。

マットレスはラルカの血を吸い、身体の下で黒ずんでいく。

キムは、自分が今レイプされていることを知らない。だが、こうなることはわかっていたのだ。目を覚ませば、股間の痛みを感じられるようになるだろう。

六八

湾に飛び込んでからの記憶は断片的だ。特殊作戦部隊によって、プリムスとともにリブボートに引き上げられたとき、ヨーナの意識は失われかけていた。断崖絶壁の縁でよろめいているも同然の状態だったのだ。対岸にある熱電供給プラントへと渡り、そこからヘリコプターで病院へと緊急搬送された。

カロリンスカ病院では、外科医と麻酔医の一団がヨーナを待ち受けていた。ナイフは急所を外れていたものの、生命を脅《おびや》かす量の血液が失われていた。ヨーナの容態は、出血性ショックのステージ4という最も深刻な段階にあった。傷ついた組織と血管は結紮《けっさつ》され、腹腔内の貯留液を排除するべくドレナージがおこなわれた。治療に際しては大量の輸血を受け、また晶質液（生理食塩水など。）と血漿《けっしょう》も注入された。

だがヨーナは、その翌日には起き上がり、廊下を歩いた。とはいえ、わずか三十分後にはベッドに戻ることを余儀なくされた。

リオデジャネイロにいるヴァレリアには、昨夜、電話をかけた。おなじ夜、ヴァレリアの息子は父親になった。ヨーナはひと言も触れなかった。それでも、ヴァレリアには彼が負傷していることがわかった。それで彼女は、帰国しようかと尋ねた。するとヨーナは、

「それより、赤ん坊の世話を助けるために、僕がブラジルに行こうか？」と応えた。

昼食を取り終えたところで、扉にノックがある。青い靴カバーを付けたマルゴットとヴェルネルが姿を現す。

「花の持ち込みは禁じられていてね」とヴェルネルが謝罪する。

「エドガルとラウラは辞職した。で、あなたときたら、わたしにお仕置きを喰《く》らったような顔をしてる」とマルゴットが言う。

「でもプリムスは見つけました」とヨーナが指摘する。

「よくやったわ」とマルゴットはうなずく。

「しかも連れ出すことにも成功しました」

「信じがたい話だよ」ヴェルネルが口ごもる。

「長官、申し上げましたよね」ヨーナがマルゴットを見つめながら尋ねる。

「どういう意味?」

「あなたは信じていなかった。作戦を承認したのはわたしで——」

「もちろん信じていた……」ヴェルネルがおだやかにその言葉を遮る。

「マルゴット」

「なにが望み?」そう尋ねる彼女の顔には、笑みが浮かんでいる。

「正しかったのはだれですか?」ヨーナが質問をする。

「あなたよ」マルゴットは認め、見舞客用の頑丈な椅子に腰を下ろす。


ヨーロッパ大陸を覆う熱波はスウェーデンに居座り、今なお衰えを見せない。水位は危険なレベルにまで低下し、全土で火気の使用が規制された。記録破りの気温の上昇と異常気象が人びとの話題には上ったものの、スウェーデン人たちは暑い夏の日々を楽しまずにはおれなかった。


ヨーナは、〝針《ノーレン》〟ことニルス・オレンに支えられながら、病院をあとにする。

ジャガーの白い革シートは猛烈に熱く、冷気を送り込むエアコンは、ブリキの屋根に降りそそぐ豪雨を思わせる騒音を発している。

ノーレンは、シートベルトを締めるヨーナに手を貸してから車を出し、道路の右車線に入る。

「幼いころ、うなり声を発する熊のぬいぐるみを持っていたんだ」と彼はヨーナに話しかける。「胴体を切り裂いて、中に入っているスピーカーを取り出したいという衝動とは三日間闘ったんだが、最終的には抵抗をあきらめたよ」

「どうしてそんなことを思い出したんだい？」ヨーナがにやりとしながら言う。

「いやいや、きみはいつもどおりのきみに見えるとも」ノーレンは元気づけるように

そう言い、ヘッドライトをハイビームに切り替える。

ヨーナは、ルーミが子どもだったころのことを考える。ある朝目を覚ましたルーミは、熊のぬいぐるみの夢を見たと告げた。それを聞いて笑い声を上げたヨーナとスンマは、夢の内容を詳しく聞き出した。その日を境に、ルーミは毎朝、夢を見たと話すようになった。最初のときの両親の反応が気に入ったのだろう。

ノーレンは、サンクト・ヨーラン病院に向かって角を曲がり、クラクションを鳴らす。道端に立っていた男がそそくさと立ち去ると、縁石に沿って車を停める。

ヨーナは送ってくれたことに礼を言い、痛みにうめきながら車を降りる。一号エントランスを目指してゆっくりと歩く。そして階段を数歩上っただけで立ち止まると、息を整えてから精神科病棟へのエレベーターに乗る。

特殊作戦部隊によって水中から引き上げられたプリムス・ベントソンは、自分は闘犬だと主張し、接近しようとする者にはだれかれかまわず嚙みつこうとした。

検察官との短い討議のうえで、彼らはプリムスをサンクト・ヨーラン病院へと移送し、病室の前に二名の私服警察官を立たせることにした。

ヨーナはエレベーターを降り、受付に用件を告げる。

数分後、精神科部長のマイク・ミラーが現れ、彼を出迎えた。

「プリムスを見つけたんですね」と彼が言う。

「はい」とヨーナは答える。「彼のようすはどうですか?」

「あなたよりはましです」

「よかった」

「聴取のあいだ、私も同席しましょうか?」

「ありがとうございます。しかしそれには及ばないと思います」とヨーナが言う。

「プリムスは、自信たっぷりの人間であるという印象を与えたがりますが、彼を目の前にした人は、どうしても哀れみを感じてしまうはずです。繊細な人間だということを忘れないでください」

「わかりました。しかしおおぜいの命を救うためには、手段は選びません」とヨーナは応じる。

二人は連れだって廊下を進む。施錠されたガラス扉と無人の談話室を通り過ぎ、やがて面会室に到着する。

ヨーナは戸口に立つ二人の警察官に言葉をかけ、一人に自分の身分証を見せる。

ミラー博士は再び別の暗証番号を入力して扉を開けると、ヨーナを中に入れる。室内は部分的にしか照らされていない。ひんやりとした空気は消毒薬の匂いがしていて、壁際には、古いおもちゃの詰まったプラスティックのバケツがある。

プリムス・ベントソンは、花柄のオイルクロスをかけた小さなテーブルのところに座っている。髪の毛はポニーテールにまとめられ、柔らかいデニムシャツの裾が、ジーンズの上にだらりと垂れ下がっている。

灰色の顔には無気力な表情が浮かび、目は半ば閉ざされ、口は開いている。部屋の反対側では介助人がソファの肘掛けに腰を下ろし、携帯電話で遊んでいる。

ヨーナは椅子を引き出し、プリムスと向き合う位置に座る。

そしてレコーダーを起動し、自分の氏名と身分、また日時と同席者たちの名を吹き込む。

「わかったよ、だがおれはああいう馬鹿みたいなちび助どもと関係してるとは思われたくないんだ」プリムスは、介助人のほうを身ぶりで指しながら囁く。「あいつを見てみなよ――あんなやつと寝たがるやつがいるか？　単純な生物学さ……八十パーセントの女は、頂点二十パセーントの男を渇望している。最もハンサムで、最も成功している男たちだ……そして、この世界で物事を決めるのは女だ。それはつまり、大部分の男が裏切られ捨てられることを意味している」

ヨーナは、プリムスのナルシシズムを利用することに決める。事ここにいたっては、倫理的妥当性にくまなく配慮している余裕はない。捜査の先端は槍のように尖り、プリムスを刺し貫きシエサルに達しているのだ。

「ステファン・ニコリックのために働いているのかい？」とヨーナは言う。

「働く？　おれは床に落っこちてる食べ残しや骨を食って生きてるだけさ」

「〈鷲の巣〉で、参加者に金を渡しているところを見たぞ」

プリムスはその薄い唇を舐め、静かにヨーナを見つめる。ヨーナの淡い緑色の目は、浅い湖の水面のようだ。

「ステファンは、大きく勝った連中の金を担保する必要がある……おれはその使い走りというわけだな。要するにおれは家族の一員だから、信用してくれている……」

「あんたがシエサルに通じていてもか？」

「なんの話かわからん。あんたは麻薬捜査をしてるんじゃないのか？」

「われわれはヤンヌ・リンドの殺害を捜査している」とヨーナが明かす。

「で、それを聞いたおれは、なにか特別な反応をするはずなのか？」プリムスは、額を掻きながら尋ねる。

「ヤンヌは、天文台公園の遊び場で殺された」

「シエサルなんて名の人間は、会ったこともない」プリムスはそう言い、まばたきすることなくヨーナの目をまっすぐに見つめる。

「会っているはずだ」

「自分の姿を見ろよ」プリムスはそう言い、手ぶりで壁の鏡を示す。「ここを出て行くとき、おまえは鏡に背を向ける。すると映っている像のほうもおまえに背を向ける……だがシエサルはその反対のことができるんだ。シエサルの鏡像は鏡に向かって後退し、いきなり部屋の中に飛び出てくるのさ」

「あんたがシエサルと話したことはわかっている。ヤンヌ・リンドの殺害について、あんたがあらかじめ知っていたこともわかっている」

「だからといって、おれがやったことにはならないんだろう?」プリムスはニヤニヤしながらそう言う。

「ああ、だが第一容疑者にはなる。拘禁《こうきん》するには充分すぎるほど正当な理由だ」

プリムスの目にかすかな光が現れ、頬が紅潮する。自分が注目を浴びているこの状況を楽しみはじめているのだ。ヨーナにはそれが見て取れた。

「そういうことなら、弁護士と相談するまではひと言も話すことはない」

「よく勉強しているな。いいことだ」ヨーナは賞賛の声を上げながら立ち上がる。

「すぐに弁護人を手配しよう——助けが必要だと感じているのなら」

「とはいえ、おれは自己弁護を選択する」プリムスはそう応じ、椅子の背もたれにゆったりと体重をかける。

「いいとも。弁護士依頼権があることを、あんたが理解しているのならね」

「おれ自身が弁護士さ。だからよろこんで質問に答えよう。ただし、おれや姉の不利になるようなことはなにも言わない」

「だれがヤンヌ・リンドを殺した？」

「知らんね。だがおれではないし、おれの趣味ではない。女の子は好きだからな……つまり、ほんとうにハードコアな趣味を否定する気はない。ときにはおれ自身めちゃくちゃをしまくることもあるからな……それでも、女の子を鋼鉄のワイヤーに吊すなんて、ハバナの鮫《さめ》漁師みたいな真似はぜったいにしない」

「なら、やったのはだれなんだ？」

プリムスは、勝ち誇ったような目つきでヨーナを見つめる。唇のあいだに、舌の先が覗く。

「知らん」

「あんたのお姉さんはシエサルに怯えているじゃないか」とヨーナが続ける。

「シエサルはサトゥルヌス（ローマ神話における農耕の神。自分の子に殺されるという予言をおそれ、五人の子を呑み込んでいったという伝承がある。）なのさ。まわりの人間を一人残らず呑み込んでいく……だから姉を天井に吊して、両手両足を切り落としてやると言うんだ」

「なぜ？」

「なぜレオポルド一世（初代ベルギー国王。）は王国を求めた？」首を掻きながらプリムスが尋ねる。「あの人はダーウィン主義者、ミスター・チャド（塀の向こう側から顔の上半分を覗かせ、鼻をこちら側に垂らしているという構図の落書き。神出鬼没に意外なところに出現するイメージ。）、旧約聖書の族長（〝信仰の父〟とされるアブラハム、その子のイサク、その孫にあたるヤコブの三人の総称。）さ」

プリムスは口をつぐんで立ち上がると、窓際へと移動する。しばらく外を眺めてから、さきほどまで座っていた椅子に戻って来る。

「シエサルの苗字は？」ヨーナが尋ねる。

「あの人の口から聞いたことはない――そもそも苗字があったとしても明かさん。理由はさっき述べたとおりだ」とプリムスは言い、せわしなく片足を揺する。「それとも、あの人が帰ってきたときに、おれを抱きとめて守ってくれるかい？」

「証人保護プログラムを適用することはできる。危険があるのならね」

「両刃《もろは》の剣だな」プリムスが口ごもる。

「シエサルに会ったことはないが、話したことはあるということだったな？」

「電話でね」

「電話がかかってくるのかい？」

「病棟には電話ボックスがあるのさ」

「なにを言ってくるんだ」

「手を貸せと……それから主は見守っていると……おれの脳みそにカメラを仕掛けたからと」

「どんな手助けが必要なんだ？」

「それは話せない。おれの身に不利な状況が降りかかるかもしれんからな……あの人のためにスナップ写真を何枚か撮った。おれに言えるのはそれだけだ」

「なんの写真だ」

「沈黙の誓いをたてたもんでね」

「ミア・アンデションというイェヴレの少女か？」

「憶測でしかないな」プリムスは、人差し指を突き立てながら言う。

「シエサルはいつから電話をかけてくるようになったんだ？」

「今年の夏だ」

「最後にかけてきたのは？」

「一昨日」

「どんな用件で？」

「欧州人権条約第六条に基づき返答を拒絶する」

「シエサルはどんな声をしている？」

「暗く力強い声だ」そう答えながら、デニムシャツ越しに胸を掻く。

「なにかの訛《なま》りはあるかい？　方言とか」

「ないな」

「背後で聞こえている音はないかな？」

「葬式のドラムでも鳴っていればふさわしいんだが……」

プリムスはそこで言葉を切り、扉のほうに目をやる。だれかが外の廊下を通り過ぎていったのだ。一瞬後、ポニーテールを引き、整える。

「どこに住んでいるんだ？」

「わからない。だがおれの想像では、城とか領主の館だな。豪華な広間や応接間のあるところだ」プリムスは、親指の爪を噛みながらそう話す。

「領主の館に住んでいると話していたのか？」

「違う」

「シエサルはこの病棟の患者だったのか？」

「あの人は自身の意に反してどこかの病院に入れられるような人間ではない……一等客車でアウシュヴィッツを出ていったと話してくれたことがある……完璧に王様扱いさ」プリムスは身体を震わせながらそう言う。

「アウシュヴィッツとはどういう意味だ？」

「おれはトゥーレット症候群持ちなんだよ。だから意味のないことを口走る」

「シエサルはセーテルの患者だったのか？」

「なぜそんなことを訊く？」プリムスはぎこちない笑みを浮かべて問い返す。

「なぜならセーテルにあった司法精神医療の病院では、敷地内に列車の線路があったし、自前の遺体焼却炉もあった。そのうえ――」

「そんなこと話してないぞ」プリムスが不意に跳ねるようにして立ち上がりながら、ヨーナの言葉を遮る。その勢いで、椅子が背後に倒れる。「そんなことひと言も言ってねえぞ」

「そうだな。だがうなずいてくれるだけでいいんだ。もし――」

「黙れ！　おれはうなずいたりなんかしない！」プリムスは叫びながら、自分の額を殴る。「おれを誘導して言いたくもないことを言わせようとしても無駄だぞ」

「プリムス、どうしたんだ？」介助士がそう言い、うんざりしたようすで立ち上がる。

「だれも誘導などしていない」とヨーナが続ける。「あんたは知っていることを話そうとしてる。正しいことをしているんだ」

「頼む、お願いだからやめてく――」

「それに、あんたは自分のために最善だと思うことをしてるんだ……そのことであんたを責められる人間なんていない」とヨーナはみなまで言わせない。

「おれと話したってことは、だれにも話すんじゃないぞ。おれが禁止する」プリムスは声を震わせながら言う。

「わかったよ。しかしその場合、私が知っておかねばならないのは――」

「もうたくさんだ！」

プリムスは窓に向かって突進し、額を何回かガラスに打ちつける。それから後ろによろめくと、倒れないようにカーテンをつかむ。

介助人が警報を鳴らし、駆けつける。

プリムスは床に倒れ込み、カーテンポールが外れる。ポールは音をたてて床を打ち、埃が空中に舞い上がった。

「さあ、起き上がって顔を見せてくれるかい？」介助人が声をかける。

「おれに触るな！」プリムスが叫ぶ。

片手で介助人を払いのけながら立ち上がると、額の切り傷から出た血が顔面を伝い下りる。

「くそったれが」プリムスはそう言いながらヨーナを指さす。「おれはなにも言ってないぞ……おれはなんにも話してない……」

扉が開き、別の介助人が入ってくる。そして、

「なにか問題でもあったのかい？」と彼が尋ねる。

「プリムスがちょっと昂奮しただけさ」ともう一人が応える。

「くそったれ」プリムスは呟く。「くそったれ……」

二人目の介助人はプリムスをヨーナから引き離し、ソファに座らせる。

「プリムス、気分はどうだい？」と彼は訊く。

「おれは十字架にかけられてるんだ……」

「いいから聞くんだ。あんたはすでにハロペリドール（定型抗精神病薬。）を投与されてる。でも、今からジプレキサ（非定型抗精神病薬。）を十ミリ追加することもできる」と介助人が言う。

六九

プリムスはベッドで目覚める。舌が腫れ上がり、口の中によだれが溜まっているような感覚がある。それを呑み込み、刑事を巧みに操った自分のやり口を思い返す。自己弁護をしながらも、真実はゆがめなかった。巧妙に暗号化はしたが。ジョージ・ブーロスの論理パズルのようなものだ。

解ける者は一人もいない。

だがそこへあの刑事がやって来て、目を閉じたまま当てずっぽうで正解のカードを引き抜いたのだ。

心配するほどのことではない。

こちらの深い動揺を見抜いた者はいないはずだ。

すべて順調だ。とはいえ、背中に打たれた注射のせいで少し長く寝過ぎた。急がねば。シエサルがいらついたり怒り出したりする前に。こちらはやるべきことをするだけだ。とはいえ、この任務が総体的にどんな意味を持つのか、プリムスにはまったくわからない。

左手は、右手のしていることを知らないのだ。

預言者には召使い、奴隷、肉蠅《にくばえ》と呼ばれているが、プリムスは気にならない。山積みになっている処女の中から正妻や側室を選び放題だと、シエサルには聞かされている。

いや、もしかすると長い行列を作っている処女、と言っていたかも。

預言者は、シエサルの手伝いを拒否した。あんなやつは、タビーの町にあるギシギシ軋む小さな家に籠もっていればいいのだ。ラブドールを買う金を貯金しながら。

プリムスは、崩れ落ちるようにして床に座り込む。スリッパに足を押し込み、懸命に扉のほうを見やるが、目に入ってくるのは、天井に取り付けられているスプリンクラー周辺の湿った部分ばかりだった。

薬剤のせいで、目玉が裏返ってしまうのだ。

両腕を伸ばしながらゆっくりと前進する。激しくまばたきすると、急に再び床と扉が見えるようになる。

プリムスはすばやくトイレを使い、口の中に溜まった唾液をシンクに吐き捨てる。そして貯水槽の中からハサミを取り出す。オフィスから盗み出したものだ。

プリムスは腹這いになり、扉の下から廊下のようすをうかがう。外の椅子には警官が一人座っている。

プリムスは静かに横たわったまま耳を澄ます。警察官の呼吸音と、携帯電話に触れる指先の音、そしてかすかな通知音が聞こえてくる。

一時間強経ったころ、警察官は立ち上がり、トイレに向かう。

プリムスはベッドに戻り、ナースコールのボタンを押す。一分ほどで扉の錠が音をたて、ニーナという名の夜勤看護師が部屋にやって来る。

「プリムスさん、どうしました？」

「薬のアレルギーが出てるみたいなんだ。頭がかゆいし、息苦しいかんじがする」

「ちょっと見てみましょうね」ニーナはそう言い、ベッドに近づいてくる。

その次にすることは決めていなかったが、片手で彼女の細い手首をつかむと、自分のほうに引き寄せる。

「手を放しなさい」とニーナが言う。

ベッドから起き上がったプリムスは、ニーナの顔に恐怖が浮かんでいることに気づく。だがそのときまたしても、目玉がぐるりと回転する。いきなり、見えるのはプラスティックでできた醜い灰色の照明だけになる。

「音をたてるなよ」そう囁きながら、やみくもにハサミを持ち上げてニーナの喉元に当てる。

「こんなことやめて」

目玉が元に戻り、うっかり彼女の頬を切っていたことに気づく。

「鼻を切り落として豚みたいに犯してやるぞ。豚鼻から血が噴き出るまでな」

「プリムス、落ち着いて。大丈夫だから……」

「おれはここから出る。わかったか?」そう怒鳴り、自分の唾液がニーナの顔面に飛び散るのを眺める。

「明日の朝、ケアマネージャーと話しましょう。そしたら……」

プリムスは、ベッドの上の靴下をニーナの口に詰め込む。そして彼女の顔を見つめる。唇は張りつめ、頬がこけている。それから、ハサミの鋭い刃先を、その眉と鼻に押しつける。

「おまえが入ってくるとすぐにわかるんだ」とプリムスは言う。「おれが欲しくてたまらないくせに、言い出す勇気がないんだろう。ここでの規則に縛られてるんだな。

だが入ってくるたびに、おまえのドクドクいってるあそこの匂いがわかるんだぜ。ぱっくり口を開けてぐしょ濡れになってるんだろう……」

プリムスは床に唾を吐き、ニーナの身体を回転させる。そしてハサミを喉に当てると、扉のほうへと導く。

「今から出ていくぞ」と彼は囁く。「おれといっしょに来るんなら、なんでも与えてやろう。ちんぽをぶっ刺したまま、一日中連れ回してやる」

二人は無人の廊下に出る。床は常夜灯に照らされている。

プリムスの目玉はまたしても回転し、歩きながら目に入ってくるのは、天井に付いている暗い蛍光灯だけになる。

ニーナが立ち止まり、最初の扉にたどり着いたのだとプリムスは悟る。

「カードキーを通して、暗証番号を入れろ……」

プリムスは力をこめてまばたきする。するとニーナの姿が見えるようになる。キーパッドに入力する彼女の手は、震えていた。

プリムスは身体を寄せ、空いているほうの手で乳房をつかむ。

扉のブザー音が鳴り、二人は次の廊下に足を踏み入れる。談話室と無人の受付を通り過ぎる。

プリムスは、ニーナを引っぱりながら非常口を抜ける。階段を使って一階まで降り、建物の裏手に出る。最初のうちは暗い夜空しか見えず、プリムスは花壇に足を突っ込んでしまう。ニーナの手を放し、何回か目をしばたたかせる。すると、立ち並ぶビルや街灯、そして路地が目の前に姿を現す。

「おれといっしょに来るか?」とプリムスは尋ねる。「大冒険ができるぞ……」

ニーナはプリムスから離れ、口から靴下を引き抜く。プリムスはハサミを投げ捨て、再び唾を吐く。そして、彼女にほほえみかけようとする。ニーナは、目を見開いたままその顔をじっと見つめ、首を振る。

「売女め」プリムスは吐き出すようにそう言い、駆け出す。

七〇

その日も朝から焦げ付きそうに暑く、息が詰まるような熱気は夜の八時ごろまで退かなかった。午後に入ってからは、遠くのほうで雷鳴が轟き続けた。

マグダとイングリッドは、六月に基礎学校(日本での小学校から中学校に相当。)の九年生を修了したところだ。八月からヴァルデマーシュヴィクの町にある高校に入学する。二人とも、夏のあいだのアルバイトは見つけられなかった。

二人の夏は退屈そのものだ。猛暑とも相まって、時間が止まったように感じられる。

まるで幼いころの感覚が戻ってきたようだ。

その夜、二人はマグダのうちで夕食を取った。小さなテラスのあるその家の裏手にはバーベキュー・グリルが備わっていて、彼女の父親がそこで鶏を串焼きにしてくれたのだ。二人は中庭の白いプラスティックテーブルにつき、付け合わせのポテトサラダやフレンチフライといっしょに食べた。

二人がサッカー場の背後にある木立に足を踏み入れたころには、すでに十時を過ぎていた。そこには、マグダの明るいオレンジ色のカヌーが置いてある。二人はそれを引っぱりながら草むらを横切り、川に浮かべた。イングリッドは船体を水面へと押し出し、マグダが乗り込んで後部シートに腰を下ろすまでのあいだ押さえ続けた。灰色の泥が巻き上げられ、水中に広がっていく。

イングリッドは前方のシートに座り、岸から離れる。

二人は向きを変え、上流を目指して漕《こ》ぎはじめた。その川は、小さな町の隣を深い傷のように走り抜けている。耳に届くのは、二人のパドルのたてるやさしい水音と、岸辺で鳴くバッタの声だけだ。

イングリッドは、姉のことを考える。この五月、ボーイフレンドとともにエーレブロに引っ越したのだ。もう戻って来ることはないと彼女に告げられたとき、イングリッドは泣いた。

巨大な木々が川を覆うように伸びていて、青々とした緑のトンネルを形成している。二人は漕ぐ手を止め、濁《にご》った水の上を静かに漂っていく。

樹冠の向こうには、明るい夕空がちらちらと見える。

マグダは、あたたかい水に指先を浸ける。

夜遅くにビンガーレン湖まで漕ぎ上がっていくのは、これで三度目だった。厳密に言えば、湖での水泳は禁じられている。何年も前に、工場排水が流れ込んでいることが判明して以来のことだ。付近のグスムで収穫されたジャガイモや野菜、マッシュルームや魚は、食用に適さないとされている。危険な濃度の重金属やヒ素、そしてポリ塩化ビフェニルが、地中や水中で検出されるからだ。

それでもマグダとイングリッドは、湖全体をひとり占めできるのが好きだった。しばしばその中心部に浮かぶ小さな島まで漕ぎ出ていっては、煙草を吸ったり裸になって鏡のように静まりかえっている湖面を泳いだりしたのだ。

「暗いところで身体が光るようになったらいいのに」マグダはいつもそんな冗談を言う。

樹木のトンネルをあとにすると、丸みを帯びた舳先《バウ》がおだやかな湖面を横断していく。

コンクリートの橋の下でパドルを使うと、湿った壁面に水音が反響する。

マグダは、カヌーを右に向ける。ここを抜けたところに岩が二つあり、そこに錆びたショッピングカートが挟まっているのだ。

橋の向こう側に出ると、岸辺の草むらがカヌーに触れていく。

「ちょっと待って」イングリッドはそう言うと、進行方向とは逆向きにパドルを入れ、舳先を土手に向ける。

「どうしたの？」

「あのバッグ、見える？」イングリッドが指さす。

「やめてよ」

高速道路へとつながる斜面の草の中に、黒いプラダのバッグがある。

「完璧に偽物」マグダが言う。

「だったら？」イングリッドはそう言い、岸に降り立つ。

舳先に繋《つな》がれたロープをつかみ、木の幹に巻いたうえで、バッグに近づいていく。

「なにこの臭い」マグダは、そのあとを追いながら問いかける。

大型車両が轟音とともに通り過ぎると、巻き起こされた風に木々の枝が大きく揺れる。

樺《かば》の若木と埃っぽいイラクサの茂みの周囲に、何千もの蠅が群がっている。

イングリッドはバッグを手に取り、それをマグダに向かって持ち上げて見せる。それから、斜面を駆け下りはじめる。

マグダは、蝿がうなりをたてている木立へと近づく。乾いた茂みの中に、ゴミ袋が三つ転がっているのが見える。枝を拾い、最も近い位置にある袋を突く。

無数の蝿がいっせいに舞い上がり、強烈な臭気が鼻を突く。

「なにしてるの？」土手の下のほうからイングリッドが叫びかける。

マグダは枝を差し込み、角度を付けてビニール袋を裂きながら穴を大きくする。何百匹もの蛆《うじ》が、白い糊《のり》のように地面にあふれ出る。

マグダの心臓が、激しく鼓動を打つ。

片手で口元を覆ったまま、さらに大きな穴を袋に開ける。そうして、切り落とされた腕ときれいなままのマニキュアを目にした彼女は、すすり泣きを漏らす。

七一

食事を終えたパメラとマルティンは、それでも食卓を離れない。ビーフンと海老、そして春巻きが、テイクアウトの容器に入ったまま二人の目の前に並んでいる。

マルティンはカーキ色のチノパンツしか身に着けておらず、首回りが汗ばんでいた。

ゆらめく蠟燭《ろうそく》の炎がパメラの顔の上で踊り、片頰にかかる髪の毛の赤い輝きが跳ねる。マルティンはそのようすを見つめていた。

パメラが視線を向けると、マルティンは慌てて視線を下げ、目を合わせない。

「荷物はできた?」と彼女が訊く。

マルティンはうつむいたまま、首を振る。

「電気ショックはもう受けたくないんだ」そう言いながら廊下を見やり、だれもいないことをたしかめる。

「その気持ち、すごくよくわかるよ、でもあなたには良い効果があるはずだってデニスは考えてるの」とパメラは言う。「心配だったらわたしもいっしょに行くから」

不安の波に襲われたマルティンは、背後に椅子を押し出して床に座り込み、テーブルの下に身を隠そうとする。電気痙攣療法のもたらすあの空虚感は、言葉にすることができない。それは、正体不明のものへの飢餓《きが》感に、全身を乗っ取られる感覚に近かった。

「どうにかしてあなたに回復してもらいたいの……それに、電気痙攣療法を受けた人の五十パーセントは症状がなくなる、回復するの――すごいでしょう?」とパメラが言う。

マルティンは、パメラの膝を覆うワンピースの、苺《いちご》色の生地をじっと見つめる。そして彼女の日に焼けた脚と赤いペディキュアを。

パメラはティーライト（薄い金属製のカップなどに入った蠟燭。）を持ち上げてテーブルの下にもぐり込むと、マルティンにあたたかい視線を向ける。

「しかも、前回受けてから、あなたは前より話すようになったでしょう」

マルティンは首を振る。実際には催眠術のおかげだと考えているのだ。

「病院に電話をかけて、今晩は行かないと伝えたほうがいい？」

マルティンはごくりと唾を呑み込む。答えようとするが、喉がつかえて果たせない。

「マルティン、お願いだから話して」

「僕はここにいたい。なんとかやっていけるから……」

「わたしもそう思う」

「よかった」と彼は囁く。

「遊び場のことを質問したら、あなたがこわがることはわかってる。でも訊かなきゃいけないの――ミアのために」と彼女が言う。「あなたは現場にいた。そして、帰宅したあとにヤンヌ・リンドの絵を描いた」

マルティンはこみ上げる不安を呑み込み、あの子たちは現実の存在ではないと自分に言い聞かせようとする。だがその努力もむなしく、名前を口にすれば彼らを挑発することになるのだと、マルティンの脳が主張する。あの子たちは、墓石や、そのほか手に入るものならなんにでも名前を刻み込みたがっているのだと。

「マルティン、話すことは危険ではないの」パメラは片手をマルティンの腕の上に載せて、そう言う。「それをわかってちょうだい。みんなすることだし、話したからって危険な目に遭った人はいないんだから」

マルティンは廊下を見やる。すると、パメラのレインコートの陰になにかがさっと逃げ込むのが見える。

「少年たちのせいで話せないの？　それとも、電気痙攣療法のせいでほんとうに思い出せないの？　教えてちょうだい」

「なにも思い出せないんだ」とマルティンが言う。

「少なくとも、思い出そうとはしてる？」

「うん、してるよ」

「でもあなたはあそこにいたの。ぜんぶ目にしたはず。あなたは、ヤンヌ・リンドを殺した犯人を知ってる……」

「違う」マルティンは声を張り上げ、涙ぐむ。

「わかったわ、ごめんなさい」

「でも催眠術を受けたときは、なにかが見えはじめてた……」

それはまるで、明るい光が不意に消え、暗闇の中でまばたきしているような感覚だった。

しかし、見えているものを教えてくれとエリック・マリア・バルクに言われたときには、目が順応しはじめているのを感じた。ただ、その途中でなにかに引っかかった。目の前にあるもののかたちが、うっすらと見えはじめた瞬間のことだった。

「続けて」パメラが囁く。

「催眠術を受けたい」マルティンが、パメラの目を見つめながらそう言う。

七二

パメラは残りものを冷蔵庫に入れ、ワンピースの中でブラジャーのフックを外す。それを片袖《そで》から引き抜こうとしているときに、玄関の呼び鈴が鳴る。

「デニスだ」と彼女は言う。「連絡がつかなかったから、予定どおり病院まで送るつもりで来てくれたんだわ」

パメラはブラジャーを寝室に投げ込んでから、玄関の扉を開ける。デニスは、ジーンズにアロハシャツという姿だった。

「電話したの――マルティンはサンクト・ヨーランには行かないことになったから」

「そうか、僕の携帯はいつもバッテリーが切れててね」

デニスは扉を閉め、玄関マットの上で靴を脱ぎ捨てると、熱波のことをぶつぶつと呟く。

「ごめんなさいね。ここまで来てもらったのに」とパメラが言う。

二人がキッチンに入ると、マルティンはカウンターのところにいて、犬用のピンク色のおやつを小瓶に詰めていた。

「やあ、マルティン」とデニスが言う。

「どうも」マルティンはふり返ることなく応える。

「電気痙攣療法のあと、マルティンはあまり調子が良くなかったの」とパメラが説明する。

「なるほど……」

「それで、本人は病院に戻りたくないと思ってて」

「こうするのはどうかな？」デニスは、眼鏡を押し上げながらマルティンに提案する。

「暫定的に、僕がきみのケアマネージャーになるよ。そうしたら、これまでと変わりなく薬は飲み続けられるからね」

「わかった」とマルティンが応える。

「そのあいだに、きみに合う精神科医を探したらいい」

「マルティン、そういうことでいい？」とパメラが訊く。

「うん」

マルティンは廊下に出て、靴のあいだに寝そべりながら自分を待ち受けていた犬を撫《な》でる。パメラはそのあとを追い、床の上のリードを拾い上げる。

「あまり遠くに行かないでね」彼女はリードを手渡しながら言う。

「ガムラスタンまで歩いてくるつもり」マルティンはそう言い、玄関の扉を開ける。

ロディーセンも起き上がり、マルティンに続いてのそのそとエレベーターに向かう。

パメラは扉を閉め、キッチンに戻る。

「マルティンを家に引きとって、大丈夫なの？」

「正直なところ、わからない」とパメラは言い、カウンターにもたれかかる。「でも、以前に比べてはるかに意思の疎通ができるようになったから、その点では大きな改善」

「それはよかった」デニスは、気のない調子で応える。

「警察の役に立てる、ってことが鍵だと思うの」

「たしかにそうかもしれないね」

水道水が一滴、金属製のシンクに落ちて音をたてる。パメラはふと、食器棚の中に並ぶウォッカのボトルのことを考える。だが、どうにかそれを振り払う。

「僕らのことはマルティンに話すのかい？」

「いずれは話すつもり。そうすべきだから。でも……なかなかできない。あなたがマルティンのケアマネージャーになってくれるのなら、なおさら」

「きみのためにやってるんだよ。きみが彼と別れて、僕といっしょになってくれることを望んでいるんだから」

「そんなこと言わないで」

「ごめん。僕が馬鹿だったよ。でも、きみがマルティンに出会う前のことをよく思い出すんだ。アリスはまだ小さくて、あのころは、ほとんどきみといっしょに暮らしているも同然だった。きみが勉強する時間を作るために、僕がアリスの面倒を見て……考えてみると、あれが僕の人生の中で唯一、孤独な脇役ではなかった時期かもしれないな」デニスはそう言い、踵を返すと出ていく。

七三

マルティンは、ヘドヴィグ・エレオノーラ教会の周囲を巡り、ニーブロ広場まで歩いてきた。ロディーセンは集電箱に小便をかけ、ゴミ箱の下の地面を嗅ぎ回る。ショーウィンドウの明かりを浴びた黒い毛が、輝いている。

ふと新聞の売店に目が留まり、ロディーセンの気が済むのを待ちながら夕刊の見出しを読む。

《エクスプレッセン》のトップ記事はダイエットについてだが、マルティンの目を引いたのは、ヤンヌ・リンドに関するもう少し小さな見出しだった。〈唯一の目撃者は精神障害〉とある。

目撃者とは自分のことだとマルティンもわかっている。そして、自分が精神の病を抱えていることも。だが、新聞の一面に書きたてられているのを見るのは、おかしな気分だった。

マルティンとロディーセンは歩き続ける。ガムラスタンに向かってストレーム橋を渡っていると、ロディーセンは突然、手摺《す》りの脇の地面に伏せる。

二人の下を、黒々とした水が勢いよく流れていく。

マルティンは膝をつき、ロディーセンの重い頭を持ち上げる。

「大丈夫かい？」そう話しかけながら、鼻先にキスをする。「疲れたのかな？　今日は長い散歩をしたいのかと思ってたけど」

ロディーセンは、ぐったりとしたようすで起き上がる。身体を振り、向きを変えると数歩進んでまた立ち止まる。

「地下鉄に乗ろうか。そうしよう？」

ロディーセンはさらに何歩か進むが、再び伏せる。

「しばらく僕が運んでやるよ」

マルティンはロディーセンを抱き上げると橋の上を引き返し、王立公園の中を通り抜ける。

十代の一団が路地にたむろし、煙草を吸いながら笑い声を上げている。そこから数メートル離れた木陰には、痩せ細った顔つきで目をギラつかせている少年二人の姿が見えた。

マルティンはさっと右に折れ、道路を渡る。地下鉄の駅にたどり着くと、ロディーセンを下ろす。

「おまえさん、ほんとに重くなったね」マルティンはそう言いながら、公園のほうにすばやく視線を向ける。

自動ドアを抜け、エスカレーターに足を乗せる前に一瞬立ち止まる。背中に震えが走り、マルティンはふり返る。

地下の駅を列車が通過し、自動ドアをガタガタと振動させる。それから再び開くが、外にはだれもいない。

ドアが閉まると、外の暗闇に立っている小さな人影にマルティンは気づく。こちらをじっと見ている。

全身がぼんやりと霞《かす》み、震えている。

別の列車が、甲高い軋りをあげながら駅に入ってくる。

自動ドアはまたしても開くが、少年は消えている。

もしかすると、曲がり角の陰に隠れているだけなのかもしれない。

短いエスカレーターを降りて改札に着くと、ＩＣカードを使ってゲートを抜け、次のエスカレーターへと急ぐ。

ロディーセンが、マルティンの足元でぐったりと身体を沈める。苦しげな息づかいだ。

二番目のエスカレーターは長く急傾斜で、底が見えない。

マルティンは、ロディーセンの首輪をつかむ。その張りつめた革から、呼吸が伝わってくる。

地下道の奥からあたたかくてかび臭い風が上がってきて、下降していく二人に吹き付ける。

足元で機械がゴトゴトと音をたてている。

「あと少しだよ」先が見え、マルティンは声をかける。

じっと目を凝らすと、エスカレーターの底で待っている者がいる。

まだかなりの距離があり、かろうじて見分けられるのは、子どもの汚れた裸足だけだ。

二人が降りていくにつれて、天井の明かりは上昇していくように見える。

子どもが後ずさりする。

列車が到着し、ブレーキが軋みをあげる。

マルティンはロディーセンの首輪を引いて立たせ、すぐにエスカレーターを降りられる体勢になる。少年の姿はない。

これが病のせいだという自覚はある。それでも、少年たちが存在していないという事実を受け入れるのは難しい。

発車標によれば、次の列車は十一分後だ。

二人は無人のプラットフォームの端まで歩いていく。マルティンは消火器の赤い箱に腰を下ろし、ロディーセンは床にすとんと伏せる。

マルティンはふり返り、プラットフォームを見渡す。その端には白いタイルが連なっている。

裸足でぺたぺたと走る音が聞こえてマルティンは立ち上がる。ふり返るとだれもいない。

電線がブーンとうなり、甲高い音が線路を伝わってくる。

マルティンは不意に不安をおぼえる。

線路から聞こえてくる金属を打ち鳴らすような音が、湖の氷の軋みを蘇らせる。

真っ白な風景の中で腹這いになり、氷に開けた穴から水中を覗き込んでいたときのことを思い出す。

闇の中からパーチが二匹姿を現し、浮きに近づいてきたかと思うと、さっと身をひるがえして逃げていった。

駅の時計の文字盤が振動しはじめる。

次の列車が到着するまであとわずか四分。あっという間だ。

マルティンはロディーセンを残したままプラットフォームの端まで行き、暗いトンネルの中を見つめる。

鍵の触れ合うちりんちりんという音が聞こえ、それが壁に反響する。それから再び足音がする。今度は、先ほどよりも重い。

マルティンは目を細めてエスカレーターのほうを見やる。だがプラットフォームは無人だ。

自動販売機の向こう側にだれかが隠れているのかもしれない。肩と、淡い黄色の手が、角から覗いている気がする。だが、すべては自分の頭の中にしかないはずだと考える。

振動音が次第に大きさを増す。埃やゴミ屑が風に吹かれて動きはじめる。

マルティンは、足元にあるプラットフォームの縁を見下ろす。

線路とその継ぎ目、そして下に敷かれている砂利が、薄暗がりの中で光っているように見える。

顔を上げると、自分の影が向かい側の粗い壁面に映っている。マルティンは、弟たちの鋭い頬骨と、ぎゅっと噛みしめられていた口元のことを考える。上の弟は鎖骨を折り、片腕が奇妙な角度に垂れていた。

マルティンは縁に向かってもう一歩踏み出し、再びトンネルの中を覗き込む。闇に輝く赤い光が、遠くに見えた。

光がまたたく。まるで、だれかが前を横切ったように。

列車が近づいてくる。リズミカルな轟音が次第に大きくなってくる。

マルティンは首をめぐらせ、反対側の壁に映る自分の影を見る。前よりも少し大きくなったようだ。

そのとき、影が二つに分かれる。

背後からだれかが忍び寄っていたのだと気づく。そしてふり返る間もなく、力強く肩を押され、プラットフォームの端から落ちる。

マルティンは線路の上に着地する。膝を打ちつけながら、両手で衝撃を受けとめた。敷かれている粗礫《それき》が皮膚を裂き、両掌を刺すような痛みが貫く。立ち上がりふり返ろうとすると、滑らかな線路の表面で足を取られそうになる。

列車は汚れた空気を押しのけながら、まっすぐこちらに突進してくる。マルティンはプラットフォームによじ登ろうとするが、両手が血にまみれているせいで角をうまくつかめない。

轟音が耳を聾《ろう》するばかりになり、地面が揺れる。

黄色い金属製の標識が目に入る。剝きだしの高圧電線に注意をうながすためのものだ。どうにかその標識の端に足をかけ、そこを支点に身体を持ち上げる。そして列車が進入してくるのと同時に、プラットフォームの上に転がり出る。ブレーキが甲高い軋みをあげる。

七四

道路の白い線は背後に飛び去っていき、タイヤはアスファルトの上で低くうなっている。ヨーナの右手はハンドルの上にあり、明るい夏の光が松の木漏れ日となってサングラスをキラキラと輝かせた。

セーテル精神病院は、ストックホルムの北西約二百キロ、ヘーデモーラとボールレンゲの中間地点に位置している。

裁判所の指示を受けた患者や、その他とくに複雑な問題を抱えた人びとが、全国から送り込まれる。

プリムスは、ヤンヌの殺害について電話でシエサルと話していた。それをマルティンが小耳に挟み、ヨーナらはウルリーケを介して、プリムスが〈鷲の巣〉にいるかもしれないという情報を得た。

プリムスが脱走する前にできたのは、たった一回の取り調べだけだった。ヨーナの質問をかわし、謎めいた答えを差し出す。プリムスは、あきらかにそれを楽しんでいた。

持ち前のナルシスティックな傲慢《ごうまん》さで、取り調べの流れを支配しているのは自分だと思い込んでいたのだ。そしてうっかりある事実を漏らしたと気づいたとき、プリムスは動揺をあらわにした。

シエサルに関する、最初の具体的な手がかりをヨーナに与えたのだ。

過去六十年のあいだにスウェーデン国内で有罪判決を受けた者、もしくは精神科に措置入院させられた者の中に、シエサルという名の人間はいなかった。だが、アウシュヴィッツに言及したプリムスが、そのときセーテル精神病院について話していたことを、ヨーナは確信している。

〈鷲の巣〉で起こったすべての出来事も、このたった一つの小さな情報が手に入ったことで報われたと言えるかもしれない。

プリムスを取り調べる前、シエサルはただの名前でしかなかった。だがヨーナは今、シエサルはどこかの時点でセーテルの患者だったに違いないと考えている。

取り調べの際に、シエサルについて語るプリムスが持ち出した固有名すべてを思い返してみる。サトゥルヌス、レオポルド、ダーウィン主義者、ミスター・チャド、族長。

ある種の傲慢で専制的な男性像を思わせるという点で通底している。

ヨーナは六五〇号線を降り、セーテルのフェンヴィク地区を走り抜ける。そして、三十年ほど前に閉鎖され、その十五年後に火事に焼かれた重警備病棟を通り過ぎた。

領主の館を思わせる建物は、解体を待つばかりに見える。屋根は崩壊し、すべての窓が錆びた鉄格子で覆われている。正面エントランスには板が打ち付けられ、剝がれ落ちた漆喰《しっくい》の下にあるレンガ造りの壁が大きく露出している。

ヨーナはしばらく運転を続けてから車を停め、付近の地図を眺める。そうしてUターンをすると、近くにあるモダンな作りの病院の外に駐車する。

現在、この施設は八十八人の患者と百七十人の職員を抱えている。

車から降りようとしたヨーナは、縫合された脇腹に痛みが走るのを感じる。建物に入り、セキュリティゲートを抜けたところでサングラスを胸ポケットに収め、受付へと進む。

そこでは、女性の医長が彼を待ち受けていた。背が高く四十代半ば、黒髪で額には皺が寄っている。そしてシャツの襟には、非常警報器が留められていた。

「セーテルについてマスコミがどのように報道してきたのか、われわれも十二分に承知しています。患者はベンゾジアゼピンのような向精神薬漬《づ》けにされ、精神科医たちは、不安障害の治療と称して存在してもいない抑圧された記憶を引き出している。みなさんの中ではそんなイメージですよね」

「かもしれませんね」とヨーナは応える。

「批判の大部分は当を得たものです」と医師は続ける。「古い精神医学は、現在の知見からは大きく隔たっています」

医師はカードキーを通し、暗証番号を入力する。そして、扉を開けてヨーナを招き入れる。

「どうも」

「もちろん、今日といえども、われわれは完璧ではありません」と彼女は話しながら、ヨーナを廊下へと導く。「医療というのは進化を目指す過程なのです。ごく最近も、われわれの用いているいくつかの処置について、議会オンブズマンからの批判を受けました。しかし、拘束を緩めた瞬間に自分の目玉をえぐり出そうとするような患者に対しては、どのように接したら良いと言うのでしょうか？」

医師は、パントリーの中で立ち止まる。

「コーヒーは？」

「ダブルエスプレッソを」とヨーナは答える。

医師はカップを二つ取り出し、コーヒーマシンのスイッチを入れる。

「現在、ここでは慎重に考え抜かれた質の高い医療を提供しています」と彼女は続ける。「そのうえ、しっかりとしたリスク評価体制を構築しつつあるところです……」

二人はカップを手にして医師のオフィスへと移る。それぞれが肘掛け椅子に腰を下ろし、言葉を発さないままコーヒーをすする。

「ここに、シエサルという名の患者がいましたね」ヨーナは、カップをテーブルに下ろしながら言う。

医師は立ち上がり、デスクへと移動する。パソコンにログインし、しばらくそのまま沈黙したあと、顔を上げる。

「いませんね」と彼女が言う。

「いいえ、います」

医師はヨーナを見つめる。そしてはじめて、口元にほほえみのようなものが現れて消える。

「苗字か身分証の番号はわかりますか？」

「いいえ」

「では、ここに入院していたと考えられるのはいつごろのことでしょう？　わたしはここで八年働いていますが、デジタル化された記録は十五年分あります」

「そのほかに記録はありますか？」

「実は、よくわかりません」

「ここでいちばん長く働いている人は？」

「でしたら、ヴィヴェカ・グルンディグですね。うちの作業療法士です」

「今日は出勤していますか？」

「おそらく」医師はそう言い、受話器を持ち上げて番号を押す。

数分後、六十代の女性が部屋に現れる。細面にグレーの短髪、目は淡い青色で、顔にはほほえみが浮かんでいる。

「国家警察のヨーナ・リンナさんです」と医師が紹介する。

「警察の人？　こんなに長いあいだお医者さんとの出会いを夢見てたのに」とヴィヴェカは言い、ヨーナは笑顔を返す。

「この刑事さんは、デジタル化される前の古い患者記録を探してらっしゃるの」

「もちろん、記録保管庫はありますよ」

「シエサルという名の患者を追っているんです」とヨーナが説明する。

ヴィヴェカは顔をそむけ、ブラウスに付いていた髪の毛をつまみ取ってから再びヨーナと視線を合わせる。

「そのころの記録は破壊されてます」と彼女は言う。

「しかし、私がだれのことを話しているのかはご存じですね？」

「そうとも言えません……」

「教えてください」とヨーナが言う。

ヴィヴェカは額にかかっていたグレーの髪の毛をかき上げ、彼の顔をじっと見つめる。

「ここで働きはじめたころのことです。すぐに、重警備棟にいるシエサルという人物のことを耳にしました。担当医はグスタフ・フィエル先生です」

「どんな話を聞いたんですか？」

ヴィヴェカは視線を逸らす。

「めちゃくちゃな話です……」

「教えてください」とヨーナが食い下がる。

「根拠のないでたらめだったとは思うんです。でも、重警備棟が閉鎖されるとき、グスタフ・フィエル先生だけがそれに反対したとみなが話してました。ある患者に夢中になってしまい、その人物を手放したくない一心で、そんなことをしたと」

「シエサルですね？」

「患者に恋してしまったのだと話す人すらいました。ただの噂話ですが」

「真実を知る人はいますか？」

「アニータに尋ねたらいいかも――ここの看護師です」

「重警備棟で勤務していたのですか？」

「いいえ。ただ、彼女はグスタフ・フィエルの娘なんです」

ヨーナはヴィヴェカに案内され、一階下にあるナースステーションへと移動する。

壁の向こうから、老人の怒声が聞こえてくる。

「アニータ？」

冷蔵庫のそばに立っていた女性がふり返る。片手にはヨーグルトのカップがあった。三十五歳くらいに見え、短く刈られた金髪は乱れている。青いマスカラを使っている以外、メイクはしていない。眉毛は無色で、ふっくらとした唇は青ざめていた。

アニータはヨーグルトを置き、蓋の上にスプーンを載せる。そして両手をズボンで拭ってから、ヨーナに挨拶をする。

ヨーナは自己紹介をし、ここに来た理由を説明しながら、彼女の顔を仔細《しさい》に観察する。眉間の皺が深まり、アニータはかすかにうなずく。

「はい。父にシエサルという患者がいたことはおぼえています」

「苗字はおぼえていらっしゃいますか?」

「氏名不明の〈NN〉として入院してきました。ただ、自分ではシエサルと名乗っていたんです……本人にも本名がわからなかったという可能性はおおいにあります」

「患者の身元が不明ということはよくあったのでしょうか」

「いいえ、よくあったとは言えません。でも、そういうこともありました」

「記録を見せてください」

「でも、ぜんぶ火事で焼けてしまったんですよ」とアニータは応える。ヨーナがその事実を知らないことに驚いているようだった。「シエサルは、閉鎖される前の数年間、重警備棟にいました……それから何年かして、建物全体が焼け落ちたんです」

「記録はたしかに残っていないのですね?」

「はい」

「お父さんがシエサルの治療にあたっていたころ、あなたはかなり若かったはずですよね。それなのに、シエサルがここにいたときのことをよくご存じですね」

アニータの顔に重苦しい表情が浮かぶ。まるでこれから口にすることの重大さを、推し量っているように。

「腰を下ろしたほうがいいかもしれませんね」ついに彼女がそう言う。

ヨーナは、協力してくれたヴィヴェカに礼を言う。造花をあしらったテーブルがあり、その周囲には背の高いスツールが配置されていた。そこに、アニータとともに腰かける。

「父は精神科医でした」と彼女は口を開きながら、花瓶を脇にやる。「基本的にフロイト主義者だったと思います。研究に人生を捧げていました……とくに、亡くなる前の十年間は」

「ずっとセーテルで勤務していたのですか？」

「はい。ただ、ウプサラ大学付属病院と連携しながらでした」

「そして、今やあなたもここで働いているんですね」

「どうしてこんなことになったのか、ぜんぜんわかりません」アニータは笑う。「この敷地にあった医師の宿舎で育ち、今はここから五分のところで暮らしてます……一時期ヘーデモーラに引っ越したこともありましたが、それでもたった二十キロしか離れてないんですから」

「人生なんて、そういうものだったりしますよね」ヨーナは短くほほえみ、再び話題を戻す。

アニータは唾を呑み込み、両手を膝の上に下ろす。

「シエサルが患者になった経緯については、十代のころに父から聞きました……夜中に目が覚めた父は、家の中で声が聞こえることに気づきました。それで起き上がると、わたしの部屋の明かりが点いていました。若い男がベッドの端に腰かけて、わたしの頭を撫でていたのだそうです」

アニータは深く考えに沈み、鼻先を赤らめながら廊下を見やった。

「それでどうなったんですか？」

「父はどうにかシエサルをキッチンに移動させました。彼が精神障害を抱えていることはあきらかでした……というより、本人がそのことをわかっていたんです。シエサル自身が収容を求めたからです」

「シエサルは、なぜお父さんのところに来たんでしょう」

「わかりません。でも、父は当時かなり有名だったんです。どんな人でも完全に回復すると信じている、数少ない医師の一人でした」

「しかし、なぜシエサルはご自宅にやって来たのでしょうか。まっすぐ病院に向かうのではなく」

「重警備棟には、ふらりとは入っていけませんでしたから。あそこは、いろんな人たちが最後にたどり着く先でした……でも父は、あの晩に、シエサルの症例に興味を引かれたんだと思います」

「つまりお父さんは、シエサルの体現する脅威に対して、純粋に職業的な興味から屈服してみせたということですか？」

「〝屈服〟というのは、正確な表現ではないかもしれません」

「そうですね……シエサルを管理下に置く最善の方法は、患者として重警備棟に受け入れることだと気づかれたということですね」とヨーナは続ける。

アニータはうなずく。

「かつては、ここに入った瞬間に患者の人権は消滅しました。医療の透明性など微塵も存在しない施設だったんです。患者たちはしばしば死ぬまでここに留まりました。そして遺体は火葬にされ、敷地内の墓地に埋葬《まいそう》されました」

「シエサルはどうなったのですか？」

「二年もしないうちに、退院していきました」

アニータは、うつろな顔でぼんやりと前を見つめている。ヨーナはその表情を観察した。

「お父さんの研究テーマはなんだったのでしょう」と尋ねる。

アニータは深々と息を吸い込む。

「もちろん、わたしは心理学者でも精神科医でもありません。だから、父の方法論について語ることはできません……ただ、父が専門としていた分野は、主に離人症と解離性同一性障害（かつては多重人格障害（MPD）と呼ばれていた。）でした」

「DIDですね」とヨーナが言う。

「父のことを悪く言いたくはありません。でも、父の持っていた、人間の精神に対する理解のしかたは、今ではほとんどの人に時代遅れと言われるはずです」とアニータは続ける。「父の理論の一つは、こんな考えに基づいていました。暴力をふるう人間は、自らのその行為がトラウマとなり、さまざまな解離症状を起こすようになる……父はシエサルの症例を〈鏡の男〉と呼び、こつこつと論文を書いていました」

「〈鏡の男〉」とヨーナはくり返す。

「重警備棟が閉鎖されたあとも、父はそこに留まりました」と彼女は語る。「患者はいなくなりましたが、精神科臨床医として四十年間にわたって積み上げてきた研究成果をまとめ上げようとしたのです。膨大な記録を持っていましたから……ところがある晩、火事が起きた。出火元は配電盤でした。父は亡くなり、研究成果もすべて破壊されました」

「お気の毒に」とヨーナは言う。

「ありがとう」とアニータは呟く。

「ご自身は、シエサルのことをどのくらいおぼえていらっしゃいますか？」

「なんのためにお聞きになっているか、うかがってもいいですか？」

「シエサルには、連続殺人の容疑がかかっているのです」とヨーナは答える。

「え」アニータは息を呑む。「でも、わたしは一度しか会ったことがないんです。まだ子どもだった、あの夜に」

「あなたのお父さんの立場で考えてみたいのですが……精神に障害のある男が夜中に自宅に押し入り、娘の頭に手を載せたまま、ベッドに腰を下ろしている……さぞかしお父さんは震え上がったことでしょうね」

「ところが父にとっては、ある大切なことの起点でもあったんです」

「症例研究として？」

「最初の出会いについて、ほほえみながら話す父の顔をおぼえています……シエサルがそこに座っていて、わたしの頭を撫でていたんです。すると彼は父の目を見てこう言いました。『母親たちは、子どもたちが遊ぶのを見守っている』」

一瞬、ヨーナは凍りつく。椅子から立ち上がり、苦痛にうめきながら、暇を告げる。アニータの協力に感謝すると、廊下を足早に歩き出す。

ヨーナは催眠術中のことを思い返す。マルティンは、大学の建物の裏側と、赤い遊び小屋のことを思い出していた。

エリックは滑り台やジャングルジムの描写を聞かせ、徐々に犯行現場へとマルティンを導いていった。

マルティンはうなずき、まったくおなじセリフを口にした。

「母親たちは、子どもたちが遊ぶのを見守っている」

だがヨーナもエリックも、それは遊び小屋を思い浮かべようとする過程で出てきた言葉に過ぎないのだと解釈した。そしてエリックは、夜の遅い時間帯であることを思い出させようとした。「街灯の明かりしかありません」と語りかけたのだ。遊び場についてのほんものの記憶だけに、マルティンを集中させることが目的だった。犯行時、母親たちが現場にいるはずはないからだ。

だがあのときマルティンはすでに、ほんものの記憶の中にいた。マルティンにはなにも見えていなかったが、なにが起こっているのか、耳で聴くことはできた。

マルティンはあの夜、遊び場で話すシエサルの声を聞いたのだ。

ヨーナは正面エントランスの扉を開け、車に向かって飛び出ていく。あの晩に関するマルティンの記憶をさらに引き出す方法について思案しながら。

七五

シエサルが消えてからの日々は、あたたかく単調だった。お婆は昨日、トレーラーに乗ってどこかに出かけた。だから、食べ物がなかった。それでも今朝には、塩漬けの魚とジャガイモを与えられた。

ミアは、起きたことについて考え続けていた。

意味がわからない。

シエサルはラルカの喉を切り裂いた。それで彼女は、あっという間にこの世からいなくなった。

眠らされ、二度と目覚めなかったのだ。

シエサルはキムをレイプした。彼女にのしかかり、しばらくのあいだ喘《あえ》いでいたかと思うと立ち上がり、ズボンのボタンを留め、出ていった。

キムの意識が戻ったとき、お婆はここにいた。そして彼女の衣服をつかんだまま、キムが檻に戻るのを見届けた。

キムにはまだ、一時的な視覚喪失が残っている。そのせいで頭を檻に打ち付けたあと、いつもの隅で縮こまったままうたた寝をはじめたのだった。

ラルカの死体は、そのまま一晩放置された。

翌朝、焼却作業を手伝うことになったのは、ブレンダだった。立ち並ぶ細長い小屋の最後の一棟の裏手に、焼却炉があるのだ。

焼けるまでに丸一日かかった。甘い煙が、ねっとりと空気中を漂っていた。

檻に戻ってきたとき、ブレンダは顔を煤《すす》まみれにして泣いていた。煙の臭いは、いまだに彼女の身体にまとわりついているようだ。

レイプされて以来、キムは下腹部の痛みに苛《さいな》まれている。昨日、ミアは二人に話しかけてみたが、キムは両手で顔を覆ったまま、ただじっと座っていた。

「わけがわからない。逃げないように檻に閉じ込めてるくせに、あいつにとってわたしたちはなんの価値もない存在だなんて。最初はキリスト教版の〈ボコ・ハラム〉（ナイジェリアを拠点に活動するスンニ派イスラム教徒の過激派組織。女子生徒の拉致事件などを起こしている。）みたいなものかと思ってたけど……これって実際にはイカレたインセル（女性蔑視主義者。）革命でしょ」とミアは二人に語りかける。「だれもあいつとセックスしたがらないから、こんなことしてるんだ……腹の底から吐き気がする。〈4ちゃん〉に大量のファンがいたりするはず。そいつらに神みたいに崇《あが》められてて」

「正直言って」ブレンダは、檻にもたれかかりながらそう言う。「こういうことしたくない男がいる？」

「泣いてる女の子を大量に檻の中に閉じ込めておくってこと？」

「というより、前みたいなかんじ。豪華なハーレムを作って――」

「豪華だったことなんてない」キムがその言葉を遮る。

「それはあんたがもっと贅沢なものに慣れてるからでしょ」ブレンダが鋭く言い放つ。

「わたしたちが喧嘩《けんか》したって意味ないよ」ミアが囁く。

二本の手作りナイフは、まともな砥石《といし》なしで研げる限界まで鋭くなっていた。ミアとキムが全力を振り絞れば、きちんと役に立つだろう。

ミアは、枕として使っていたミリタリージャケットと交換に、キムのシャツを手に入れた。それに切れ目を何本も入れて裂き、細長い布切れを作っていった。

脱出を成功させるために必要な存在ではあるものの、ブレンダを仲間に入れることはあきらめた。充分にやる気があるようには見えなかったのだ。そうである以上、いざというときになって、躊躇《ちゅうちょ》したり翻心したりするかもしれない。

とはいえ、敷地内をほんとうに自由に歩き回れるのはブレンダだけだった。そこでミアは、ほかの小屋や森の中を抜ける道はどうなっているのか、彼女から聞き出そうとした。

「わからない」答えは毎回おなじだった。

ほかの三棟にも女の子たちがいることはわかっている。四人の数はおそらく、最大で十人だ。中庭での休憩中に、彼女たちの活動を目にしたことがある。闇の中に浮かぶ白目を見たり、夜中に泣いたり咳き込んだりしているのを耳にしたこともあった。

つい昨日など、若い女性が別の小屋の戸口に立っていて、こちらを見ていた。片手に鋤《すき》を持ち、陽光の中で髪の毛が赤く輝いていた。お婆がなにか叫び、彼女はいなくなった。

「あの子、見た?」とミアは尋ねた。

「あの子は結核。もうすぐ死ぬんじゃないかな」ブレンダはそう応えた。

昨夜、ブレンダが眠りにつくと、ミアとキムは目を覚まして横たわったまま囁き交わした。レイプ以来、キムは変わった。今では、すすんで抵抗の手助けをしたいと考えている。ミアの指示に耳を傾け、暗誦《あんしょう》してみせるのだ。

三人の休憩時間が近づいていた。ミアの緊張は高まりはじめている。腹の底にずしりと不安があった。

キムには打ち明けていないが、この手の襲撃をしたことはない。刑務所に行き、生き延びるためにギャングの一員になった少年たちとつるんだ経験しかないのだ。リーダーへの忠誠心を証すために、敵を打ちのめしたことのある連中だ。

今日、最初に休憩をとるのは、三棟目の小屋にいる女の子たちだ。もう彼女たちの声が聞こえている。その中の二人は、いつでも猛烈な勢いでおしゃべりをしている。それ以外はおしなべておとなしく、だれかが咳き込むたびに立ち止まっていた。

森の上空をヘリコプターが横切る。犬が騒ぎはじめると、お婆はすぐに叱りつけた。

朝の時間は、のろのろと進んでいくように感じられる。すべてのことに、いつもより時間がかかるようだった。

ミアはキムに手製ナイフを渡す。そして彼女が、スポーツソックスの上のほう、右足の臑《すね》の内側にそれを押し込んでから、ズボンの裾を下ろすのを確認する。

自分のナイフは、ブーツのトップエンド近くに差し込み、抜け落ちないことを再確認する。

条件が揃えば、今日決行する予定だ。

ある程度、天候にも左右される。

屋根のブリキ板から作った刃が、分厚い上着を切り裂けるのかどうか、ミアには確信が持てない。

朝食のとき、お婆はデニムジャケットを着ていた。だが太陽が高く昇った今、小屋の中の空気は息がしづらいほどになっている。

お婆が昨日とおなじブラウスを着ていれば、問題はない。

ミアは、起こり得る可能性を何千通りも考え抜いていた。

実は、万が一キムが自分の役割を果たせなくなった場合でも、独力でやり遂げられると考えている。ミアはお婆よりも背が低いし、力も弱い。だが、背後に回ることさえできれば、全力でナイフを刺せる。一回刺したところで殴り倒されるかもしれないが、それでも充分かもしれない。お婆が傷つき出血したら、もう一度背後に回り込み、次の一刺しの機会がうかがえるだろう。

キムは膝をつき、両手を握り合わせて祈っている。だが外に足音が聞こえて、急にやめる。

犬が荒く息をついている。

お婆は横木を持ち上げ、壁に立てかける。それから戸口に石を挟み、開いた状態で扉を止める。

水の入ったバケツを運び込むお婆の背後では、陽光に照らされた砂埃が舞い上がる。首にかかっている魔除けが、バケツの縁に当たって音をたてた。お婆は上着を脱いでいた。薄い青色のシャツの袖をまくり上げている。

キムは這い寄り、両手を差し出す。お婆が片方の手首を結束バンドで締めると、檻から出て床に降り立つ。

ミアはそれに続く。キムの手首に繋がれると、檻から出る。

二人は並んで立つ。太腿がピリピリし、両足に力が入らない。ミアは、ブーツの内側で足に押しつけられているナイフを感じる。

お婆は黄色のゴム手袋を着け、バケツのスポンジを取り上げる。それから、二人の顔と喉を擦りはじめる。ぬるい水には塩素の強い匂いがある。

「上に着てるものを持ち上げな」

ミアはアンダーシャツをまくり上げる。するとお婆は、すばやく脇の下から背中全体、そして乳房のまわりをゴシゴシと擦っていく。

あたたかい水が、ズボンの中へと伝い下りていく。

次に起こることに思いいたり、ミアは恐怖におののく。お婆が全身を洗うことにしたら、靴も脱がなければならなくなる。そうすれば武器がばれてしまう。

ミアはアンダーシャツを引き下ろしてから、キムの脇の下を擦っているお婆が、彼女の上半身を洗い終わるのを待つ。キムは、Tシャツと薄汚れたブラジャーを手で引き上げた体勢でスポンジを押しつけられ、ゆらゆらと揺れている。

「ズボンを下ろしな」

お婆はスポンジを濡らし、それを絞ってからミアのところにやって来る。

「隙間を開くんだよ」

ミアがどうにか足を開くと、お婆は太腿のあいだにスポンジを突っ込む。擦られはじめると、ミアは目を閉じ、気持ちがいいというようにうめく。

お婆はすぐに手を止め、服を着て檻に戻れと二人を追い払う。そして手袋を外して床に投げ捨てると、バケツを外に運び出す。

七六

お婆が六棟目の小屋の外でバケツの水をあける音を聞きながら、ミアはひとり笑みを浮かべる。殴られる可能性はあったが、あれ以上身体を洗い続けさせるわけにはいかなかったのだ。

しばらくして戻ってきたお婆は杖にもたれかかりながら、庭を一周してくるようにと言う。

手に手を取って、ミアとキムは戸口から出る。明るい陽光は暑く、服が身体にへばりつく。

お婆は六番目の棟の外で、忙しそうになにかを煮沸《しゃふつ》している。そしてブレンダは、長い柄杓《ひしゃく》でそれをかき回していた。お婆は腹立たしげなようすだ。こいつらの中にはこっそり堕胎している連中がいるが、そんなことは主にはお見通しだから、そいつらは処分されるだろう、とぶつぶつ呟いている。

かび臭い湯気が、草むらを渡ってくる。

ミアは、中庭の中央へとキムを導く。一歩進むごとに、ナイフがずり上がってきているように感じる。

お婆は、杖に寄りかかったまま二人を監視している。ミアとキムは、そのお婆のほうに向きなおる。休憩時間が終わるまでに、怪しまれず背後に回り込む方法を見つけ出さなければ。

「チャンスがあったらやるよ」とミアが言う。

「いつでもいいよ」キムがゆるぎない声で応える。

お婆はブレンダから柄杓を取り上げると、踵を返して深鍋のほうを向く。ミアは立ち止まるとブーツに手を伸ばし、ナイフを取り出す。

手首に巻かれている分厚いプラスティック製の結束バンドを切り裂こうとして、両手が震える。

刃が滑り、あやうく取り落としそうになる。

「早く」とキムが囁く。

ミアが視線を向けると、ブレンダはシャベルを持ち上げて炭をくべるところだった。お婆が吠えるように指示を飛ばす。柄杓が鍋に当たり、音をたてた。ミアの耳の中で鼓動が轟く。ナイフに角度を付けてすばやく動かし続ける。やがてついに、パチンという音とともに結束バンドは切れ、地面に落ちる。そしてミアはナイフを身体の影に隠したまま、散歩を再開する。両手は握り合わせたままだ。

お婆は鍋の中を覗き込みながら、安定した動きでかき混ぜている。奇妙なかたちのネックレスは、その動きに合わせて胸元で揺れている。

手製ナイフの柄の部分に巻き付けた布きれは乾燥し、締まっていた。おかげでしっかりと握ることができる。血でぐしょ濡れになるまではもつはずだ。

二人はゆっくりと近づいていく。

ブレンダが、湯気越しにこちらを見る。

ミアは、キムの手が汗まみれになっていることに気づく。

お婆は上澄みをすくい取り、柄杓の中身を排水管の錆びついた蓋の上にあける。

ミアの心臓が、胸の中でドクドクと鳴っている。

犬がやって来て、二人のまわりを旋回しはじめる。足のあいだを嗅ぎ、不安そうにクンクンと鳴く。

湯気を浴びているお婆の顔は赤くぎらついている。

二人は速度を落としながらその背後を通り過ぎ、くるりとふり返ると、お互いの手を放す。

ミアは、不意に冷たいアドレナリンが身体を駆け巡るのを感じる。腕の毛が逆立ち、すべてが突如として澄みわたる。七棟の小屋、シチュー、お婆の背中にぴたりと貼り付いている青いシャツ。

キムはズボンの裾を引き上げ、靴下の中に手を伸ばす。ナイフの刃が陽光にきらりと光る。

ミアはキムと目を合わせてうなずき、すばやくお婆に接近する。身体のそばでしっかりとナイフを握りしめながら。

力を込めて握るその指が白くなる。犬が吠えはじめる。

ブーツの下で砂利が砕ける。木の柄杓が鍋に当たり音をたてる。

キムはミアのすぐ後ろにいる。最初の一刺しのあと、間髪置かずに正面から攻撃できるようにするためだ。自分の喉からかすかなうめきが漏れていることには気づいていないようだ。お婆は長い柄杓から手を放し、こちらにふり返りはじめる。

ミアの両足は震え、息は極端に浅い。お婆の胴体に意識を集中させる。シャツがその皮膚の上でピンと張りつめている。

力を込めるために腕を引いた瞬間、バンという音を耳にする。

側頭部になにかが叩きつけられ、うなじが焼けるように熱くなる。倒れていくミアの目に、両手でシャベルを握りしめているブレンダの姿がちらりと映る。落としたナイフは、砂利の上を転がり、排水溝の格子の中へと消えていった。そうして彼女は地面を打ち、すべてが闇に呑まれる。

花火を思わせる甲高い音が両耳を充たす。

手足を伸ばしたミアは、地上十センチの高さをミサイルのように飛んでいるように感じる。木々のあいだを飛び抜け、採石場へと続く道路のほうに曲がっていく。

ひどい頭痛とともに目覚め、地面に横たわっていることに気づく。口の中はからからに乾き、顔面の血は砂混じりだ。

どれほどのあいだ意識を失っていたかはわからない。

太陽は空高くにある。その周囲には、ギザギザになったピンク色の明かりが広がっているように見える。

ゆっくりと首をめぐらせると、ぼやけた十字架が二本、目に飛び込んできた。ミアは目をしばたたかせながら、ゴルゴタの丘のことを考える。

キムとブレンダが中庭の中央に立っていた。両腕を、磔《はりつけ》にされたイエスのように伸ばしている。キムのナイフは足元近くの地面にあり、シャベルはブレンダの前に横たわっている。

なにが起こったのか、ミアは理解しようとする。

お婆は小声でひとり言を呟き、明るい陽光の下で足を引きずりながら、キムとブレンダに近寄る。

犬が荒く息をつきながらそのあとを追い、お婆の足元に伏せる。

「ナイフでなにをしようと企んでいた?」とお婆が質問する。

「なにも」口を大きく開けて息をしながら、キムが答える。

「そうかい。ならなんのためにナイフを持ってたんだい」

「身を守るため」

「おまえら、二人してミアを痛めつけようとしたんだろう」とお婆が言う。「で、右の頬を打たれたらどうするんだ?」

キムは応えない。地面に目を向けたまま立ち尽くしている。やっとのことで持ち上げている両腕は震え、わずかに下がっている。着ているレディー・ガガのTシャツは、首回りと乳房のあいだが汗まみれだ。

「腕を伸ばせ」とお婆が吠える。「それができないのなら助けてやろうかい？」

「できます」とブレンダが応える。

「釘付けにしてやろうか？」

お婆は二人の周囲を巡る。杖を使ってキムの片腕を上げさせると、再び二人の正面に戻る。

ブレンダの身体は揺らぎ、バランスを保つために片足を横に出す。陽光に照らされる中、乾いた地面から砂埃が舞い上がる。

「おまえはシャベルでミアの頭を殴ったね。ミアになにされたと言うんだ」お婆はブレンダに向かってそう言い、それからキムのほうを向く。「ナイフでなにしようとしてたんだ？　ミアの顔を切るつもりだったのか？」

「違います」

「腕を上げろ！」

「無理です」キムはそう言いながらすすり泣く。

「どうしてミアを傷つけようとした？　ミアがおまえらよりかわいいから――」

「あなたを殺そうとしてたからです」とブレンダが叫ぶ。

七七

部屋の中は蒸し暑く、パメラの目はヒリヒリしている。今日は一日仕事を休み、ブラジャーとレギンスだけの姿でパソコンの前に陣取り、インターネット上にミアの痕跡がないかと検索し続けていたのだった。

何百ものポルノや〝男性人権運動（反フェミニスト運動。）〟の集団、また、自撮りポルノ、売春、〝パパ活〟のウェブサイトを訪れた。痛めつけられ、裸に剝かれ、緊縛された少女たちの写真を、次から次へと見ていくことになった。

だが、ミアを思わせるものはどこにもない。シエサルへの言及もなかった。

パメラが目の当たりにしたのは、女性への常軌を逸した憎悪、権力への飽くことなき憧憬《しょうけい》、人を抑圧することへの欲望ばかりだった。

立ち上がり、リビングへと移動するときには、吐き気をおぼえていた。マルティンは、部屋の隅で床に座っている。身に着けているのは下着だけだ。

ロディーセンに腕を回し、廊下のほうを見つめている。

膝や膕には黒ずんだ大きな痣《あざ》がいくつも浮き上がっている。擦り剝いた前腕は治りかけているが、両手には包帯を巻いたままだ。

マルティンは、起こった出来事についていまだにパメラに話していない。

血塗れで帰宅したとき、パメラは問いただした。だがマルティンは、「あの子たちだよ」と囁き返しただけだった。以来、ひと言も発していない。

「マルティン、催眠術をもう一度受けたいって話してたことおぼえてる?」

パメラは、彼の前にかがみ込み、どうにか視線を合わせようとする。

「あの子たちに痛めつけられたのは、そのせいだと思っているんでしょう?」と彼女は続ける。「でもそれは違う。あの子たちにはあなたを傷つける力なんてないの」

マルティンは応えない。ただロディーセンをぎゅっと抱きしめ、廊下を見つめ続けている。

パメラは立ち上がり、書斎に戻る。

ダークウェブにアクセスし、違法な取引がおこなわれているサイトを訪れるために必要なソフトウェアをインストールしたところで、携帯電話が鳴る。

ヨーナ・リンナだ。

パメラはすぐに応答する。

「なにかあったの?」そう問いかける自分の声に、恐怖の響きを聞き取る。

「いいえ、私は……」

「ミアは見つかってないんでしょう?」

「ええ、まだ見つかっていません」

「プリムスを逮捕したって聞きました。捜査の行き詰まりは、それで打開できるんでしょう?」とパメラは尋ねる。「というか、そいつが犯人なんでしょう?」

パメラは椅子の背に身体を預け、自分の呼吸を落ち着かせようとする。ヨーナが車を運転中であることが、音から伝わってくる。

「プリムスは一度だけ取り調べました」とヨーナは答える。「しかし昨夜、サンクト・ヨーランから脱走してしまったんです。方法はわかりません。病室の外には警察官を張り付かせていましたから」

「一歩前進、二歩後退ね」とパメラが囁く。

「いいえ、そうとも言えません。ただ、最初に考えていた以上に事態は複雑だったんです」

「で、次はどうするの?」そう尋ねながら、パメラは立ち上がる。不安のせいでめまいがした。

「もう一度マルティンに会わせてください。彼がなにを見て、なにを聞いたのか、聞き出さなければなりません」

「マルティンは事故に遭ったの」パメラは小声で言う。「痣だらけになってて……また話さなくなってしまった」

「どんな事故に？」

「わからない。なんにも話してくれないの」とパメラは説明する。「でも事故の前には、もう一度催眠術を試したいって話してた」

「お伝えしたかったのは、マルティンが遊び場でシエサルの声を聞いたという証拠が手に入ったということです。マルティンの持っている情報が必要なんです。シエサルの姿は見ていないかもしれませんが、その声は聞いているんです」

パメラはリビングに戻り、部屋の中央で立ち止まる。そして、廊下を凝視しているマルティンを見やった。

「これからマルティンに話すわ」

「ありがとう」


カロリンスカ研究所の敷地に乗り入れたヨーナは、速度を落とす。フロントガラスから射し込む明るい陽光が顔の上でまたたき、サングラスに反射した。

三十年前、シエサルと名乗る男が、精神科医グスタフ・フィエル宅に侵入し、その娘のベッドに座った。

「母親たちは、子どもたちが遊ぶのを見守っている」シエサルはそう言った。

マルティンが催眠術下で話したのと、まったくおなじ言葉だ。エリックに導かれ、遊び場で見たものについて話そうとしていたときのことだった。

ヨーナは、法医学局のエントランス前の路上で車を降りる。ノーレンの白いジャガーはひどい角度で駐まっていて、その周囲のほかの車が出られなくなっている。そしてリアバンパーの左端がはずれ、アスファルトに着いていた。

ヨーナは、エントランスへと足早に歩く。

ノーレンのもとには、女性の切断死体が届けられたところだった。十代の少女二人が、欧州自動車道二十二号線のグスム郊外、ヴァルデマーシュヴィクから約十五キロの地点で見つけたものだ。

後頭部には、凍結烙印が押されていた。ヤンヌ・リンドとおなじだ。

まっすぐ主検視室に向かったヨーナは、足を踏み入れながらノーレンとシャーヤに挨拶をする。換気扇が音をたてていたが、室内にはきわめて不快な臭気が充満していた。

ビニールシートに覆われた検視台の上に、身元不明の女性の頭部と胴体が載せられている。腐敗は進行し、変色が見られる。液が流れ出し、蛆と赤褐色の蛹《さなぎ》が点々と付着していた。

警察では過去十年間の行方不明者リストにあたっているが、身元確認は困難だろう。

「まだ検視はしていないが、ざっと見たところ、頸椎《けいつい》への一撃が、死因となったようだな」とノーレンが話す。「斧《おの》か剣のようなものだが、調べればはっきりする」

「死後にアングルグラインダーで解体され、ゴミ袋四つに詰められている」シャーヤがそう続けながら、指さす。「頭部と右腕は一つの袋に入っていて、その中には、プラスティック製の宝飾品、ハンドバッグ、それから水のペットボトルもあった」

ノーレンは遺体の後頭部を剃っていた。その拡大写真をパソコンの画面に表示し、ヨーナに見せる。

黒ずんだ皮膚に、凍結烙印が白く浮き上がっていた。画像の端に映り込んでいる毛髪には、昆虫が小さな黄色い卵を産み付けている。

烙印は完全におなじものだが、今回のマークはより鮮明だ。

ヤンヌ・リンドに押されていた烙印は、繊細なTの字に見えた。だがこれは、十字架に似ている。

奇妙なかたちの十字架――もしくは、シルクハットをかぶりロングコートを着た人物が、両腕を横に伸ばした姿にも見える。

どちらなのかはわからない。

ヨーナは画像を見つめる。そうして、凍結烙印を押された牛たちと品質保証印、それから十一世紀のルーン文字が彫られた石碑に見られる十字架のかたちについて考える。頭の中でなにかの記憶がふと頭をもたげるが、ヨーナはそれを捉え損ねる。片目の奥に鋭い痛みを感じる——黒い海に落ちる黒い滴が一つ。

今や三人が殺され、一人が拉致されている。もはや疑いの余地はない。シエサルは、きわめて活発かつ危険な時期に入ったのだ。

パメラは床に座り、ロディーセンを撫でながらマルティンのようすをうかがう。両膝を胸に引き寄せ、それを両腕で抱え込むようにしている。額には皺が寄り、片頬には赤レンガ色の塗料の筋が付着している。

「あなたは遊び場にいた」パメラは、顔の表情を読み取ろうと努めながら話しかける。「あなたはヤンヌの姿を見た。そのあとで彼女の絵を描いた……そして、シエサルの話し声を聞いた。ヨーナはそう確信している」

マルティンの唇が、恐怖にすぼまる。

「そうなの？」

マルティンは、数秒間目を閉じる。

「何百回も訊いた質問だってことはわかってる。でも、シエサルの言葉をどうしても教えてもらいたいの」とパメラは言う。その声には、これまでになかった鋭い響きがある。「これはもう、あなたがこわがっているというだけの問題ではないの。ミアのために訊いてるの。わたしもそろそろがまんの限界」

マルティンはうなずき、悲しげな目で一瞬パメラを見つめる。

「こういうやりかたではだめなんでしょう？」パメラはうめき声を漏らす。

マルティンの頰を、涙の滴がいくつか伝い下りる。

「催眠術を受けてちょうだい――そうしてくれる？」

マルティンは、再びかすかにうなずく。

「よかった」

「でもあの子たちは僕を殺すよ」マルティンが囁く。

「いいえ、そんなことはしない」

「線路に突き落とされたんだ」それは、ほとんど聞き取れないような囁きだった。

「線路って？」

「地下鉄の駅だよ」そう答え、口元を覆う。

「マルティン」とパメラは言う。うんざりした調子を隠せていない。「その子たちは存在しない。あなたの病気の一部なの。自分でもわかっているんでしょう？」

マルティンは応えない。

「口から手を離して」

マルティンは首を振り、再び廊下のほうを向く。パメラは思わずため息を漏らしながら立ち上がり、書斎でデニスに電話をかける。

「デニス・クラッツです」

「もしもし、パメラよ……」

「よかった。電話をくれてうれしいよ」とデニスが言う。「繰り返しになるけど、あんな態度を取ってごめん。あんなことすべきではなかったし、もう二度としない。約束する……僕らしくもない振る舞いだった」

「いいの、もう忘れましょう」とパメラは言いながら、顔にかかった髪の毛をかき上げる。

「プリムスが脱走したって聞いたよ。それで……どう感じるかわからないけど、きみとマルティンでうちの田舎の別荘に来ないかって誘うつもりだったんだ。いろいろと状況が落ち着くまでのあいだ」

「やさしいのね」

「当然のことだよ」

パメラは、壁に立てかけられているマルティンの大判のキャンバスに気づく。そこには、描きかけの家があった。

「実は電話をしたのは、マルティンがエリック・マリア・バルクのところに行くことになったと伝えるためだったの」とパメラは話す。

「また催眠術を受けるわけではないんだろう？」

「受けるの」

デニスが深々と息を吸う音が聞こえた。

「僕の考えはわかっているよね――もう一度トラウマを負う危険性があるんだよ」

「ミアを見つけるためには、できることをぜんぶするつもり」

「もちろんそれはわかるよ」とデニスは応える。「僕はマルティンのためを思ってたんだけど……でも、きみの言うことはわかる」

「今回で最後にするから」

七八

午後の熱気の中、エリック・マリア・バルクはニス引きのデスクにつき、草木の伸びすぎた自宅の庭を眺めていた。

現在、カロリンスカ病院からは休暇を取っている。だが、ガムラ・エーンフエデ地区にある自宅で診察は続けていた。

今朝は、息子のベンヤミンがやって来て、車を借り出していった。エリックはいまだに、成人した自分の子どもがガールフレンドと同棲《どうせい》しながら、医師になるべくウプサラ大学で学んでいるという事実に慣れていない。

エリックの髪はぼさぼさで、白髪交じりだ。笑い皺が深く刻まれ、目の下には隈がある。淡い青色のシャツの第一ボタンは外されていて、右手は机上のキーボードと開いたノートのあいだに置かれている。

ヨーナからの電話のあと、パメラ・ノルドストレームと話した。彼女は、マルティンとともにすぐこちらに向かうことになった。

前回の施術では、障害を排除することに失敗した。そのせいで、マルティンは遊び場で目にしたものについて語ることができなかった。

これほど怯えている人間に催眠術をかけるのははじめてだ、と考えたことをおぼえている。

マルティンは、セーテルの精神科医に向かってシエサルが三十年前に言ったのとおなじ言葉を口にした。その事実は、エリックも承知している。今回こそは、マルティンがどうしても見る気になれないものに、注意を振り向けさせたいと考えている。

ノートのページがそよ風にはためき、また元に戻る。

机の端の扇風機が、ゆっくりと左右に首を振っている。

壁際には、色とりどりの索引カードとともに、本の山がいくつも並んでいる。そして椅子の上には、プリントアウトされた大量の論文や報告書が積み上げられていた。

書類整理棚の戸が大きく開き、金属の棚板には自身の研究資料が並んでいる。VHSのビデオテープ、口述筆記用録音機のカセットテープ、ハードディスク、ノート、日記、未発表原稿をぎっしりと挟んだ無数のフォルダー。

エリックは、机の上にあったスペインの飛び出しナイフを手にして、封筒を開ける。そして、ハーバード大学での講演を依頼する招待状にざっと目をとおす。

開いた窓からリズミカルな軋みが聞こえてくるとエリックは立ち上がり、待合室を抜けて木漏れ日の落ちる庭に出る。

ヨーナ・リンナはハンモックに腰を下ろし、サングラスを片手に身体を前後に揺らしていた。

「ルーミとの関係は大丈夫なのかい？」エリックはそう尋ね、ヨーナの傍らに腰を下ろす。

「どうかな。今は時間をおいてようすを見てるところなんだ……というか正確に言えば、ルーミがようすを見てるってことだな。ルーミは、僕が警察を辞めるべきだと考えている。で、僕自身もその意見は正しいと思ってるんだ」

「だが、まずはこの事件を解決しなくてはね」

「火事みたいなものなんだな」とヨーナはひとり言を漏らす。

「辞めたいというのは本気なのかい？」

「僕は変わってしまったんだ」

「それが人生さ──ひとは変わっていく」とエリックが話す。

「ところが僕は悪いほうに変わってしまった──そのことに自分でも気づきはじめてるのさ」

「それだって人生だよ」

「これ以上カウンセリングを続けるまえに、料金を聞いておきたいな」ヨーナがニヤリとする。

「お友だち価格でいいよ」

ヨーナは梢《こずえ》を見上げる。まだらな陽光と猛暑によって丸まった葉が目に映る。

「お客さんの到着だ」ヨーナはそう言う。

一瞬後、エリックにも、玄関前の砂利を踏む足音が聞こえた。二人はハンモックを離れ、茶色いレンガ造りの家の側面を回り込む。

マルティンはパメラの手を握りしめ、背後にある金属製の門扉と通りを肩越しにうかがっている。もう一人、男性の姿があった。四十代で、警戒しているようだ。ボクサーのようにねじれた鼻筋に、色付きの眼鏡が載っている。白いズボンを穿き、身に着けているのはピンク色のTシャツだ。

「ここのところ、マルティンの治療を管理してくれている友だちです」とパメラがその男を紹介する。

「デニス・クラッツです」と彼は言い、二人と握手をする。

エリックは庭の小道を進み、二人をクリニックへと案内する。

ヨーナはデニスと並んで歩きながら、グスタフ・フィエル医師のことを耳にしたことはあるかと尋ねる。

デニスは片手を顔に伸ばし、唇をつまむ。まるで、口元の形状を変えるか、指先で表情を変えようとしているような姿だった。

「セーテルの重警備棟で勤務していた人です」ヨーナはそう補足しながら、開いた扉を押さえる。

「私が精神科医になる、はるか以前のことですね」デニスが応える。

肘掛け椅子が四脚配置されている狭い待合室を抜け、エリックの書斎へと進む。壁際に積まれた本箱の横には、子羊の毛皮を張った淡い灰色の肘掛け椅子があり、ニスを引いたオーク材の床は、本と原稿の山で覆われている。

「散らかっていてすみません」とエリックが言う。

「引っ越しなさるの？」とパメラが訊く。

「本を書いているんです」とエリックはほほえむ。

パメラは礼儀正しい笑い声を上げ、四人は書斎へと足を踏み入れる。

エリックは眉を寄せ、乱れた髪をかき上げる。

「私のことを信じて、もう一度この機会をくださってうれしいです」と彼は言う。

「今回こそ成功するように全力を尽くします」

「マルティンは、警察に協力してミアを救出したいんです。それが、彼にとってはとても大切なことなので」とパメラが言う。

「とてもありがたいことです」ヨーナは、彼女にそう向かって言う。そしてマルティンが、視線を下げたままうっすらとほほえんだことに気づく。

「マルティンは、前回の施術のあと話すようになったんです……なのに今は元に戻ってしまったみたいで。このお話をすべきかわからないのですが……」

「パメラ、ちょっといいかな」デニスが声を上げる。

「ちょっと待って、わたしが言いたかったのは、マルティンには──」

「今すぐに。いいかい？」とデニスはその言葉を遮る。

パメラはそのあとに続いて待合室へと出ていく。デニスは訪問客用の洗面所で紙コップに水を充たす。

「なんのつもり？」パメラが小声で尋ねる。

「催眠術師には、マルティンのトラウマについて話すべきではないと思うんだ」デニスは、水をすすりながらそう言う。

「どうして？」

「一つには、マルティン自身が自分のペースでそのことを明かすべきだから。もう一つは、催眠術師がその知識を誤った方法で利用しながらマルティンを導くかもしれないからだよ」

「でも、これはミアのことなのよ」とパメラは言う。

七九

パメラとデニスが書斎に戻ると、マルティンは茶色の革の長椅子に腰を下ろしていて、左の掌に巻いてある包帯を嚙んで引っぱっていた。エリックは机の角にもたれかかり、ヨーナは窓の外を見つめている。

「さあ、それではやりなおしますか。マルティン、いいですか？」とエリックが言う。

マルティンはうなずき、半開きになっている待合室への扉に、不安げな視線を走らせる。

「横になったほうがくつろげると思いますよ」エリックがやさしい声でうながす。

マルティンは返事をしないが、靴を脱ぎ捨てると慎重に仰向けになり、天井をじっと見つめる。

「みなさんも腰を下ろして、携帯電話を切っていただけますか……」エリックはそう話し、待合室の扉を閉める。「できれば話し声はたてないでください。もしどうしてもそうする必要がある場合は、小声でお願いします」

エリックはカーテンを引き、マルティンが楽な体勢になっていることを確認する。それから自分の椅子を移動させ、マルティンをくつろがせる過程にゆっくりと入っていく。

「私の声に耳を澄ましてください」と彼は言う。「ほかになにも考える必要はありません……私はあなただけのためにここにいます。あなたには、心を休めていただきたいのです」

エリックは、自分の身体の動き一つひとつに注意を向けながら、爪先の力を抜いていくようにと、マルティンに話しかける。太腿の力を抜くようにうながすと、その足がかすかに沈み込むのがわかる。エリックはそこから、身体の各部位へと移っていく。そうすることで、自分の声とマルティンの行動とのあいだに、結びつきを発生させる。

「なにもかもがおだやかで静かです。あなたの瞼《まぶた》はどんどん重くなっていきます……」

マルティンを、ぼんやりとした受け身の状態へと導くにつれ、エリックは自分の声の響きをますます単調にしていく。やがてその先で、催眠状態への導入に移行していく。

机上の扇風機がカチッと音をたて向きを変え、カーテンを膨らませる。黄金色の明かりが書斎に射し込み、本や書類の山を横切る。

「あなたの心は鎮まり、どこまでもくつろいだ状態にあります」とエリックが言う。「私の声以外のものが聞こえたら、あなたの意識はますます私の声に集中していきます」

エリックは、マルティンの表情をうかがう——半開きになった口、ひび割れた唇、顎の先。さらに深くくつろいだ状態へと誘導しながら、かすかな緊張の兆しをも見逃すまいとする。

「これから私は、逆向きに数えはじめます……数字を一つ耳にするごとに、あなたはさらにくつろいでいきます」エリックはやわらかい声で語りかける。「八十一、八十……七十九」

逆向きに数えるにつれ、いつものようにエリックは患者とともに水中に沈んでいくような感覚をおぼえる。壁も床も天井もふわふわと離れていき、浮き上がった家具は暗い海の彼方へと漂い去る。

「あなたを脅かすものはなにもありません。どこまでも安全な中でくつろいでいます」エリックは、マルティンにそう話しかける。「あなたの耳に届くのは、私の声だけです……長い階段を下りていく風景を思い浮かべてください。一歩一歩がたのしくてしかたありません……私が数字を一つ口にするごとに、あなたは二歩進みます。心はますます静まりかえり、あなたはますます私の声に集中していきます」

エリックは数え続け、マルティンの腹部が呼吸とともに上下するようすを眺める。眠っているように見えるが、その脳は完全な活動状態にあり、意識はエリックの発する言葉の一つひとつを捉えている。

「三十五、三十四、三十三……ゼロまで数えると、あなたは心の中であの遊び場に戻っています。そして、目に見えるものすべて、耳に聞こえるものすべてを私に話します。そのときあなたは、いかなる恐怖も感じることはありません……二十九、二十八……」

数字のあいだに、これから戻っていく時刻と場所に関する指示を挟み込む。

「雨が激しく降っています。あなたの傘を打つ音が聞こえています……十九、十八……あなたは小道を離れ、濡れた芝生の上を歩いていきます」

マルティンは唇を舐め、さらに苦しそうな息づかいになる。

「私がゼロまで数えると、あなたはすでに商科大学の裏を回っています」エリックはやさしく語りかける。「あなたは立ち止まり、傘を傾けます。すると、正面にある遊び場のようすがはっきりと見えます」

マルティンは、叫ぼうとするかのように口を開けるが、声は出てこない。

「三、二、一、ゼロ……今はなにが見えていますか？」

「なにも」マルティンが応える。ほとんど聞き取れないほどの小声だ。

「あなたには理解できないようなことをしている人の姿が、見えるかもしれません。でも、あなたにはいっさい危険はありません。あなたは落ち着いた状態で、なにが見えるのか、私に話すことができます」

「ただ真っ黒なんです」マルティンは、天井を凝視しながら応える。

「しかし遊び場のほうはそうではない、違いますか？」

「目が見えなくなったみたいだ」その声には、さらに不安げな響きが加わる。頭が、ビクリと左に動く。

「なにも見えないのですか？」

「はい」

「しかし前回は、赤い遊び小屋が見えましたね……小屋がどんなようすか教えてください」

「真っ暗です……」

「マルティン、あなたはくつろぎ、心おだやかな状態にあります……ゆっくりと呼吸をしていて、私がゼロまで数えたら、あなたは劇場の最前列に座っています……スピーカーのほうからは、録音された雨の音が聞こえています。そして舞台の上には、遊び場に似た舞台装置が設置されています……」

エリックは、催眠術の暗い水の中へと沈んでいくマルティンの姿を思い浮かべる。顔面は銀灰色の小さな泡粒だらけで、口はしっかりと閉ざされている。

「三、二、一、ゼロ」とエリックは数える。「舞台上の遊び場は紙でできています。ほんものではありません。しかし俳優たちは、実在の人物たちと瓜《うり》二つです。そして、まったくおなじことを話します」

マルティンの顔はひきつり、瞼が震える。パメラは、それが苦痛の表情だとわかり、あまり強引に進めないようにと、エリックに告げようかと迷う。

「遠くの街灯の、かすかな明かりが見える」とマルティンが言う。「街灯とのあいだには茂みがあるけど、枝が風に揺れると、ジャングルジムまでいくらか光が届くんです」

「ほかにはなにが見えますか？」とエリックが尋ねる。

「年寄りの女の人が、ゴミ袋を着てる……おかしなネックレスを首に掛けてて……汚いビニール袋を山ほど引きずってる」

「舞台のほうに向きなおりましょう」

「暗すぎる」

「それでも、非常口の標識の明かりが、遊び場までいくらか届いています」

マルティンの顎が震え、頬を涙が伝う。そして、再び口を開いたときには、ほとんど聞こえないほど小声だ。

「幼い少年が二人、地面の水溜まりに座ってる」

「二人の少年が？」とエリックが訊く。

「母親たちは、子どもたちが遊ぶのを見守っている」マルティンが囁く。

「だれが話しているのですか？」とエリックが迫る。自分の鼓動が速くなるのを感じる。

「いやだ」マルティンはそう応え、声を詰まらせる。

「その言葉を話している男のことを――」

「もうたくさんです」デニスがそれを遮り、すぐに声を抑える。「すみません。しかし中止してください」

「マルティン、ここにはおそれるものはなにもありません」エリックが続ける。「このあとすぐに催眠術を解きましょう。しかし今は、だれの言葉を聞いたのか教えてください。だれの声だったのですか？　舞台の上、あなたの正面に立っている男の姿が見えますね」

マルティンは息も絶え絶えになり、涙が頬を流れ落ちる。

「暗すぎて声しか聞こえない」

「照明係が、スポットライトをシエサルに向けます」

「隠れてる」マルティンはすすり泣きながらそう言う。

「しかしライトは彼を追いかけ、ジャングルジムのところで追いつくと……」

エリックは不意に言葉を止める。マルティンが呼吸を止めたことに気づいたのだ。

白目を剝いている。

「マルティン、これからゆっくりと五つ、逆向きに数えます」エリックはそう告げながら、薬品キャビネットに視線を走らせる。そこには、コルチゾンの注射と除細動器を常備してあるのだ。「危険なことはなにひとつありません。ただ、私の声に耳を澄まし、言われたとおりにしてください」

マルティンの唇が白くなる。口は半開きだが、呼吸はしていない。足がひきつりはじめ、指がぴんと伸びる。

「どうしたの？」パメラが狼狽《ろうばい》の声を上げる。

「私はこれから数えはじめます。ゼロまで数えたら、あなたは正常な呼吸をはじめます。あなたはゆったりとくつろいでいます……五、四、三、二、一、ゼロ……」

マルティンは深々と息を吸い込み、一晩の睡眠がしっかりと取れた人間のように目を開く。身体を起こし、唇を舐めながら考えにふけるようすを見せてから、エリックを見上げる。

「気分はどうですか？」

「いいです」マルティンはそう応え、頬の涙を拭う。

「われわれの期待した展開とは違ったけどね」デニスが呟く。

「僕は大丈夫だよ」とマルティンが彼に話しかける。

「ほんとうに？」とパメラが訊く。

「教えてもらいたいんですが……その、シエサルっていうのが、ヤンヌ・リンドを殺した犯人なんですか？」マルティンはそう尋ね、立ち上がる。

「私たちはそう考えています」とエリックが答える。

「というのも、だれかの姿が見えたような気がするんです。でも、ジャングルジムのほうを向いたとたんに、目の前が真っ暗になってしまって。もう一度試したいのですが」

「それについてはあとで話し合おう」とデニスが言う。

「わかった」とマルティンが囁く。

「さあ、行こうか」とデニスが声をかける。

「待って。その前にちょっとエリックと話しておきたいの」とパメラが応える。

「車で待ってるよ」デニスはそう告げ、マルティンとともに出ていく。

「私も外にいますね」とヨーナが言う。

エリックはカーテンを開け、庭に面した窓を開放する。陽光の中に出たヨーナが、芝生の中央で立ち止まり、携帯電話を耳に当てるのを眺める。

「デニスが催眠術を邪魔してすみません」とパメラは言う。「でも、あの人はあなたよりマルティンのことをよくわかってるし、あなたはマルティンにものすごくプレッシャーをかけてたから」

エリックは、視線を逸らすことなくうなずく。

「なぜ毎回うまくいかないのか、理由がわかりません」と彼は言う。「マルティンはひどいものを見てしまった。それで、今は自分の恐怖の中に閉じ込められたような状態になっています」

「そうなんです。実はそのことをお話ししたくて……込み入った話なんですけど、マルティンが話せないのは――本人に言わせると、ということですが――二人の死んだ少年、二人の幽霊のせいなんです……マルティンは、その子たちにコントロールされていると感じています。言葉を口にすると、肉体的に罰せられると信じているんです」とパメラは説明する。「あの人の手を見ました？　擦り傷だらけです。膝は痣だらけで……バイクかなにかにはねられたという可能性もあります。でも本人は、死んだ少年たちが地下鉄の線路に突き落としたと思い込んでます……マルティンとは何度もこういう話をしてるんですが、いつでも、少年たちのしわざだって応えるんです」

「その子たちはどこから出てきたんですか？」

「小さかったころ、マルティンの両親と二人の弟たちが自動車事故で亡くなったんです」

「なるほど」

「このことだけをお伝えしたくて。だから、マルティンにとってはものすごくつらいことなんです」パメラはそう話し、踵を返す。

エリックは礼を言い、彼女のあとに続いて庭に出ると、門へと急ぎ足で立ち去るパメラを見つめる。それから、ハンモックの上で揺れているヨーナに歩み寄る。

「マルティンにはなにが起こっているのかな」

「彼自身は、きわめて催眠術にかかりやすいカテゴリーに属する人なんだが、なんらかの理由から、目撃したものについて話すことを頑として拒絶しているんだ」

ヨーナは携帯電話を手にしたまま背後にもたれかかると、地面を蹴ってハンモックを揺らす。

「マルティンの妄想性障害について、パメラが教えてくれたよ。二人の死んだ少年が、彼の口にする言葉をひと言漏らさず聞いているらしい」とエリックが続ける。「両親と二人の弟たちを亡くした、幼少期の交通事故に結びついているんだ」

「それで、マルティンはその子たちをこわがっているんだね？」

「マルティンにとっては、その子たちは現実の存在だからね。両手にはひどい擦り傷があるんだが、地下鉄の駅でその子たちに突き落とされたんだと、マルティンは本気で信じている」

「その話はパメラから？」

「マルティンはそう信じてると、彼女は言ってたよ」

「どこで起こった出来事なのか、話してたかな」ヨーナはそう尋ねながら、ハンモックの上で身体を起こす。

「いや、パメラは知らないと思う。なにを考えてるんだい？」

ヨーナは立ち上がり、二、三歩前に出るとパメラに電話をかける。すぐに応答はなく、何回か鳴ったあとで留守番電話につながる。

「さきほどはどうも、ヨーナ・リンナです」と彼は言う。「これを聞いたらすぐに電話をください」

「深刻な事態のようだね」とエリックが言う。

「シエサルは、警察に協力するなとパメラに警告を発していたんだ。だから、彼女を監視し、マルティンの口を封じようとした可能性がある」

八〇

朝の祈りが終わると、ミアとブレンダは明るい太陽の下で庭を歩き回る。ミアはおなじペースを保とうとする。だが、ミアの歩調が遅すぎると判断すると、ブレンダは腕をぐいと引っぱる。そのたびに、プラスティックの結束バンドがミアの手首に食い込んだ。

お婆は、トレーラーの前で電話をかけている。運転席側のドアは開いていて、縮れ毛のウィッグが地面に落ちていた。

ミアの頭は、ブレンダに打ち据えられたところがまだズキズキする。頬全体が腫れ上がっているようにも感じる。

意識が戻ったとき、ミアは砂利の上に横たわっていた。

お婆は質問を浴びせるあいだ、キムとブレンダには両腕を伸ばしたまま立たせっぱなしにした。最終的にブレンダは、お婆が殺されそうだったのでミアを殴ったと認めた。

その瞬間、なにもかも終わったとミアは考えた。だがそうはならず、お婆はブレンダに雷を落とした。

「ミアは武器を持ってないんだよ！」とわめいた。「服を調べてもなにもなかったんだ。ミアは武器を持ってない。だけどおまえとキンバルは持ってる。二人とも武装してただろうが」

落としたナイフが地面を転がって排水溝に落ちたところは、だれも見ていないのだとミアは気づいた。

キムとブレンダは、真昼の太陽の下で並んだまま立ち尽くしていた。二人とも汗だくで、苦しげに息をしていた。

お婆は、杖の先に鋭い針を装着した。

全身を震わせていたキムはついに耐えきれなくなり、すすり泣きながら両腕を下ろした。そして、

「ごめんなさい」と囁いた。

お婆はぎろりとにらみつけた。それから一歩踏み出すと、キムの右乳の下を目がけて杖を突き出した。

「お願い」と叫んだキムは、そのまま横ざまに地面に倒れて荒い息をついた。

ミアとブレンダは檻に戻るよう命じられた。長い夜だった。二人は静かに座ったままキムを待った。だが、キムは帰ってこなかった。

以来、キムの行方は杳《よう》として知れなかった。ブレンダは、いまだに言葉を交わすことを拒絶している。

焼却炉から立ちのぼる煙が、小屋の屋根の上に留まっている。

ブレンダは、母屋の破風《はふ》が作る影の中へとミアを引っぱり、そこで立ち止まる。ブレンダの顔は暑気に紅潮していて、頬を汗の粒がいくつも伝い下りる。

お婆は杖に寄りかかりながら、足を引きずるようにして二人のところへやって来る。黒く小さな目はちらちらと光を放ち、口元はきつく閉ざされている。その薄い唇には、深い縦皺が何本も走っている。

「今日は二人で協力し合うんだ」お婆はそう言いながら、ベルトに取り付けられた束から鍵を一本取り外す。

「もちろんです」とブレンダが応える。

「七号棟の掃除だ。ブレンダ、おまえが仕切りな」

「うれしいです」と彼女は言い、鍵を受け取る。

お婆は、一瞬のあいだ鍵をつかんだまま、目を細めてブレンダを見る。

「悪徳は伝播《でんぱ》しやすい――わかってるね」

ブレンダは鍵を受け取り、最も端にある小屋へとミアを引いていく。太陽は空高くにあり、じりじりと頭皮を焼くようだ。

「あんたとキムのせいにされたのは、わたしの責任じゃないでしょ？　どうすべきだったって言うの」ミアが小声で尋ねる。「わけがわからない。あんたがめちゃくちゃにしなければ、みんな自由になってたのに」

「なにからの自由？」ブレンダが鼻で笑う。

「あんた、ほんとにここに留まりたいんじゃないんでしょうね？」

だが、ブレンダはそれには応えない。ただ、敷地の端に立つ小屋へとミアを引いていく。南京錠に鍵を差し込んで回す。そして扉を開けると、鍵を金具に引っかける。

足を踏み入れた瞬間、臭気が二人の鼻孔を打つ。

ミアは目をしばたたかせ、目を暗闇に順応させようとする。

何千もの蠅が群をなして蠢いている。腐肉と排泄物《はいせつぶつ》の強烈な臭いで、屋内の熱気はどんよりと澱《よど》んでいた。

ブレンダは嘔吐《えず》き、口元を覆う。

目が暗さに慣れてくると、ミアは、壁際に高々と積み上げられた漆黒の毛皮に気づく。

視線を上げると、天井から吊された死体が目に飛び込み、うめきを漏らす。

天井クレーンに通された銀色のワイヤーが、キムの首までまっすぐ伸びていた。顔面は腫れ上がり、土のような青灰色だ。

口と目にはびっしりと蠅がたかり、這い回っている。

スウェットパンツとレディー・ガガTシャツのおかげで、ミアはかろうじてそれがキムだと認識する。

「やさしく下ろしてあげて」ブレンダは小屋の端までミアを引きずって行き、そう命じる。

「え？」

「ハンドルを回して」

「どういうこと」

ミアはあたりを見まわし、ブレンダが話しているのは壁に取り付けられたウィンチのことだと気づく。

「キムを火葬にするの」ブレンダが言う。

ミアはハンドルに手を伸ばして回しはじめる。だが、なにも起こらない。さらに力を込めて引くと、銀色のワイヤーに振動が伝わり、キムの死体にまで達する。すると、蠅の大群がうなりをあげながら飛び立つ。

「留め金を外してから……」

外でクラクションが聞こえ、ブレンダは口をつぐむ。中庭を移動するタイヤの音が聞こえ、もう一度クラクションが鳴ってから車が停まる。

ブレンダはなにごとかぶつぶつと呟き、隙間から外のようすをうかがおうとミアを引いて扉のところまで移動する。

「あの人だ」と彼女は言う。

ミアはブレンダに続いて、放心したような状態で陽光の中に足を踏み出す。そして吐き気を感じながら、中庭を目指す。両足が震えていた。

トレーラーの横に、埃まみれの車が停まっている。車体は錆だらけだ。

「屋敷の中にいるんだわ」ブレンダが、夢見るようにほほえみながら言う。「あんたは入ったことないけど……」

臙脂《えんじ》色の髪をした若い女性が、庭を横切る。天秤棒《てんびん》の両端に重いバケツを吊るし、バランスを取りながらゆっくりと歩いていく。彼女は立ち止まると、慎重にバケツを地面に置いてから、咳き込む。

「檻に戻ったほうがいいと思う」ミアが小声で言う。

「あんたもわかるようになる……」

ブレンダが再びミアを引っぱろうとした瞬間、屋敷の扉が開き、お婆が姿を現す。

「来な」とお婆が言う。「シエサルが挨拶したがってる」

二人は玄関ポーチへの二段を上った。お婆のレザージャケットは、金属製のコート掛けにかかっている。ミアはブレンダに続いて廊下を進む。大理石模様のビニールの床材には凹凸《おうとつ》がある。

並んでいる扉の一つが半開きになっていて、狭い寝室の内部がちらりと見える。窓の鎧戸《よろいど》は閉ざされ、部屋の中央には金属製のベッドがあった。そこには、頑丈そうな拘束具が取り付けられている。

廊下の先にキッチンが見えた。窓から射し込む陽光を、だれかが横切る。シエサルが廊下に現れる。片手にサンドイッチを持ったまま、ゆっくりとこちらに向かって歩いてくる。

二人は立ち止まり、突如、ミアは自分の汗の臭いが気になりはじめる。顔は汚れ、髪の毛は脂じみている。ブレンダの鼻の下には乾いた血が付着し、ふさふさの髪の毛は藁まみれだ。

「親愛なるものたちよ」シエサルは近づきながら、そう語りかける。

食べかけのサンドイッチをお婆に手渡すと両掌をズボンで拭い、二人の姿をためつすがめつ眺める。

「ブレンダのことは知ってるぞ……そしてきみがミアだな。特別なミア」

ブレンダはうつむいて床を見つめるが、ミアは数秒のあいだシエサルと視線を合わせる。

「その目！　かあさんも見たかい？」シエサルがにやりとする。

お婆は扉を開け、壁紙の貼りつけられている二つ折りの衝立《ついたて》を回り込み、広い部屋へと三人を導く。

テーブルに載っている金の皿の上にサンドイッチを置いてから、ワインレッドの房飾りが着いているフロアランプを点ける。カーテンは閉ざされているが、細い隙間から陽光が射し込んでいた。

すべての家具と壁面の装飾が、黄金色に塗られている。ソファには茶色の染みが着いていて、クッションは端と端同士を糊付けされ、角には金色のタッセルが着いている。

「なにか飲むかい?」シエサルが訊く。

「いいえ、ありがとうございます」ミアが応える。

「ここには、規則と懲罰以外のものもあるんだよ」とシエサルが彼女に語りかける。

「過ちを犯せば罰せられる。それは当然だ。しかしね、信心する者は報われるし、夢にも思わなかったほどのものを与えられるのさ」

「すべては神の御心のままさ」お婆が小声であいづちを打つ。

シエサルは、ビロードの肘掛け椅子に腰を下ろす。足を組み、目を細めてミアを見つめる。

「お互いのことを知って、友だちになりたいと思ってね」

「わかったわ」

ミアは、自分の足が再び震えはじめたのに気づく。モザイク模様のついたビニールの床材が浴室を思わせた。そしてその模造タイルの隙間には、泥がぎっしりと詰まっている。

「緊張しなくていい」シエサルが語りかける。

「この子は良い歯を持ってるよ」とお婆が言う。「それにすばらしい……」

「いいからやれって」シエサルはその言葉を断ち切る。

お婆はアンプルの頸部を折り、濁った黄色の針を慎重に取り出すと、杖を上下逆さまにする。

「待った。プレゼントを持ってきたんだった」シエサルはそう言い、白いプラスティックでできた真珠のネックレスを、ポケットから取り出す。「きみにあげるよ、ミア」

「もったいないことです」そう話すミアの声はしわがれている。

ブレンダは、奇妙な甘い声を出す。

「着けてあげようかな?」シエサルはそう言いながら立ち上がる。

そしてゆっくりとミアの背後に回り込み、ビーズを首にかける。

「これが自分のネックレスだなんて信じがたいだろうけど、ほんとうにそうなんだよ。この真珠はぜんぶきみのものさ」

「ありがとう」とミアは呟く。

「彼女を見なよ!」

「この子はきれいだよ」お婆が言う。

針の位置を調整するお婆の姿を見つめながら、ミアの心臓は激しく鼓動を打っている。

「目を覚ましたままでもいいかしら？」ふり返り、シエサルの顔を見つめながらそう尋ねる。「主に感謝を捧げながら、あなたの目を見つめていたいの」

シエサルは一歩さがり、気取った笑いかたをしながらミアの顔を見つめる。

「そうしたいのかい？　かあさん、今の言葉、ちゃんと聞いてたよね？」

八一

お婆は、あいまいな笑みを浮かべながら、杖に装着した針を外す。ミアはその間、吐き気を必死にこらえている。シエサルに見つめられていることはわかっている。視線はうやうやしく足元に向けたまま、堂々とした態度を懸命に保つ。

「ミアは特別だな」とシエサルが言う。

小さなペンチを使って結束バンドを切るお婆の鼻息が、ミアの首筋にかかる。激しく動揺したまま、ミアは手首をさする。台の上の重い飾り壺《つぼ》を持ち上げて、シエサルの頭をたたき割ればいい。そう自分に言い聞かせる。そうして、窓を開けて逃げ出すのだ。

「わたしはブレンダを檻に戻すよ」とお婆が囁く。

「きみたちみんなにとって、今はあんまり居心地の良い状態じゃないってことはわかってるさ」シエサルはそう言いながらミアの髪をつまみ、指先で弄《もてあそ》ぶ。「だがあと少しだ……きみたちの想像を絶する贅沢が待ち受けているんだよ」

ミアは、身体を退きたいという衝動を必死に抑え込む。部屋を出たお婆とブレンダが、廊下を抜けて玄関ポーチへと歩いていく足音が聞こえる。玄関の扉が開き、閉じる。鍵が音をたて、屋敷は鎮まりかえる。

「ポルト酒のカラフを取ってくる」シエサルはそう告げ、髪の毛を放す。

「わたしもいっしょに行きましょうか？」

「いや、きみは服を脱ぎなさい」シエサルは、当然のことのように言う。

シエサルは扉に向かって歩きはじめる。だがミアは、その足音が衝立の向こう側で止まったことに気づく。アンダーシャツを脱ぐと、引き上げられたプラスティックのネックレスが胸元に戻り、かすかな音をたてる。それが、飛び出ているブラジャーのワイヤーに引っかかった。

廊下の先へと足音が消えていくと、今にも頽《くずお》れそうになりながら窓に駆け寄り、カーテンを勢いよく引き開ける。

震える手で留め金を外し、窓を開けようとする。

びくともしない。

全体重をかけて力まかせに押すと、窓枠が軋む。

無理だ。

見上げると、窓は少なくとも十カ所で釘付けされている。

強烈な恐怖がこみ上げる。ここでレイプされるがままになるわけにはいかない。玄関まで行かなければ。

ミアは足音を忍ばせながら衝立を回り込み、耳を澄ます。

なにも聞こえない。

ゆっくりと扉に近づき、廊下の壁に映る光を見つめる。動きがないことを確認してから足を踏み出し、外を覗く。

人影はない。

玄関に向きなおり走り出そうとする。その瞬間、お婆がブレンダを従えて出ていったときに、施錠する音が聞こえたことを思い出す。

一瞬躊躇してからつま先立ちでキッチンに向かう。

グラスが鳴り、食器棚を閉める音がする。

寝室の扉を引いてみるが、鍵がかかっている。そのまま懸命に息を殺しながら、廊下を進む。

シエサルの影が壁の上を通り過ぎる。キッチンの窓から射し込む陽光の前を横切ったのだ。

ミアは、次の扉にたどり着く。

足下の床板が一枚、軋む。

ドアハンドルを回し、暗い寝室に足を踏み入れる。窓にはベニア板が一枚、ビス留めされている。

扉を慎重に閉じ、狭い隙間から廊下のようすをうかがう。

心臓が激しく鳴っている。

重い足音が聞こえ、息を止める。シエサルが目の前を歩き抜け、リビングに入っていく。ミアは扉を開け、可能なかぎり音を抑えながらキッチンに向かって駆け出す。

壁を震わすほどのすさまじい物音が屋敷中に響きわたる。そしてシエサルの叫び声が上がる。

スツールにぶつかり、あやうく倒れそうになる。だがすんでのところでバランスを保ち、窓に手を伸ばす。

留め金を外そうとする両手が震えている。

手が滑り、指の関節を切る。だが、廊下を走るシエサルの足音が背後に聞こえたところで、窓が開く。

シエサルの足が、床板を踏み鳴らしている。

ミアは窓枠によじ登り、跳ぶ。草の中に着地すると、プラスティックのネックレスが歯に当たった。

薄暗い森のほうをちらりと見やり、立ち上がって歩きはじめる。

背の高いルピナスの周囲で、ハチが羽音をたてている。

背後では、シエサルがキッチンの窓越しに咆吼している。

森にたどり着いたミアは、イラクサの茂みの中で不意に金属音が鳴るのを耳にし、痛みに悲鳴を上げる。足元を見ると、キツネ用の罠が踝を捉えている。

恐怖が冷たい波のように全身を駆け巡る。だが数秒後、罠の鋭い歯は分厚いブーツをつらぬいているわけではないことに気づく。

足は無事だ。

屋敷の裏手で、犬が怒りの吠え声を上げはじめる。

ミアは両手を使って罠をこじ開けようとするが、バネが強すぎる。

解き放たれた犬が屋敷の角を曲がって突進してくる。そして、激しく吠えながらミアのすぐ近くで止まる。彼女のほうに飛びかかっては、再び吠える。唾液がそこら中に飛散している。

不意に犬がミアの太腿に牙を突き立てるや、ぐいと顎を引いて彼女を倒す。杖を両手で握りしめたお婆が、足を引きずりながら草むらの中を進んでくるのが見えた。蹴り飛ばそうとするが、犬はミアの周囲を巡り、肩に噛みつく。お婆に追いつかれたときには、黄色い小さな針が杖の先にすでに装着されていた。

ミアは両手で防御しようとする。だがお婆が杖を突き出すと、針が右掌に深々と刺さる。強烈な痛みが走る。たちまち掌がズキズキと疼きはじめた。傷を吸い、それを吐き出すが、無駄だとわかってはいる。

意識が半ば失われた状態で、庭へと引きずり戻されていく。

ミアは砂利の上で仰向けになっている。どうにか意識を保とうとしていると、だれかがバスタブの頑丈な脚に彼女の足を縛りつける。

瞼が重い。気を抜くとすぐに閉じてしまう。ミアは薄目を開けて、鉈を手にしたシエサルがこちらに向かって来るのを見る。その傍らをよろよろと歩くお婆は、不安げな表情だ。

「約束するよ……」

「ルールを守ることもできないやつらが、主を敬うことなんかできるか?」シエサルがかなりたてる。

「この子らは馬鹿なんだ。でもこれから学んでいくんだよ。あんたに十二人の息子を産んで――」

「やめろ。おれはそんなことよりもっと大切なことを考えなければ――」

不意に着信音が鳴り、シエサルは荒く息をつきながら口をつぐむ。電話を取り出し、鉈を地面に放り投げると、応答する前に歩き去る。

会話は短い。シエサルはうなずき、ミアには聞き取れないことをなにか言う。そして携帯電話をポケットに戻すと、灰色の車に向かって駆け出す。

「待っておくれよ！」お婆は声を張り上げ、そのあとをよたよたと追いかける。

シエサルは車に乗り込むと勢いよくドアを閉め、すさまじい速度で中庭から出て走り去る。

ミアの頰は熱い。お婆に刺されたほうの手は完全に感覚がなくなっている。

だれかの足が砂利を踏みしめる。ミアの顔のすぐそばだ。

それは赤い巻き毛の女性だった。ミアの傍らにしゃがみ込むと、その手を取り、掌の傷をたしかめる。

「心配いらない」と彼女は声をひそめて言う。「ばっちりやられてるから、何時間かは眠ることになる。でもそのあいだ、わたしがずっとここに居てあげるから。だれにも手出しできないように見張っておく……」

彼女が気持ちを鎮めようとしてくれていることは、ミアにもわかっている。だが、こうなってはだれにも自分を守れないことも承知している。シエサルが戻って来れば、眠っているあいだに首を切られるか、目が覚めてから殺されるか、二つに一つだ。

「逃げなきゃ」ミアは囁く。

「あなたの意識が戻ったときにどうやってロープを切るのか、方法を考えておくから……そしたら道路を走っていくのよ。森に入るんじゃなくて……」

若い女性はそこで言葉を止め、手の中に咳き込む。

「うまくいったら……」

ミアは、彼女の目に涙が湧き上がるのを見る。こみ上げる咳を抑えているのだ。太陽の光で、赤い髪が銅のように輝く。目の下には黒子《ほくろ》が二つあり、唇はひび割れだらけだ。

「うまく逃げ出せたら、警察に連絡してわたしたちのことを話して」彼女はそう言うと、肘で口元を覆いながら咳をする。「わたしの名前はアリス。ここには五年いる。ヤンヌ・リンドの何週間か後に来たの。あの子のことは聞いたことあるでしょう……」

彼女は再び咳き込み、唇の血液を拭い取る。

「調子がよくないの。結核だと思う――熱があるし、すごく息がしづらい――こんなふうに自由に歩くことを許されてるのはそのおかげ。わたしはぜったいに脱走できないってわかってるから」と彼女は続ける。「ほかの子たちのことをぜんぶ教えるから、全員の名前をおぼえていって――」

「アリス、おまえなにしてるんだ？」お婆が怒声を浴びせる。

「この子が息してることを確認してるだけ」彼女はそう言い、立ち上がる。

「排水溝の中を見て」ミアが囁く。

八二

トレイシー・アクセルソンはクロアチア旅行から戻ってきたばかりだった。フッディンゲ病院での、看護助手としての勤務を再開している。病院からは通りを挟んだ向かい側にあるカフェで、ヨーナは彼女と会う段取りをつけた。

携帯電話を耳に当てたまま、コーヒーの代金を支払う。パメラとはいまだに話せていない。

トレイシーはすでにテーブルについていた。目の前にはコーヒーのマグカップがあり、青いスクラブ（医療現場の制服。）を身に着けている。

マルティンは深い催眠状態にあったにもかかわらず、遊び場で目撃したものについて語ることができなかった。そこで、エリックは別の方法論に切り替えた。〝侵入〟

と呼ばれる技術を用いたのだ。遊び場での出来事を舞台上に置き換えることで、マルティンの恐怖を回避しようという試みだった。

マルティンは、ゴミ袋を身に着けた高齢の女性に言及した。奇妙なネックレスをしていて、両手で不潔なビニール袋を抱えていたという。

警察は、その夜の監視カメラに捉えられていたホームレスの女性を探し出し、事情聴取をした。同時に犯行現場の映像を分析し、その女性は死角となっていた一帯に足を踏み入れていないことを確認した。

トレイシーの主張に反して、その女性は毛皮のコートも着ていなければ、首にネズミの頭蓋骨も吊していなかった。

アーロンは、ホームレスの女性に関するトレイシーの証言を、不正確なものとして処理した。目撃者はショック状態にあると判断したのだ。ところが、マルティンが、奇妙なネックレスを身に着けた女性について話した。それによって、トレイシーが見たのは、ホームレスの女性ではなかったことがあきらかになった。死角となっていた地帯に、別の高齢の女性がいたのだ。

監視カメラに映り込むことなく、遊び場に出入りできた女性。

もしかすると彼女こそが、子どもたちが遊ぶのを見守っていたという母親なのかもしれない、とヨーナは考える。

シエサルが遊ぶところを。

ヨーナはコーヒーを受け取るとトレイシーのところへ移動し、自己紹介をしたのちに腰を下ろす。

「先に話しておきたかったんですけど、休暇で旅行に出かけてもいいか確認するために、電話はしたんですよ」と彼女は言う。「刑事さんたちとは一度話したきりで……その後はだれも連絡してこなかったので。なにか思い出したことはないかって訊かれることもなかったし……」

「そうでしたか。でも、今こうしてお目にかかれたわけですから」とヨーナは真摯《しんし》な口調で言う。

「最初に発見したのはわたしなんですよ。あの子を救おうとしました……結局亡くなってしまったけど。ひどい話です……わたしを気づかってくれる人がいてもよかったのに、ひとりで帰宅して泣いたんですから」

「普通は、目撃者には心の支援がおこなわれるものですが」

「でも、支援を受けていたとしても、ショックが大きすぎてだめだったと思います」

トレイシーはそう言い、コーヒーをすする。

「当時、捜査を指揮していたのはわたしではありませんでした……しかし、今では国家警察が事件を引き継ぎました」

「どんな違いがあるの？」

「いくつか追加の質問をさせていただきます」とヨーナは言い、携帯電話に視線を下ろす。「調書を読みました。あなたは、ホームレスの女性の話をされていますね。ヤンヌ・リンドを救おうとしているあなたに、その人は手を貸そうとしなかったと」

「はい」

「どんな人物だったか、話していただけませんか？」ヨーナはそう尋ねながら、メモ帳を取り出す。

「もうお話ししました」トレイシーはため息をつく。

「わかっています。でも、私はまだ聞いていません。今現在、思い出せることをうかがいたいのです。あのとき話されたことではなく、あの晩の記憶について聞かせてください……雨が降っていて、あなたは帰宅しようとクングステン通りを歩いていました。階段を下り、近道をするために遊び場を抜けることにした」

涙がこみ上げ、トレイシーは視線を下ろして両手を見つめる。ヨーナは、左手の人差し指にある印章指輪に気づく。

「最初は、意味がわかりませんでした」トレイシーが静かに言う。「あそこはかなり暗くて、天使が宙に浮いてるように見えたんです」

そこで言葉を切り、ごくりと唾を呑み込む。

ヨーナは自分の濃いコーヒーをすする。そして、天使のイメージはあとから記憶に加わったのだろうと考える。聞いている人間によろこばれそうな表現として。

「あなたが行動に移ったきっかけはなんだったのでしょうか？」

「わかりません」

「すごくこまかいことだったかもしれません」

「ワイヤーに明かりが反射して……あの子の足が動いてた。最後の力を振り絞るみたいに……わたしは、なんにも考えずに駆け寄った。どう見ても呼吸できない状態だったから。完全に常軌を逸した状況だった。ウィンチを動かそうとしたけどびくともしなくて、暗くて土砂降りで」

「あなたはヤンヌを持ち上げようとされたんですよね？　そうすれば、自分の手で首の輪を外せるかもしれないと考えて」とヨーナは話す。トレイシーが遊び場に着く前に、ヤンヌはすでに事切れていたという事実には触れない。

「そうするほかないでしょう？　わたしにも助けが必要だった。そうしたら、何メートルか離れたところにホームレスの女の人がいたんです。こっちをじっと見てました」トレイシーはそう話し、窓の外を眺める。

「どこにいたんですか？」

トレイシーは、視線をヨーナに戻す。

「小さいジープの横です。なんて呼んだらいいのかわからないけど、上に乗っかって、前後に揺する遊具です」

「それでどうなりました？」

「なにも。わたしは大声で助けを求めました。でも反応はなかった……こちらの言ってることが理解できなかったのか、それともあの人自身になにか問題があったのかはわかりません。とにかく、いっさい反応を示さなかったんです……ただじっとわたしのことを見つめるだけで、何分かしたら階段を上っていってしまいました……それで結局は、わたしのほうもヤンヌを支えていられなくなったんです」

トレイシーは口をつぐみ、手の甲で涙を拭う。

「どんな姿でしたか？そのホームレスの女性は」ヨーナが尋ねる。

「なんて言うか、ホームレスっぽいかっこうです……ゴミ袋を肩にかけていて、古いイケアのバッグを大量に持ってました」

「顔は見ましたか？」

トレイシーはうなずき、心を落ち着かせる。

「がりがりで痩せてました……皺だらけで。野宿をしてる人はみんなそうなりますよね……」

「その人はなにも言わなかったんですね？」

「はい」

「あなたの声にも、まったく反応しなかったんですか？」

トレイシーはもう一口コーヒーをすすり、手首を掻く。

「突っ立ったままこちらを眺めてました。叫べば叫ぶほど、あっちは冷静になっていくようなかんじで」

「どうしてそう思ったんですか？」

「あの人の目が……最初は見開かれてるようなかんじだったんですけど、すぐに……やわらかくなったというか、正確にはうつろなかんじに変わっていったんです」

「なにを着ていましたか？」

「黒いゴミ袋です」

「その下には？」

「わかるわけないでしょう？」

「頭にはなにかかぶっていましたか？」

トレイシーは、片方の眉を上げる。

「ええ、たしかに。黒い毛皮の帽子をかぶってました。古くて、ぐしょ濡れでした」

「どうしてぐしょ濡れだとわかったんです？」

「自分で想像しただけかも。雨が降ってたから」

「記憶の中であの夜に戻って、正確になにを目撃したのか、教えていただけませんか？」

トレイシーは一瞬のあいだ目を閉じる。

「ええっと……明るい街灯が一つあって、遊び場まで届いていたのはその光だけでした。あの人がその下を歩いていくときに、帽子が光ってました。毛の一本一本に滴が付いてるみたいに」

「ほかに見たものはありますか？」

色を失ったトレイシーの唇が動き、半笑いのかたちになる。

「前にも話したことだし、馬鹿みたいに聞こえるのはわかってます。でも、あの人はぜったいにネズミの頭を首にぶら下げてました。骨だけです」

「頭蓋骨ですね」

「そうです」

「どうしてネズミだとわかったんです？」

「なんとなくそう思ったんです。あの公園には、いつもたくさんネズミがいるから」

「頭蓋骨そのもののかたちを教えてください」

「かたち？　ちょっと白い卵みたいなかんじでしたね。穴が二個開いてて……」

「大きさは？」

「このくらいです」とトレイシーは言い、人差し指と親指を十センチほど離してみせる。

「ほかに身に着けていた装飾品はありましたか?」

「ないと思います」

「その人の手は見えましたか?」

「骨みたいに真っ白でした」トレイシーは静かに応える。

「でも、指輪の類いは着けていなかったんですね?」

「はい」

「イヤリングも?」

「そう思います」

ヨーナは協力に感謝し、被害者支援センターの電話番号を手渡す。そして、連絡してみることを勧めた。

車へと足早に戻りながら、トレイシーとの会話と遊び場にいた女性の映像を、頭の中で再生する。

すべての供述調書において、その女性はホームレスとされていた。泥酔しているか、ドラッグの影響下にあった、と。

だが、トレイシーと話してからのヨーナは、ホームレスではなかったと確信していた。

ヤンヌ・リンドを殺したのはその女だ、とヨーナは考える。シエサルの共犯者だ。

トレイシーは、雨風に傷んだ顔と表現していたが、一方で両手は骨のように白かったという。

だが、実際には白く見えただけに違いない。なぜなら、ゴム手袋をしていたからだ。

ウィンチからも鋼鉄のワイヤーからも、指紋が出なかったのはそのためだ。

その場に立ったまま見つめていたのは、トレイシーがヤンヌを救うことがないよう見届けるためだ。

車のドアを開けたところで、携帯電話が鳴る。

「ヨーナです」と応答する。

「こんにちは、パメラです。留守電をチェックし忘れてたの」

「折り返していただいて助かります。用件は二つです。すぐに済みます」そう説明しながら、暑い車内に乗り込む。「地下鉄の駅で線路に突き落とされた。マルティンはそうあなたに話した……つまり、怪我をしたのはそのときのことだったんですね？」

「本人は話したがらないけど……そうです。マルティンはそう話してました」

「いつのことですか？」ヨーナは、尋ねながら車を出す。

「木曜の夜、かなり遅くのことです」

「どこの駅だったかわかりますか？」

「まったく」とパメラは応える。

「マルティンに尋ねていただけますか？」

「わたし、今、外を散歩してるので、戻り次第訊いてみます」

「今すぐ電話で訊いてもらえるとありがたいのですが」

「そうしたいところだけど、絵を描いてるときのマルティンは電話に出ないんです」

ヨーナは欧州自動車道二十号線を走りながら車線を変え、アスプーデンを通り過ぎる。

「帰宅するのはいつごろでしょう？」ヨーナは尋ねる。

「一時間以内には」

道路のきわに迫るゴツゴツとした岩壁が、飛ぶように過ぎ去っていく。まもなくヨーナは橋を渡り、プレクシガラス製の防音壁に左右を挟まれる。

「もう一つの用件ですが、警察の保護を受けていただけませんか？」

長い沈黙が返ってくる。

「マルティンを突き落としたのはシエサルなんですか？」しばらくして、パメラはようやくそう尋ねる。

「わかりません。ただ、マルティンは唯一の目撃者です。シエサルはあきらかに彼の証言をおそれています」とヨーナは答える。「ただあなたを脅すだけでは、マルティンの口を封じられないと悟ったのかもしれません」

「受けられるのならどんな保護でも受けます」

「よかった」とヨーナが言う。「今晩、警察のほうからご連絡をさしあげます」

「ありがとう」パメラは静かに言う。

八三

パメラは片手で携帯電話を持ったまま、ハーガ公園の中を歩いている。木漏《こも》れ日がまだらに落ちる小道を進んでいると、キラキラと輝く川の上に架かった、一本の細い橋の上にいるような気がしはじめる。

警察はあきらかに、二人の身に迫る脅威が深刻なものであると判断している。

もっとずっと早くに、こちらから保護を求めるべきだったのだ。

家を出るときに不安をおぼえたパメラは、デニスに電話をかけた。彼は打ち合わせの最中だったが、北礼拝堂まで迎えに行くと約束してくれた。

今やすっかり怯えているパメラは、墓地での散歩を切り上げて帰宅すべきだろうかと考える。

シエサルは、マルティンを殺そうとした。

高速道路の下をくぐる地下道が近づいてきて、パメラは歩く速度を落としながら、サングラスを外す。

自転車専用レーンに横たわっている男性の周囲に、人だかりができていた。救急車のサイレンが接近しつつある。若い女性が手で口を覆いながら、男性は死んでいると思うと繰り返し話している。

パメラは近づきすぎないようにと芝生の上を歩く。だが、思わずそちらに視線を向ける。そして人びとの足の隙間にある、大きく見開かれた男性の目をまともに見てしまう。

パメラはゾッとしながら、急いで地下道を歩き抜ける。男性のまわりに集まっている人びとが、全員こちらを見つめているような気がした。

ひらけた墓地は、刈りたての芝生の匂いがする。

パメラは小道を離れ、背の高い林の中を抜ける近道を進んだ。アリスの墓には、日が射していることに気づく。

遠くでカササギがさえずる。

パメラは膝をつき、日で温められた墓石に両掌を押しつける。

「こんにちは」指先で碑銘をなぞりながら、そう囁きかける。

娘の名前は、石の表面を削り取ることで刻み込まれている。パメラは、しばしばその事実について考えるのだった。残されているのは、文字のあったところにできた溝ばかり。

アリスの名は、墓石の表面に刻まれた不在なのだ。ちょうど、棺の中でアリスの遺体が不在であるように。

パメラは毎週日曜日、ここにやって来て娘に話しかける。だが、実際にはアリスはここにいない。

遺体は見つからずじまいだった。

警察はダイバーを派遣したが、カル湖の水深は百三十四メートルで、強烈な水流もある。

クロスカントリースキーの一団によってマルティンが発見されるよりも前に、アリスは救出されたのだ。パメラは長いあいだ、そう空想することにしていた。親切な女性がアリスを水中から引き上げ、トナカイの毛皮で身体をくるんだうえで、自分の橇まで運んでくれたのだ、と。アリスが目を覚ますと、ログハウスでは火が焚《た》かれていて、あたたかい空気の中でその女性は、濃く淹《い》れた紅茶とスープを差し出してくれる。アリスは氷で頭を強打したせいで記憶を失っているが、それが蘇るまでのあいだ、女性はまるで実の娘のように面倒をみてくれる。パメラはそんな情景を思い描くのだった。

そうした白昼夢は、絶望を退けるためのしかけに過ぎないことは、自分でもわかっている。

それでも事故以来、魚を食べるのはやめた。この魚は、アリスの遺体を食べた魚なのではないか。どうしてもそう考えてしまうからだ。

パメラは立ち上がり、管理人が折りたたみ式の椅子を木の枝に戻しておいてくれていることに気づく。それを取りに行き、キャンバス地から実をいくつか払い落としてから、墓石の前に腰を下ろす。

「あなたのおとうさんはね、催眠術を試してるんだよ。なんだかすごい話でしょう。でも、自分で見たことを思い出そうとがんばってるの……」

パメラは言葉を途切れさせる。林の中からこちらを見ている人影に気づいたのだ。薄い色の幹に、身体を半ば隠すようにしている。目を凝らして焦点を合わせてみると、肩幅の広い老女であることがわかり、ほっとする。

「これからなにが起こるかはわからない」パメラは、墓石に視線を戻してからそう続ける。「脅迫は受けてるし、ミアは行方不明だし。ヤンヌ・リンドを誘拐した犯人が、わたしたちを脅してるの。おとうさんが警察に協力しようとしてるって理由だけで」

パメラは頰の涙を拭い、再び視線を上げる。すると、高齢の女性はちょうど木の幹の裏側へと消えていくところだった。

「どっちにしろ、これからわたしたちは、安全な隠れ家に移ることになりそう……さもなければ、デニスの持ってる田舎の家にしばらくのあいだ泊まることにする」パメラは、声を震わせないよう懸命に抑えながらそう言う。「だから、そのあいだはここに来られなくなると思うの。今日話したかったのはそれだけ……じゃあ、行くね」

パメラは立ち上がり、椅子を木の枝に掛ける。そしてもう一度墓に戻ると、墓石をきつく抱きしめる。

「愛してるよ、アリス……自分の死ぬ日が待ち遠しい。そうしたらあなたに会えるから」パメラはそう囁き、身体を起こす。

木の陰の中を通り過ぎ、斜面を下った先にある小道を目指す。かわいらしい薔薇《ばら》の咲いている花壇が目に入る。何本か抜いて墓に供えようかと考えるが自制し、歩き続ける。

礼拝堂の駐車場に到着すると、デニスの車がすでに待ち構えていて、フロントガラスの反射越しに彼の顔が見えた。

八四

ヨーナは、エンシェーピンを過ぎたところで欧州自動車道十八号線を降り、ヴェストマンランドおよびダーラナ方面へと走り続けた。タイヤがアスファルトの上で低くうなっている。

「ずっと長官に話をつけようとしてたんだ」ヨハン・イェンソンが電話の向こうで言う。

「マルゴットをとおす必要はない。マルティンを線路に突き落としたのはシエサルだ」とヨーナが説明する。「監視カメラの映像さえ見つかれば、シエサルが映っている」

「でもいったいどこを探したらいいんだい？　どの駅なんだ？」

「まだわからない。だが、ストックホルムの中心街であることはたしかだ」

「そのなかだけでも駅が二十はあるはずで――」

「いいかい」とヨーナはその言葉を遮る。「今はこれだけに集中してくれ――なんとしても監視映像を見つけるんだ。今すぐに」

「でも地下鉄の側は――」

「検察でもなんでも巻き込めばいい。とにかくやるんだ」とヨーナは言い放つ。

今から四十分以内に、グスタフ・フィエルの娘、アニータのもとにたどり着くだろう。彼女は、セーテルのタウンハウスで暮らしている。病院からわずか三キロしか離れていない場所だ。

自宅に押し入ったシエサルがベッドの端に腰かけ、アニータの頭に手を載せたとき、彼女はまだほんの子どもだった。

娘が成長したのちに、そのときのようすを父親が話していなければ、アニータ自身の記憶には残っていなかっただろう。

だが彼は話した。その際、アニータが細部について尋ねなかったとは考えにくい。まだ語られていない話があるはずだ。

アニータは、シエサルのことをもっとよく知っている可能性がある。シエサルと出会ったほかのだれよりも。

ヨーナは、アニータと交わした最後の会話に思いをめぐらせる。彼女は、父親の研究を自分自身から切り離してみせることで、それに対する批判から身をかわすという術を身につけてきた。心の底では、父の仕事を誇りに感じているにもかかわらず。

古い精神医学には過ちがつきまとう。アニータは、そう訴えようとしているようだった。にもかかわらず彼女は精神科看護師としての訓練を受け、セーテルに居を定めた。そして今では、かつて父親が働いていたのとおなじ病院に勤務している。

ヨーナは連なって走行するトレーラーを追い抜く。二台の横を過ぎると、全開の窓に風が激しく吹きつける。

拳銃はグローブボックスに入っている。防弾ベストは、助手席のトートバッグの中だ。

シエサルは、ストックホルム市内の地下鉄駅で、マルティンを殺そうとした。その現場が監視カメラに捉えられていれば、シエサルの身元が割れるかもしれない。マスクをかぶっていなかったとして、ということだが。

おそらく、いつも二人で殺しているのだ。

あるいは、シエサルは、高齢の女性とともにプラットフォーム上にいた。

あるいは、シエサルには観客が必要なのだろうか――鏡として行動してくれるような存在が？　ちょうど、ジャングルジムで遊んでいるところを母親に見ていてもらいたがる子どものように。

ヨーナは水をごくごくと飲み、トレイシーとの会話を思い起こす。

彼女は、卵形の頭蓋骨について話していた。遊び場にいた女性が、首にかけていたものだ。ネズミの頭蓋骨にしては大きすぎる。テンのような動物のものと考えるほうが、しっくりとくる。

そう考えた瞬間、答えが浮かぶ。

女性のかぶっていた黒い帽子は、フェイクファーではない。毛皮は油を含んでいた。一本一本の毛先に水滴が集まっていたのは、ほんものの毛皮が撥水性だからだ。

ミンクの毛皮だったに違いない、とヨーナは考える。すると不意に、冷厳な事実が姿を現す。

ヨーナの背筋を震えが走る。

まるで、事件全体が目の前で焦点を結んだように感じられる。

道路の端に車を寄せ、立体交差の陰の中で停まる。

ヨーナは目を閉じ、時を遡《さかのぼ》る。父親とともに自然史博物館を訪れたときの情景を蘇らせる。ヨーナは八歳で、青い鯨の巨大な骨格の下を歩いている。高い天井に反響する人びとの声や足音。

コブラと闘うマングースの剝製《はくせい》を配置したジオラマ。ヨーナは、その解説パネルを読み上げる父親の声に耳を傾ける。

新しいダウンジャケットが暑くなり、ボタンを外してからミンクの絵に近づいていく。

目の前のガラスケースの中には、卵形の頭蓋骨が三つ並んでいる。一つは裏返しにされていて、底面が見える。

骨の内側を構成する曲線が、ある模様を浮き上がらせている。

骨が組み合わさってできた、十字架のようなかたち。

その模様は、先の尖ったフードをかぶり、キリストのような姿勢で両腕を伸ばして立つ人間にも見える。

ヨーナは目を開き、ダッシュボードの上の携帯電話を手に取ると、ミンクの頭蓋骨を検索する。たちまち結果が表示される。

頭蓋骨の内側には、両腕を伸ばして立つ人物のかすかな輪郭が見て取れる。

それは進化の産物であり、血管や脳の組織が徐々に位置を変えていったことで生まれたものだ。

はっきりしていたりぼんやりしていたりという差はあるものの、その人影は、すべてのミンクの頭蓋骨の解剖学イラストや写真に現れている。

被害者に押されていた烙印とおなじ形状だ。

ミンクの頭蓋骨から犯人にいたるまで、事件のあらゆる細部が一つに結ばれる。

警察と活発にやりとりをする連続殺人犯は、ほとんどいない。だが、彼らは例外なく習癖《パターン》を持っている。好みや行動様式だ。そして、そうしたものが痕跡を残す。

シエサルの習癖は、これまでに数え切れないほど繰り返し分析してきた。パズルのさまざまなピースを、あちこちに動かしてみた。スフィンクスは、謎かけの中に答えを忍ばせる。殺人犯の行動様式からは逸脱していると見える部分が、実のところ、本人の中では筋の通った必要不可欠な部分だったということだ。

ヨーナはエンジンをかけ、バックミラーを確認してから道路に出ると、アクセルを踏み込む。

ヨーナには、完璧に保たれた記憶の中を遡行《そこう》していく能力がある。ほとんどの場合は、単調でわずらわしい才能と言える。過去の出来事を、細部にいたるまであまさず繰り返し体験することになるからだ。

ヘーデモーラ市から先は直線道路になり、牧草地と野原がセーテルまで延々と続く。中心部に巨大な青い斧の彫刻が設置されている環状交差点を抜け、住宅街へと入っていく。そこには、背の低い家屋がひしめき合うようにして並んでいた。

アニータの私道には、赤いトヨタ車が駐まっている。ヨーナはその後ろにつけ、車から降りると玄関へと向かう。赤い羽目板の壁面と、急勾配の瓦《かわら》屋根がついたこぢんまりとした家屋だった。

スプリンクラーの水が、コンクリートの上にも撒《ま》かれている。

近づいてくるヨーナに気づいていたようで、アニータは戸口で待ち構えていた。水玉模様のワンピースを身に着け、分厚い織物のベルトをしている。

「迷わなかったようね」と彼女が言う。

ヨーナはサングラスを外し、握手をする。

「たいしたものはありませんが、コーヒーは淹れたてです……」

アニータは廊下を通り、キッチンへとヨーナを案内する。壁面は白いタイル貼りで、丸い食卓と白い椅子がある。

「すばらしいキッチンですね」

「そうですか?」と彼女はほほえむ。

アニータは、腰を下ろすようにとヨーナをうながしながらコーヒーカップとソーサーを二組取り出す。コーヒーを注ぎ、ミルクと砂糖を手に取る。

「繰り返しになってしまいますが」とヨーナは口を開く。「お父さんの時代の隔離病棟の写真をお持ちだったりしませんか? 引退する人の送別会で撮られた集合写真みたいなものは?」

アニータは、コーヒーに砂糖を入れてかき混ぜながら、少しのあいだ考え込む。

「父のオフィスにいるわたしの写真ならありますが……病棟内の写真はそれしか持っていないんです……でもそれではお役に立ちませんよね」

「念のために見せていただけませんか」

アニータは鼻先を赤らめ、ショルダーバッグの中から財布を取り出す。

「わたしの七歳の誕生日でした。父が小さな白衣を買ってくれたんです」そう言いながら、ヨーナの前にモノクロ写真を差し出す。

白衣を着た幼いアニータは、髪を二本の細いおさげにまとめている。父の大きな椅子に腰かけ、その前には、分厚い学術書や積み上げられた医学雑誌に覆われた巨大な机がある。

「いい写真ですね」ヨーナはそう言いながら、写真を返す。

「父には、アニータ・フィエル先生と呼ばれていました」と彼女はほほえみながら言う。

「お父さんは、あなたにもおなじ道を進んでもらいたいと考えていたのでしょうか？」

「たぶんそうなんでしょうね、でも……」

アニータはため息をつき、金髪の眉毛のあいだに深い皺が寄る。

「シエサルが家に侵入し、あなたのベッドの端に腰かけていたという話をお父さんから聞いたのは、十五歳くらいのことですね？」

「はい」

「母親たちは子どもたちが遊ぶのを見守っている。シエサルが口にしたその言葉をどう捉えたのか、お父さんに尋ねたことはありますか？」

「もちろん」

「どう話されていました？」

「父の症例研究論文には、シエサルの原点にあるトラウマが、どのように母親と結びついているのか、ということに当てられた章があります。それを読むようにと言われたんです」

「どういう結びつきがあるのでしょう？」

「ものすごく専門的な論文なんです」アニータはそう応え、コーヒーカップを静かにソーサーに戻す。

その額には、縦にも横にも皺が走っている。覚醒しているあいだは、常になにか考え事をしているような顔つきだった。

「私の想像ですが」とヨーナが言う。「たぶんあなたは、お父さんがシエサルについて書いた論文を今もお持ちですね」

アニータは立ち上がり、コーヒーカップをカウンターに乗せると、無言のまま出ていく。

ヨーナは、テーブルの上に載っているラジオを観察する。古いもので、アンテナは伸び縮み式だ。鳥の影が窓を横切る。

キッチンに戻ってきたアニータは、ヨーナの前に書類の束を置く。少なくとも三百ページはあるだろう。赤い糸で背の部分が綴じられている。表紙には、濃さにむらのあるタイプライターの文字で、こうある。

鏡の男
精神科症例研究
大学付属病院精神科研究所
グスタフ・フィエル教授　セーテル病院隔離病棟

アニータは椅子に座り、表紙に手を載せたままヨーナの目を見つめる。

「嘘《うそ》をつくのは嫌いです」と彼女は言う。「でもわたしは、父が亡くなったときに火事ですべて失われたと話すようになりました……実際に、ほとんどすべてが破壊されましたから。ただ、この《鏡の男》だけは自宅に保管されていたんです」

「お父さんを守ろうとされたんですね」

「この症例研究は、スウェーデンの精神医療の現場でおこなわれていた患者虐待に関する、決定的な証拠にもなり得るものです」彼女は、感情を交えずにそう応える。

「父は、迷宮の中のミノタウロス（半人半牛の怪物。迷宮に閉じ込められ、少年少女を餌として供されていた。）、もう一人のメンゲレ（アウシュヴィッツ強制収容所における人体実験などで知られる、ドイツの医師。）にされてしまいかねません。実際には、この論文の大部分が興味深いものなのに」

「その原稿を貸してください」

「ここで読むのはかまいません。でも、持ち出しはお断りします」そう言うアニータの顔には、奇妙にうつろな表情が浮かんでいる。

ヨーナは視線を合わせたままうなずく。

「お父さんのなさった仕事をどうこう言うつもりはありません。人の命がさらに奪われる前に、シエサルを見つけ出したいだけなんです」

「でも、これはただの症例研究なんですよ」とアニータは言い添える。

「シエサルの正体に触れられていたり、手がかりが織り込まれていたりはしませんか？」

「いいえ」

「つまりその症例研究には、氏名や地名の類いは出てこないんですね？」

「そうです……ほぼ全編にわたって理論的考察が展開されているだけですから」と彼女は言う。「それに、具体的な事例はすべて隔離病棟内で観察されたものです……シエサルは身分証を持っていなかったし、徒歩でやって来たんです」

「ミンクもしくは動物の飼育についての記述はありますか？」

「いいえ、ただ……シエサルが悪夢について語るくだりはあります。狭苦しい檻に閉じ込められていたのだそうです」

アニータはうなじと左肩を、ワンピースの上から揉《も》む。

「シエサルがご自宅に現れ、入院を求めてからはどうなったのですか？」

「隔離病棟に入りました。まず大量に投薬されてから、すぐに去勢されました——当時の標準的な手順です。ひどい話ですけど、それがあたりまえだったんですね……」

「そうですね」

「解離性同一性障害があるとわかってからは、投薬量を減らしました。そして面接によって深く背景を掘り下げていきました。それが、この症例研究の基になっているんです」

「端的に言うと、どんなことを話し合ったのでしょう？」

「父は、シエサルは二重のトラウマを抱えていると考えていました。とても説得力のある仮説です」アニータはそう説明しながら、原稿の表紙を手で撫でる。「最初のトラウマは、八歳になるまえに負ったものです——おおよそ、大脳皮質が成熟する時期にあたります……二番目のトラウマは成人してから、父を捜し出す直前のものです。最初のトラウマによって、シエサルの人格が分裂する条件が整いました……ただ、二番目のトラウマを負うまでは、症状として現れてはいなかった。父は、アンナ・Oの症例（フロイトによる精神分析療法の基礎となったとされる〝ヒステリー患者〟の症例。）を参照していました。二十もの異なる人格に分裂したという女性です……そのうちの一人には視覚障害があり、臨床検査をしてみると、実際に瞳孔《どうこう》が光に反応しませんでした」

ヨーナは論文を開き、英語で書かれた概要に目を通してから、目次のページに移る。

「ゆっくり読んでください。ポットにはコーヒーが入っています」アニータはそう告げ、立ち上がる。

「ありがとうございます」

「なにかあれば、書斎にいますので」

「その前に、一つだけ質問させてください」

「なんでしょう?」

ヨーナは携帯電話にミンクの頭蓋骨を映し出し、それを拡大する。そうして、その十字架を思わせるかたちをアニータに見せる。

「これがなにかわかりますか?」

「キリスト、ですよね?」と彼女は訊き返す。

さらにじっくりとそれを見つめるアニータの顔が、蒼白になる。

「どうしました?」とヨーナが尋ねる。

その顔を見つめ返す彼女の目には、恐怖の色が浮かんでいる。

「わかりません……ただ論文によると、夜間、病室に監禁されていたシエサルは、しばしば両腕を伸ばして何時間も立っていたそうです。十字架に磔にされたような姿勢で」

八五

パメラは玄関の扉を閉め、書斎に向かって廊下を歩く。マルティンのキャンバスが、またしても画架《イーゼル》に載せられている。

「電話したのに」と彼女は声をかける。

「絵を描いてるんだ」とマルティンが応える。パレットの上で、黄色の中に赤を少量混ぜているところだ。

「木曜日に、線路に突き落とされたって話してたでしょう?」とパメラは言う。「どの駅にいたのか、ヨーナが知りたがってるの」

「でも、あの子たちはほんとうは存在していないんだって、きみはいつも言うよね」マルティンはそう言いながらゆっくりと筆を動かし、描き続ける。

「あなたを心配させたくないからよ」

マルティンは身震いしながら筆を置き、パメラを見つめる。

「僕を突き落としたのはシエサルなんだね?」と尋ねる。

「ええ」

「王立公園駅だよ……人の姿は見えなかったけど、後ろに足音は聞こえた」

パメラはヨーナにメッセージを送信してから、机の椅子に腰かける。

「デニスは、田舎の別荘を使うようにって言ってくれて、わたしもそうするって返事をしたんだけど……やっぱり警察の保護を受けることにしたの」

「でも……」

「今晩迎えに来てくれることになってる」

「でも、もう一度催眠術を受けなくては」マルティンは静かにそう言う。

「受けてもなにも見えないのでしょう？」

「シエサルはあそこにいた。わかるんだ。声が聞こえたから……」

「シエサルが？」

「一瞬だけ顔を見た気がするんだ」

「どういう意味？」

「カメラのフラッシュに照らされたみたいなかんじで」

「写真を撮ってたんだわ」パメラはそう言い、背筋に震えが走るのを感じる。

「どうかな」

「でもそうなんじゃないかな。シエサルは写真を撮るのよ」パメラはそう続ける。

「なにを見たのか、話せる？」

「ただ真っ暗だったから……」

「でも、エリック・マリア・バルクなら、フラッシュが光った瞬間の記憶を引き出せると思う？　そうしたら、シエサルがどんな顔をしていたのか、説明できるでしょう？」

マルティンはうなずき、立ち上がる。

「ヨーナに話す」とパメラは言う。

マルティンは食器棚を開けて犬のおやつを取り出すと、小さな容器に入れる。

「わたしが散歩させる」とパメラが言う。

「どうして？」

「あなたには外に出てもらいたくないの」

パメラはロディーセンを起こし、廊下に連れ出す。首輪にリードを取り付けられているあいだ、ロディーセンはあくびをする。

「扉に鍵をかけておいてね」とマルティンに声をかける。

ショルダーバッグを手に取り、エレベーターの戸を開ける。ロディーセンは、尾を振りながらよたよたとそのあとに続く。

マルティンは防護扉を閉じ、施錠する。

パメラを載せたエレベーターが下降しはじめると、鋼鉄のケーブルが揺れて音をたてる。階段室は、温められたレンガの匂いがした。パメラとロディーセンは外に出て、建築学校の方向へとカーラ通りを歩きはじめる。そこはかつて、パメラの学んだところだった。

ふと、シエサルとすれちがっても自分にはわからないのだと考える。どういう姿をしているのかまったく知らないのだから。

立ち止まったロディーセンが排水管を嗅ぎはじめると、パメラは肩越しに視線を走らせて、だれにも尾《つ》けられていないことを確認する。

ショーウィンドウを覗き込んでいる痩せた男がいる。

パメラは散歩を続ける。エンゲルブレクト教会への急な階段を上り、芝生に足を踏み入れる。ロディーセンは木陰で放尿すると、斜面にえぐられた小さな洞窟目指して小走りになる。第二次世界大戦中は掩蔽壕《えんぺいごう》として使われたものだが、今では遺族が骨壺を収める地下墓地となっている。

ロディーセンは岩壁を嗅ぐ。

ふり返ったパメラは、先ほどの男が大股でこちらに近づきつつあることに気づく。

プリムスだ。

パメラは、とっさに洞窟の入り口の暗がりにロディーセンを引き込み、地下墓地の閉ざされた扉に背中を押しつける。

プリムスは歩道で立ち止まり、あたりを見回す。灰色のポニーテールが肩甲骨のあいだで揺れている。ロディーセンは散歩を続けたがる。それを引き寄せると、かすかにクンクンと鳴く。プリムスがふり返り、洞窟の中を覗き込む。そして、一歩足を踏み出す。

こちらの姿は見えていない。それでも、パメラは息を止めた。

大型トレーラーが道路を走りすぎ、木の枝を揺する。

木の葉とゴミ屑が洞窟の入り口で舞い上がる。

今やプリムスは、きょろきょろと視線を動かしながら、まっすぐこちらに向かってくる。パメラは踵を返し、地下墓地の扉を開けるとロディーセンを引いて中に入る。

ひんやりとした空気は、古い花と蠟燭の匂いに充ちている。床には砂利が敷かれ、頭上の剝きだしの岩肌は白く塗られている。地下墓地の内部には、図書館を思わせる雰囲気があった。書棚の代わりに、骨壺を収める緑色の大理石の箱がぎっしりと並んでいる。

靴の下で砕ける砂利を意識しながら、パメラは足早に歩く。最初の箱の列を通り過ぎ、二番目の列の背後に隠れる。膝をつき、両腕でロディーセンの首を抱きしめる。

人影は見えない。だが椅子は一カ所に集められ、鋳鉄製の太い蠟燭立ての上では炎が揺れている。

扉が開き、閉じる。閉まるまで、だいぶ間が開いていたように感じられる。

静寂が続き、プリムスはあきらめたのではないかと考えはじめたとき、砂利を踏みしめる足音が聞こえる。プリムスはゆっくりと進み、止まる。

「シエサルからの伝言がある」と叫ぶ。「あの人はここを気に入るだろうな――小さな十字架に目がないから……」

パメラは立ち上がり、預言者の指の十字架を思い出す。

足音が近づいてくる。

パメラは必死に出口を探す。向きを変えて駆け出そうとした瞬間、プリムスがぬっと目の前に現れる。

「いいかげんにして！」

「シエサルは、マルティンがもう一度催眠術を受けることを望んでいない」そう言いながら、鮮明なポラロイド写真を掲げる。

ミアの汚れた顔が、明るいフラッシュに照らされている。消耗し、痩せているようだ。写真を撮った人間は、黒い鉈をつかんでいる。重い刃がミアの肩に載り、鋭い切っ先が彼女の喉に向けられている。

パメラはよろめきながら後ずさりし、バッグを取り落とす。中身が床に散乱する。

「この子の両腕と両足を切り落とすとおっしゃってる。それから傷を焼灼《しょうしゃく》して、箱の中で生き続けさせてやるとな……」

プリムスが一歩前に踏み出すと、ロディーセンが吠えはじめる。パメラはしゃがみ込み、バッグの中身を拾い集める。

ロディーセンは、もう何年も聞いたことがなかったほどの剣幕《けんまく》で吠えている。そして、急に怒りを込めて前に飛び出す。

プリムスが身を退き、ロディーセンは牙を剝きだしにしてうなる。

パメラはリードを握りしめ、扉のほうへとロディーセンを引っぱる。外に出ると、犬を抱きかかえてふり返りもせずに走りはじめる。

自宅マンションの入り口にたどり着いたパメラは、苦しげに息をつきながらロディーセンを下ろす。暗証番号を入力し、ロディーセンを引きずるようにしてエレベーターに乗ると、五階まで上がる。

玄関の扉は半開きだ。

パメラは施錠し、マルティンの名を叫びながら家の中を探しまわる。

震える手で携帯電話を取り出し、彼の番号に発信する。

「マルティンです」と応答するその声は、怯えているように聞こえる。

「どこにいるの?」

「もう一度催眠術をかけてもらいに行くところだよ」

「だめよ」

「行かなきゃ。これしか方法はない」

「マルティン、聞いて。シエサルにばれたら、ミアが殺されるの。冗談じゃなく、ほんとうに殺されてしまう」

「シエサルはこわがってるからね……フラッシュが焚かれたとき、僕に顔を見られたってわかってるから」

八六

エリック・マリア・バルクは、自宅の庭にある楢《なら》の大木が落とす影の中で腰を下ろしている。ぐらつくテーブルの上にパソコンを置き、臨床用途での集団催眠に関する章の執筆を進めようとしている。

庭の門を開閉する音が聞こえて顔を上げると、マルティンが家の角を回り込み、待合室に向かおうとしているのが目に入る。

庭にいるエリックの姿に気づいたマルティンは、針路を変える。そして髪の毛を手でかき上げながら、肩越しに背後を見てから話しはじめる。

「いきなり押しかけてすみません。もしお時間があったら……」

車が家の前を通りかかり、マルティンは不意に口をつぐむ。そして恐怖の表情をうかべながら、ライラックの茂みの背後に身を隠す。

「どうしたのですか？」エリックが尋ねる。

「もう一度あなたに会ったら、ミアを傷つけるとシエサルが言ってるんです」

「シエサルと話したのですか？」

「いいえ、パメラがそう言ってました」

「彼女は今どこに？」

「家です。たぶん」

「警察の保護を受けるのだと思っていましたが」

「今晩迎えに来てくれる予定です」

「それはよかった」

「中に入ってもいいですか？」

「いいですとも」とエリックは応える。

パソコンを閉じ、それを抱えて家の中に入る。そして待合室を通り抜け、書斎へと進む。

「僕がここにいることはだれも知りません」とマルティンが言う。「でも、もう一度催眠術をかけてください。遊び場でシエサルを見た気がするんです。ほんの一瞬のことですが。カメラのフラッシュが焚かれたんです」

「だれかが、あの遊び場で写真を撮っていたと」

「はい」

当初は、マルティンにも風景を描写することができたということを、エリックは思い出す。雨、水溜まり、そして遊び小屋。それから、すべては闇に呑み込まれた。フラッシュが焚かれたのであれば、マルティンの目が見えなくなった理由も説明がつく。

「もちろん、もう一度やってみることはできますよ」エリックはそう言いながら、机の上の扇風機のスイッチを入れる。

「今すぐに？」

「ええ。それがあなたの意志ならば、なんの問題もありません」エリックはそう応える。

マルティンは長椅子に座り、片足を神経質に揺すりながら待合室のほうをちらりと見る。

「催眠を二段階に分けたいと思います」エリックは説明する。「最初は記憶に通じる道をきれいに開き……次の段階では、起こった出来事を可能なかぎり精確に思い出せるようにお手伝いします」

「やってみましょう」

エリックは自分の椅子を長椅子に近づけてから、腰を下ろす。

「さあ、はじめましょうか」

マルティンは横になり、ぎゅっと眉を寄せながら天井を見つめる。

「私の声に耳を傾け、私の話すとおりにしてください」とエリックが言う。「あなたはまもなく、心の中がどこまでもおだやかに静まりかえるのを感じます。あなたの身体は心地よくくつろいでいきます。ふくらはぎから足首、そして爪先の力が抜けていくとともに、踵《かかと》の重みが椅子にかかっていくのを感じます……」

エリックは、マルティンの中にある緊張を解き、さらに深く脱力した状態へと導こうとしている。緊張を強いられているとき、心は解放を求める。ちょうど、時計の抱える真の願望が、時を刻むのを止めることであるのとおなじように。

「顎の力を抜きましょう」エリックは語りかける。「少しだけ口を開けて、鼻から呼吸をします。そして、口からゆっくりと息を抜いていきましょう。空気は舌の上を通り、唇のあいだを抜けていきます……」

二十分後、マルティンはすでに深い休息状態にある。だがエリックはさらなる深みへと彼を導き続ける。

扇風機がカチリと音をたてて向きを変える。それによって埃が渦巻き、天井へと舞い上がっていく。

エリックが数字を逆方向に数える。強硬症《カタレプシー》に近い脱力状態を越え、そのさらに奥へ奥へとマルティンを連れていく。

「五十三、五十二……」

患者をここまで深く導いたことはなかった。マルティンの身体機能が停止してしまうかもしれない、これ以上続ければ心臓が止まるかもしれないと感じたところでやめるのだ。

「三十九、三十八……あなたはさらに深く深く沈んでいきます。そうして呼吸はますますおだやかになっていきます」

少年たちが自分の口を封じようとしているというマルティンの妄想は、弟たちを喪《うしな》ったことと結びついている。そう話していたパメラの言葉は正しかったのかもしれないと、エリックは気づく。マルティンは、家族の埋葬に立ち会えなかったのだろう。事故の直後で、まだ病院にいたのかもしれない。あるいは、衝撃が大きすぎて現実を受けとめ切れなかったのか。幼少期のマルティンは、二人の葬られる現場を見られなかった。そのため、彼らが亡くなったという事実を真正面から処理できないまま成長してしまった。弟たちが幽霊となって現れるという症状は、このことに起因する可能性が高い。

「二十六、二十五……私がゼロまで数えたら、あなたは墓地に立っています。弟さんたちは、これから埋葬されます」

マルティンは今、最も深い催眠状態にある。内部感覚は普段よりもはるかに弱まっているが、時間と論理の感覚もまたすべての脈絡を失いつつある。

夢がほんものの記憶を阻害することはある。また、過去の精神障害の断片が干渉することもある。それを承知のうえで、目的を達成するためにはマルティンをこの深度まで誘導する必要があるのだと、エリックは信じている。

「十一、十、九……」

マルティンの家族が実際にはどのように葬られたのか、まったくわからない。だがエリックは、自分なりの儀式を現出させようと考えている。葬儀を進行させ、埋葬まで執り行うのだ。

「六、五、四……目の前に教会の墓地が見えてきます。この世を去った人びとに別れを告げるために集まる、静けさに充ちた場所です」とエリックが風景を描き出す。

「三、二、一、ゼロ……さあマルティン、到着です。あなたは家族を喪い、悲しみを感じています。しかし同時に、この世に事故は起こるものなのであって、そのこと自体に深い理由や意味はないということも理解しています……ご両親はすでに埋葬され、これから二人の弟さんたちにお別れを言うところです」

「よくわかりません……」

「あなたは、黒い服を着た人びととの一団に向かって歩いていきます」

「雪が降っていた」とマルティンが囁く。

「地面や葉っぱの落ちた木の枝には、雪が積もっています……掘り起こされたばかりの墓穴にあなたが近づいていくと、人びとは一歩退きます。その光景が見えていますか？」

「トウヒの枝で印が付けられている」と呟く。

「墓穴の脇には、小さな棺が二つあります。ともに蓋は開かれています……あなたは前に進み、弟たちの姿を目にします。二人とも亡くなっています。悲しいことですが、こわくはありません……見下ろすと、二人の顔がわかります。そして最後のさようならを言います」

マルティンは爪先立ちになり、二人の少年の顔を覗き込む。青灰色の唇、閉ざされた両目、そしてきれいになでつけられた髪の毛。

エリックは、マルティンの頬を涙が伝いはじめていることに気づく。

「神父は蓋を閉め、あなたの弟たちは安らかな眠りにつきました、とあなたに語りかけます。そして、二つの棺は穴の中に下ろされていきます」

マルティンは、白く陰鬱《いんうつ》な空を見上げる。湖の氷を思わせる色だ。

雪片が地面から浮き上がる。スノードームを揺すったときのように。神父のズボンの裾を過ぎ、コートの高さに達した雪片は、やがて黒い円筒形の帽子を越えて空へと漂い上がっていく。

一歩踏み出すと、墓穴の底に横たわる弟たちの棺がマルティンの目に映る。二人はこれでようやく地面の中に収まったのだな、と彼は考える。

背の高い神父は帽子を脱ぎ、その中から人形の頭を取り出す。巨大なジャガイモを彫って作られたものだ。

「灰は灰に、塵は塵に」とエリックは言う。

神父は毛のない人形の頭を掲げ、今、創世記から抜き出された言葉を口にしているのは、自分ではなくその人形なのだというふりをする。

マルティンは、人形の頭から目を離すことができない。彫り込まれ色を塗られた顔、赤い鼻は座っていて歯はまばら、眉は細い。

「二人の男が鋤を手に取り、棺に土をかけはじめます」とエリックは続ける。「墓穴がいっぱいになり、地面が平らになるまで、あなたはその場に留まります」

マルティンは微動だにしない。呼吸しているのかどうかもエリックにはわからないほどだ。指先すらも静止していた。

「マルティン、これから第二段階目の催眠に移っていきましょう。あなたの記憶の妨《さまた》げとなるものはもうなにもありません。弟さんたちは亡くなり、埋葬されました。つまり、あなたはなんでも話すことができるのです。あなたを罰する人はだれもいません」とエリックは話しかける。「十から逆方向に数えはじめます。私がゼロまで数えたら、あなたは遊び場に戻っています……十、九……あなたは殺人を目撃しますが、いかなる恐怖も感じません……八、七……少年たちはもう、あなたに影響を及ぼすことはできません……六、五……あなたは、カメラのフラッシュに照らされたシエサルの人相を、細部にいたるまで説明することができます……四、三……あなたはこれから暗闇の中に足を踏み入れます。傘に降りそそぐ雨の音が聞こえてきます。あなたは遊び場に近づいているのです……二、一、ゼロ……」

八七

銀色のラジオに反射した夏の太陽は、震える光の輪となってヨーナの頰と金色の無精髭を照らしている。

ヨーナは、すばやく、だが注意深く論文を読み進めていった。今は、末尾に付けられた参考文献一覧に目を通している。

ヨハン・イェンソンは、地下鉄の王立公園駅にいる。監視カメラの映像が手に入れば、比較的迅速にシエサルの身元を同定できるはずだ。

ヨーナは原稿の束を閉じ、表紙に手を走らせる。

多重人格は存在し、その障害を治療することは可能である。グスタフ・フィエルは、それを証明するために自らの患者を利用したのだ。

シエサルのほんとうの身元や出自については、まったく言及されていない。

だがヨーナの捜査は今、山場を迎えつつある。残されているパズルのピースも、まもなく収まるべき場所に収まるだろう。

フィエルの方法論や理論は、今や時代遅れに見える。それでもヨーナは、シエサルの精神と苦悩、そして内面の葛藤について理解をしはじめていた。

シエサルが次にどのような行動に出るのか、それを予期するために必要なものだ。

ヨーナは、最終章の内容を思い起こす。グスタフ・フィエルは、そこで結論を提示していた。シエサルは二重のトラウマを負い、人格が二つに分裂していた。

トラウマの内容が重大なもので、かつ大脳皮質が発達しきる八歳より前に負ったものであれば、中枢神経系に大きな影響を及ぼすことになる。

シエサルは、わずか七歳のときに凄惨な経験をした。そのために彼の脳は、情報を整理し保存するための独自な方法を編み出さざるを得なかった。二番目のトラウマは、十九歳のときにやってきた。婚約者が、二人の寝室で首を吊ったのだ。

最初のトラウマ以降、シエサルの脳はすでに、困難な経験を処理するために固有の回路を発達させていた。そして二番目のトラウマが、二つの自律した人格への分裂をうながすことになったのだ。

一つの人格は暴力的で、両方のトラウマを受け入れ、それらを抱えたまま闇の中で生きている。そしてもう一方の人格は、普通の生活を送っている。

こうして一方の人格は、暴力的な争いに加担し、処刑や拷問を実行に移す人間となる可能性を秘めている。そしてもう一方の人格は、他人に救いの手を差しのべることに人生を捧げ、神父や精神科医として生きていく可能性を持っている。

助けを求めてやって来たときのシエサルは、支離滅裂な混乱状態だった。それが二年の治療を経たあとは症状も安定し、より落ち着いた状態となっていた。最終章の終盤に、グスタフ・フィエルはそう記している。両腕を伸ばし、磔にされたキリストのような姿勢で毎晩立ち尽くすことに変わりはなかったものの、分裂した二つの人格は、互いを探し求めはじめていた。それが、隔離病棟が閉鎖され、治療が中止された時点での状態だ。

シエサルのトラウマを克服するためには、本来であれば何年もの時間が必要なのだとフィエルは書いている。複数の人格を一つに統合することは可能だ。そのためには、患者自身が別の人格の存在を認識し、人格間での秘密をすべてなくさなければならない。フィエルはそう論じている。

ヨーナは椅子を軋らせながら背後にもたれかかり、片手で首筋を揉む。窓の外に視線をやると、二人の少年がゴムボートを抱えて歩道を歩いていくのが見えた。

最後の数行を、もう一度だけ読み直す。フィエルはそこで、こう訴えている。心的外傷を負った人間を癒やすためには、その人物がトラウマと向き合いる手助けをしなければならない。

これはわれわれ全員にあてはまることだ。記憶の鏡に映し出される自分自身の姿を見つめることができなければ、過去の出来事を悲しみ、前に進んで行くことはできない。これは矛盾のように見えるが、痛みを無視すればするほど、われわれはその痛みに支配されることになるのだ。

この症例研究におけるシエサルは、人生の分岐点に差しかかったときに、両方の道を選んだ人物として記述されている。一方は連続殺人犯への道であり、もう一方は一般人への道だ。殺人犯の側は、自身の鏡像の存在を認識しているようだが、もう一方の側はそうとは言えない。なぜなら、それを知ってしまってはあたりまえの生活を送ることはできなくなるからだ。

ヨーナは残りのコーヒーを飲み終え、シンクでカップを洗う。そのとき、アニータがキッチンに戻ってくる。

「そのままにしておいてください」と彼女は言う。

「すみません」

「父のおこなった虐待行為の記録を、読み終えたんですね」

「時代が違いますからね。ただ私が読む限り、お父さんが純粋にシエサルを救おうとしていたことはあきらかだと思います」

「そう言っていただけるとうれしいです……だって、ほとんどの人の目には、記憶の移植とか去勢、拘束、隔離しか映らないと思うので……」

ヨーナの携帯電話が鳴る。裏返して見ると、ヨハン・イエンソンがファイルを送信したところだった。

「すみません。確認する必要があるもので」ヨーナはそう告げ、腰を下ろす。

「どうぞ」アニータはうなずき、携帯電話に意識を集中する彼の姿を見つめる。

ヨーナは顔面蒼白になる。不意に立ち上がり、椅子を壁に激突させる。携帯電話を耳に押し当てながら、大股で廊下に出る。

「なにがあったんですか?」そのあとを追いながら、アニータが尋ねる。

ヨーナは、カーラ通り十一番の住所を繰り返し口にし、緊急事態だと告げる。これ以上ないほどの緊急事態だと。アニータは、その声に不安な響きを聞き取る。ヨーナは傘立てをひっくり返しながら家を飛び出ていき、玄関の扉を開け放したまま自分の車に向かって駆けて行く。

八八

パメラは、肘掛け椅子の上で丸くなっているロディーセンの前で膝をつく。撫でてやると、目を閉じたまま弱々しく尾を振る。

「助けてくれてありがとうね」

そうして立ち上がったパメラは、浴室に向かう。スカートとブラウスをクローゼットに掛け、戸を閉める。

家の中は静まりかえり、空気も動かない。汗の粒がいくつか背中を伝い下り、パメラは身震いする。

シエサルは、マルティンのあとを尾けてエリック・マリア・バルクの家まで行ったのかもしれない。パメラはそう考え、そのせいでマルティンとミアは痛めつけられることになるのではないかとおそれる。ミアの汚れた顔と、その喉元に押し当てられたギザギザの刃が瞼の裏に焼きついて離れない。

パメラは浴室に行き、脱いだ下着を洗濯籠に入れると、シャワー室に入る。熱い湯が頭と肩、そして首に当たる。

水音に混ざり、寝室で鳴っている携帯電話の音が聞こえてくる。デニスとの電話は済ませたところだった。警察の証人保護プログラムを受けることにしたことを伝えると、少し残念そうに応えたが、留守のあいだはロディーセンを預かると約束してくれた。そのために、一時間後に来てくれることになっている。

デニスはいつでも支えになってくれた、とパメラは考える。

アリスは十三歳のころ、少し難しい時期があった。毎日、泣きながらパメラとマルティンに向かって怒鳴り散らしたものだった。二人とともに食事することを拒み、部屋に鍵をかけて閉じこもった。音楽を大音量で流し、食器棚の器がカタカタと揺れるほどだった。

そのときデニスは、自身の心理療法を試してみては、と申し出てくれた。無料でいいから、と。残念ながら、それは実現しなかった。

パメラがその話を持ち出すとアリスは怒り狂い、パメラの悪意を責め立てた。

「わたしがいい子のふりをしてられないからって、精神科医に診てもらえって言うの?」

「子どもみたいなこと言わないで」

パメラは、怒っていたアリスの顔を思い出し、自分の愚かしさに気づく。ただ娘を抱きしめ、なにがあっても愛していること、この世でアリスほど大切な存在はいないことを伝えればよかっただけだったのに。

身体に石鹼を塗りながら、日に焼けた自分の足と、粗い石灰岩の床面を見下ろす。パメラの心は、プリムスへと戻っていく。

プリムスがぬっと姿を現した瞬間、パメラはおそろしさのあまりバッグを床に落としてしまった。ロディーセンがプリムスに嚙みつこうとしているあいだに自分はしゃがみ込み、散乱した中身を拾い集めるはめになったのだ。

そこでハッと気づく。あっというまの出来事で、バッグの中に鍵があることをたしかめていなかった。

帰宅したとき、玄関の扉は少し開いていた。

プリムスに鍵を取られていたら?

シャワー室の曇ったガラス越しに目を凝らす。だが廊下への扉は、灰色の輪郭線にしか見えない。

熱い湯がパメラの身体に降りそそぐ。

冷たい配水管が結露し、無数の小さな滴が着いている。

シャンプーが流れ込み、目を閉じる。そのあいだも、やかましい水音の向こうに物音がしないかと耳を澄ましている。

かすかな軋みを聞いた気がする。

パメラは手早く身体を流し、湯を止めると目をしばたたかせる。そして扉を見つめる。

肌の上を水滴が転がり落ちていく。

パメラは、扉をにらみつけたままタオルを手に取る。閉まってはいるが、鍵はかけていない。今すぐ施錠し、マルティンかデニス、あるいは証人保護プログラムの担当者が現れるまで、ここに隠れているべきだろう。

鏡の表面の曇りが薄れはじめる。

こわくて吐き気がする。

パメラは、浴室の扉から目を離さずに身体を拭く。

エレベーターの音が壁越しに聞こえる。

手を伸ばし、ドアハンドルを回す。そして扉を開けながら、一歩退く。

廊下は静かだ。

キッチンの窓から柔らかな光が射し込み、部屋の中で踊っている。

身体にタオルを巻き、一歩踏み出してから耳を澄ます。

奇妙なヒリヒリする感覚でいっぱいになりながら、廊下を進む。ちらりとバルコニーのほうを見やり、急いで寝室に入る。

サイドテーブルの上に携帯電話はない。それで、キッチンで充電していたことを思い出す。

パメラは、清潔な下着と白いジーンズ、そしてキャミソールを手早く取り出す。

視線を扉に向けたまま下着を穿く。

キッチンで再び電話が鳴る。

保護プログラムの担当者に電話をかけるのは、服を着てからだと決める。

クローゼットの中で聞き慣れない音がして、パメラは凍りつく。まるで積み上げていた靴箱が崩れたようにも聞こえた。クローゼットの折戸をじっと見つめる。隙間に覗く暗闇に動きはないが、しばらくそこから目を離せない。

おそらくは、壁の向こうにいる隣人だろう。

タオルをベッドのフットボードに掛けると、ぎこちない動きで服を身に着けていく。

家の中にはほかにだれもいない。それはたしかだ。だが、空っぽの部屋とそこに置いてある家具が、パメラの中に拭いがたい恐怖をかきたてる。これなら、外の歩道のほうがよほど安心できる。あたたかい空気の中、他人に囲まれているほうが。

廊下に視線を向けたまま、ジーンズのボタンを留める。ふと、キッチンにあるウォッカのボトルのことを考える。

小さなグラスで一杯ならかまわないだろう。ピリついた気分を少しだけやわらげてから、電話をかければいい。

ひと口だけでも充分かも。喉と胃にあたたかさを感じさえすれば。

キャミソールに首をとおすほんの数秒のあいだ、視界から廊下が消える。

背後でカチリと音がして、パメラの心臓は止まりそうになる。クローゼットの戸が、かすかに開いていた。

服のかかっているポールの上には、古い換気ダクトが通っている。それがシュウシュウと大きな音をたてている。

濡れたタオルを浴室に掛けてこようかと考えていると、鍵を回す音が聞こえてくる。

パメラはゆっくりと前に進みながら、電話を取りにキッチンまで走る時間はあるだろうかと迷う。

カチリという音が聞こえて、扉が開く。

空気の流れが不意に発生し、パメラの背後でクローゼットの戸がバタンと閉じる。

部屋を見渡し、武器になるものを探す。

だれかが廊下をゆっくりと歩いている。

リビングの戸口で、床板が軋む。パメラはもう一歩足を踏み出し、扉の脇で立ち止まる。

キッチンのカーテンに濾過《ろか》された光が、廊下の壁を照らしているのが見える。もしかすると、全力で突進すれば玄関の扉までたどり着けるかもしれない。施錠されていたら意味がなくなるが。

なにかの影が、廊下の壁を横切る。

だれかがすばやくキッチンを移動して廊下に出ると、寝室に向かっていく。

パメラは思わず後ずさりし、スーツケースを壁に打ち当ててしまう。すばやく向きを変えてベッドの向こうに移動しようとした瞬間、マルティンが部屋に入ってくる。

「もう！　びっくりしたじゃないの！」とパメラは叫ぶ。

「警察に通報して」マルティンは不安そうに口元を擦りながらそう言う。

息を切らしていて、顔色も悪い。

「どうしたの？」

「シエサルにあとを尾けられてるみたい……もう一度催眠術を受けたんだ」そう話すマルティンは、あきらかに怯えている。「あいつは遊び場にいた。僕はシエサルを見たんだ。うまく言えないけど……」

無数の汗の滴が頬を伝い、その目はいつになく大きく見開かれている。

「なにがあったのか説明してちょうだい」とパメラは懇願する。

「シエサルは復讐しようとしてる……玄関を見てこなくちゃ。警察に電話をかけて」

「尾けられてたのはたしかなの？　それって――」

「エレベーターが止まった」とマルティンが遮る。全身が震えていた。「ほら、あいつが来た。すぐ外にいる……どうしよう……」

パメラはマルティンのあとに続いて廊下に出るが、すぐにキッチンに入り、充電器から携帯電話を抜く。そして、玄関にゆっくりと近づいていくマルティンを見守る。

彼は手を伸ばし、ドアハンドルを回す。

鍵はかかっていない。

扉が開き、その向こうにある暗い階段室が目に飛び込む。パメラの背筋を震えが走った。

マルティンの目の前には、エレベーターの錬鉄製の戸があり、彼はそれをまっすぐに見つめている。そして一瞬躊躇したあと足を踏み出し、玄関の扉を閉める。

パメラは携帯電話の画面を見るが、すぐに扉が開いてマルティンが戻って来る。片手には厚手のダッフルバッグがある。彼は扉に施錠すると、鍵をフックに掛けてからキッチンにやって来る。顔には見なれない表情が浮かんでいた。

「マルティン、なに？ そのバッグはどうしたの？」

「マルティンは死ぬ」と応える声は暗い。そして、見知らぬ人間を目の前にしている
かのように、パメラを凝視する。

「どうしてそんなこと言う――」

「黙れ」と声を張り上げながら、バッグの中身を床にあける。

重い工具類が音をたてて床に散乱する。ノコギリとペンチが何本か、そして鉈と汚れた袋がバッグの中から出てきた。

「電話をカウンターに置け」視線を向けずにそう言う。

マルティンは、べたつくプラスティック瓶をファスナー付きの袋から引き出し、蓋
に巻き付けてあるテープを剝がす。パメラは、その奇妙な表情の意味を読み取ろうと
する。眉毛はおかしなかたちに歪み、動作はぎくしゃくとしている。

「なにをしてるのか、教えてくれる？」パメラはそう尋ねながら、ごくりと唾を呑む。

「いいとも」ペーパータオルを引き出しながらそう応える。「われわれの名はシエサ
ル。ここには殺しに来た。おまえと――」

「やめて！」とパメラは叫ぶ。

マルティンは妄想性障害の発作かなにかに襲われているのだ、とパメラは考える。

薬を飲むのをやめていて、しかもわたしが裏切ったことを知っているのだ、と。

彼は瓶の蓋を開け、中身をペーパータオルに含ませてからパメラのほうに歩いてくる。

混乱したパメラは後ずさり、テーブルに突き当たる。その勢いでテーブルは暖房用放熱器《ラジエーター》に衝突し、フルーツボウルに残っていた数粒の葡萄《ぶどう》が飛び出る。

マルティンがさらに近づく。

その目には見たことのない表情があり、パメラは本能的に、ほんものの脅威にさらされていることを理解する。

手探りで背後にあった重いフルーツボウルをつかむと、それを振り下ろす。頬に打撃を受けたマルティンは横ざまにたたらを踏み、壁に片手をつくと、頭を下げたまま気持ちを鎮める。

パメラは、リビングを駆け抜けて廊下に出ようとするが、そこで足音が聞こえ、マルティンに先を越されたことを悟る。

パメラは背後のバルコニーを見やる。

手摺りに巻き付けてある古いクリスマス飾りの明かりが、陽光を浴びて輝いていた。

リビングに現れたマルティンの片手には、黒い鉈がある。

そしてこめかみからは血が流れていた。顔がひどくこわばり、歪んでいる。アリスが溺れたと伝えられたときの顔とおなじだ。

「マルティン」パメラは震える声で話しかける。「自分のことをシエサルだと思い込んでいるのね、でも……」

マルティンは言葉を発しない。ただパメラに向かって動きはじめる。彼女はキッチンに駆け戻ると扉を閉め、さっと廊下を見やる。

その瞬間、パメラは理解する。マルティンとシエサルは同一人物なのだ。

信じられない気持ちはあったが、それが真実だ。何千もの小さなピースが、ようやく収まるところに収まったという感覚があった。

家の中は静まりかえっている。

踵を返し、閉じたままのリビングの扉を見つめる。下の隙間の明かりが動いたような気がして、パメラは可能なかぎり足を忍ばせて廊下へと向かう。

恐慌状態の自分の呼吸がやかましく感じられ、そのせいで居場所がばれるのではないかと怯える。

玄関の扉までたどり着ければ、フックから鍵を外し、扉を解錠し、忍び出ることができるはずだ。

足元で床が軋る。

慎重に歩を進めていると、突如マルティンの目が視界に飛び込む。巨大な鏡に映っているのだ。

微動だにせずその場に立ち尽くし、鉈を手にパメラを待ち構えている。

彼女は音をたてないように引き返し、携帯電話を取り上げ、震える手でロックを解除する。

マルティンが鏡を叩き割り、すさまじい音が響きわたる。無数の破片が床を打ち、あたり一面に散乱する。

バルコニーまでたどり着きさえすれば、柱伝いに階下の家まで降りて、警察に通報できるかもしれない。

パメラはリビングの扉のドアハンドルに手をかけて開き、隙間から覗き込む。

急激な動きが目に入り、マルティンのこわばった顔が見えた瞬間、鉈の刃の平らな面が彼女の頬を直撃する。

なにかが折れる音がして、頭がドア枠を強打する。

そしてすべては闇に呑み込まれる。

意識が戻ると、パメラはキッチンの床に横たわっている。頭上で揺れる錬鉄のシャンデリア。

カチカチという機械音に気づく。壁にネジで固定されたウィンチのたてる音だ。

「マルティン」パメラは喘ぎながら言う。

長い鋼鉄のワイヤーが床を擦りながらシャンデリアへと上がり、天井のフックを通って、マルティンの回しているウィンチへと下りていく。

喉にかけられた輪が絞まり、部屋の中央へと引きずられたところで、ようやく目にしている光景の意味を理解する。

身体を回転させてうつむくと、ワイヤーを追いかけるようにして這うが、首から外せないうちに伸びきってしまう。

シャンデリアの蠟燭が一本、床に落ちて二つに折れる。

マルティンはハンドルを回す手を止め、パメラのほうをふり返る。

食卓とすべての椅子を、リビングに移動させてあった。

パメラはどうにか首と輪のあいだに指を二本差し込み、わずかに緩める。そして、おそろしさに泣きはじめながら、マルティンと目を合わせようとする。

「マルティン、わたしのことを愛してるんでしょう……こんなことほんとはしたくないんだってわかってる」

マルティンはハンドルをさらに半回転させる。するとパメラは、指を抜いてつま先立ちにならなければ呼吸できなくなる。

右手を伸ばして頭上のワイヤーを握りしめ、身体のバランスを保つ。

もう話すことはできない。

絞めつけられている喉から空気を吸い込むだけで精一杯だ。

頭の中をさまざまな考えが駆け巡るが、こんなことになっている理由がわからない。

身体を支えているふくらはぎの筋肉が、すでに震えはじめている。

あとどれくらいつま先立ちでいられるかわからない。

「お願い」どうにかしゃがれ声を出す。

マルティンがハンドルを回し、ワイヤーが首を絞める。皮膚に食い込み、脊椎がポキッと音をたてる。首だけで宙に浮いているという不自然な感覚を認識したとたんに、気道が塞がる。

外では、少なくとも四台分の緊急車両のサイレンが鳴り響いている。

これ以上は両手で身体を支えていられない。

シャンデリアが震え、落下した蠟燭が床で砕ける。

耳の中にすさまじい風が吹き込んでいるようだ。

狭まっていく視界の中に、廊下に駆け出すマルティンの姿が見える。扉が開き、その向こうへと消え去る。

雨の白い線が車のウィンドウに打ち付けられ、アリスはチャイルドシートで眠り込んでいる。そしてパメラは、その小さな指から手を離せない。

警察官たちが突入してきたとき、パメラの意識は半ば失われていた。彼らは身体を床に下ろそうとするが、ウィンチはロックされている。

警察官の一人がカウンターの上にあった鉈を手に取り、ワイヤーを壁に押さえつけると、どうにかそれを切断する。

パメラは床に崩れ落ちる。切れたワイヤーはシャンデリアの脇をすべり抜け、彼女の傍らに落下してくる。

警察官たちは首の輪を緩め、それを外す。パメラは身体を回転させて脇腹を下にすると、喉をつかみながら咳き込み、血の混ざった唾液を床に吐き出す。

八九

エンシェーピンを過ぎたヨーナは、時速百九十キロを保つ。

クラクションを鳴らし、警告を発しながら次々と車を追い抜いていく。

パメラはまだ電話に出ない。新たな情報も届かない以上、警察官たちが間に合ったことを祈るほかない。

灰色の集合住宅と送電線が窓外を飛ぶように過ぎていく。

ストックホルムに着くのは、二十分後だ。

ヨハン・イェンソンからのメッセージを受け取ったとき、ヨーナはアニータの家のキッチンにいた。食卓の椅子に腰かけ、画面に手をかざして明かりを遮りながら、送られてきた監視カメラ映像を再生した。

明るい色のズボンを穿き、白いシャツを着た男性が、無人のプラットフォームに一人で立っていた。肩越しに背後を見やった瞬間、その顔が映し出される。

マルティンだった。

ヨハン・イェンソンは、殺人未遂の現場を捉えた映像を見つけ出したのだ。

映像の中で、マルティンはゆっくりとホームの端まで移動すると、地下トンネルの中を覗き込み、それからまっすぐに前を見つめた。

線路が光った。

接近する列車のライトが、暗闇の奥深くに見えはじめた。

すべてが振動しているようだ。

マルティンは静止したまま立ち尽くしている。それから両腕を伸ばすと、磔にされたキリストを思わせる姿勢になる。

明かりがその顔を舐める。

身体がかすかに揺れるが、両腕は伸ばしたままだ。

不意に、マルティンは線路に飛び降りた。両手をつきながら着地し、よろめく足で立ち上がると、混乱した表情であたりを見回す。

列車のヘッドライトが、マルティンの周囲を揺れながら照らした。恐慌状態のマルティンは、高い位置にあるプラットフォームによじ登ろうとするが滑り、うまくいかない。列車が轟音とともに駅に入ってくる一瞬前に、かろうじて身体を安全圏に引き上げた。

アニータの家をあとにしたヨーナは本部の通信指令室に連絡を入れ、自分の車に駆け寄った。

セーテルからの帰路、同僚たちとは密な連絡を取り続けた。今ごろ、警察官たちがパメラの自宅に到着していることはわかっている。今この瞬間にも、最新情報が届くだろう。

ヨーナは真実をつかんでいた。

マルティンとシエサルは同一人物なのだ。

それが謎の答えだ。

ヨーナは考えを整理する。頭の中で、再び《鏡の男》に目を通していく。そして、シエサルの悪夢に関する記述に行き当たる。狭苦しい檻に閉じ込められるという内容のものだ。

どこかに、ミンクとの突拍子もないつながりがあるはずだ。だがこれまでのところ、マルティンやシエサルの名とかかわりのある、ミンク飼育場や毛皮業者、あるいは土地は見つかっていない。国家警察内に設けられた特捜班は、捜査の網をデンマーク、ノルウェー、フィンランドまで拡大している。

ストックホルム方面への分岐点が近づき、ヨーナはわずかに速度を下げる。バス専用車線に入り、残りの車線を横切るかたちで欧州自動車道四号線に乗る。

ハーガ公園の木々が揺れている。その梢の上低くに、夕陽が懸かっていた。

空港のシャトルバスを抜かし、加速しながらその前に出る。そして再びパメラに電話をかける。すると、今回は二回鳴ったところで応答がある。

「パメラです」としわがれた声が聞こえる。

「家ですか?」

「救急車を待ってるところ。家中警察官だらけ」

「なにがあったんです?」

「マルティンが現れて、襲われたんです——わたしの首を吊ろうとして……」

「彼は拘束されていますか?」

パメラは咳き込む。呼吸をするだけで精一杯のようだ。

「マルティンは拘束されていますか?」とヨーナは繰り返す。「逮捕されましたか?」

「逃げてしまった」声を詰まらせながら、パメラはそう答える。

「すでにお気づきかどうかわかりませんが、彼はシエサルとしてある種の二重生活を送っているんです」とヨーナが言う。

「信じられない。こんなことあり得ない……マルティンがわたしを殺そうとするなんて。わたしの首を吊って……」

パメラは言葉を止め、再び咳き込む。

「病院に行ってください――重傷を負っている可能性があります」とヨーナが言う。

「大丈夫。ぎりぎりで下ろしてもらったから」

「最後にもう一つだけ」ヨーナはそう言いながら、ストックホルム北方面への出口に乗る。「マルティンのいそうな場所はわかりますか？　ミアを監禁していそうなところです」

「まったくわからない。意味がぜんぜんわからないの」そう言い、またしても咳をする。「でも、家族はヘーデモーラの出身よ。ときどきお墓参りに行ってる」

フィエル医師の自宅に現れたとき、シエサルは徒歩だったことに、ヨーナは気づく。二番目のトラウマを負った直後のことだ。

ヘーデモーラは、セーテルからわずか二十キロしか離れていない。

ヨーナは右方向に急ハンドルを切り、車線を横切ると、ガードレールがはじまる直前で高速道路を降りる。

草の生えた斜面を上る車体は大きく揺れ、サスペンションが悲鳴を上げる。グローブボックスの蓋が開き、拳銃が床に落ちる。

車体の背後に砂煙が舞い上がる。大きく跳ねながらフレスンダ方面への分岐に乗ると、砂利や小石が跳ねて車体に当たった。

「どうしたの?」パメラが訊く。

「マルティンかその家族は、ヘーデモーラにまだ土地を持っていますか?」

「いいえ……たぶん持ってないと思う。でもよく考えると、わたしはマルティンのことをほとんど知らない」

一台のトラックが、左方向にある橋の上を接近してくる。

ヨーナは斜面で加速し、前方の信号が赤に変わるのを見る。そして、ぎりぎりのところでトラックの前に入り込み、音をたてて急ブレーキをかける。

右側のフェンダーがガードレールを擦る。

トラックが盛大にクラクションを鳴らす。

ヨーナは橋の上でアクセルを踏み込み、そのまま下りのカーブに突進する。前方に馬運車《ばうんしゃ》が迫る。片輪を黄色い草むらに乗り上げながら、路肩を走り抜けてそれを追い越す。車線に戻ると、再び北を目指す。

電話の向こうで徐々に弱まっていく救急車のサイレンが、ヨーナの耳に届く。

「ミンクの飼育場についてなにか話していたことはありませんか?」

「ミンクの飼育場？　マルティンはミンクの飼育場をヘーデモーラに持ってるの？」

彼女に容態を尋ねる声が聞こえてくる。息が苦しいかどうかをたしかめ、電話を切るように指示する。そこで通話は途切れた。

九〇

青い明かりが、暗い色のレンガ壁と、カーラ通りの反対側にあるレストランの窓ガラスの上で明滅しながら踊っている。

「しなきゃいけないことがあるの」パメラは、救急隊員に向かって言葉を詰まらせながらそう言い、駐車場を目指す。

通りは緊急車両で埋めつくされている。警察官たちはそれぞれ無線機に向かって話し、規制線のそばに集まった野次馬は、携帯電話を目の前に掲げて録画している。

「パメラ！　パメラ！」

ふり返ったとたん、首に激痛が走り思わず顔をしかめる。デニスは、規制線の内側に入ることを許され、歩道の上をこちらに駆けてくる。

「なにがあったんだい？」デニスは、息を切らしながらそう言う。「電話したら……」

「マルティンなの」パメラは咳き込みながら言う。「マルティンがシエサルなの……」

「どういう意味？」

「あの人に殺されそうになったの」

「マルティンに？」

デニスは、パメラの首に刻まれた深いワイヤーの傷を見て息を呑む。彼の顔には激しい混乱と絶望の表情が浮かび、顎が震え、目には涙が湧き上がる。

「あなたの車はどこ？」パメラは尋ねる。

「話があるんだ」

「今はやめて」そう言い放ち、歩きはじめる。「喉も首も馬鹿みたいに痛いし、とにかく行かな——」

「いいから聞いてくれ」デニスはパメラの両腕をつかみ、言葉を遮る。「どう言ったら良いのかわからないけど、アリスは生きてるみたいなんだ。シエサルの囚人の一人なんだと思う」

「どういうこと？」パメラはぴたりと静止し、尋ねる。「うちのアリスのことを言ってるの？」

「あの子は生きてる」そう話すデニスの頬を、涙が流れる。

「でも……どういう意味で」

「警察は新しい被害者を見つけたんだ。その子が、手紙を携《たずさ》えていた」

「え？　アリスからの？」

「いいや、でもアリスの名前が出てくるんだ。あの子は囚人の一人だって」

パメラの顔からは色が失われ、身体がグラグラと不安定に揺れはじめる。

「ほんとうなの？」と囁く。

「手紙のことはほんとうだ。アリスの名前が出てくることもほんとうだよ」

「なんてこと……神様……」

デニスは、両腕を彼女の身体に回す。そうして慰めようとするが、全身が震えるほど激しくむせび泣くパメラは、まともに息もできない状態になっている。

「いっしょに病院に行こう。それから――」

「いや！」そう叫び、再び咳をする。

「僕はただ――」

「ごめんなさい。わかってる、わかってるの……いろんなことが起こりすぎてて……車を貸してちょうだい。わたし……」

「パメラ、きみは怪我をしてるんだよ」

「そんなことどうでもいい」頰の涙を拭いながら、パメラは応える。「とにかく、手紙にはなんて書かれてたの？　アリスの居場所については？　教えてちょうだい」

三十分前のことだった、とデニスは説明をはじめる。電話を受けて、ある若い男性の心理的な支援を依頼された。その男性は、シエサルの被害者の身元確認を済ませたところだった。彼の姉とおぼしき人物の遺体が、高速道路脇で発見されたのだ。シャーヤ・アブレラという名の医師が、二人を花の香りの充満する狭い部屋へと案内した。

損壊の激しい遺体は、シートで覆われていた。だが弟は、少女の手と、服などを収めた証拠品袋の検分を許された。

生地に付着した茶色の血痕を見た彼は、悲鳴を上げた。一つの袋を引き裂き、ズボンの裾を引っぱり出すと、それを裏返しにした。

「姉です」右足の裾の内側を指さしながら、彼はそう言った。そこに隠しポケットがあることを知っていたのだ。

ポケットの中には現金がいくらかと、小さな紙切れが入っていた。デニスは、それを取り出す若い男性の肩に腕を回した。

わたしの名前はアマンダ・ヴィリアムソン。わたしはシエサルという名の男と、その母親によって監禁されています。

囚人は何人もいて、七つの小さな建物の中で暮らしています。人間用に作られたものではありません。会話を禁じられているので、お互いのことはよく知りません。

でもおなじ檻に閉じ込められているのは、セネガル出身のヤシーヌです。ウメオ出身のサンドラ・レンはおなじ建物の中の別の檻にいる。そこには、アリス・ノルドストレームという名前の病気の子がいっしょに入っています。

あなたがこれを読んでいるということは、わたしは死んでいるはずです。でも、この手紙を警察に見せてください。わたしたちを見つけてもらわなくては。

ヴィンセントとママに、愛してると伝えてください。家出したりしてごめんなさい。毎日ストレスだらけで悲しかっただけなの。

九一

もうあまり体力は残っていない。だがアリスは、檻を掃除するという仕事を確実に任されるようにした。そしてバケツに新鮮な水を入れて中庭を横切るときには、必ずミアが覚醒したかどうかをたしかめる。

前回通ったときには目を開けなかったものの、今は砂利を踏む足音に反応していることがわかった。

ミアは、ジーンズと汚れたブラジャーだけの姿で地面に横たわり、バスタブの脚に縛りつけられている。

お婆は、杖で彼女の手を刺した。目が見えなくなったミアは恐怖に泣き出したが、すぐに意識を失った。

たいていの場合、視覚は覚醒したときには戻っている。

結束バンドを切れるほど鋭いものは、まだ手に入っていない。ただし、排水溝を見ろというミアの言葉は忘れていない。まだ排水溝の格子を上げてみる隙がないのだ。お婆はせわしなくトレーラーを掃除しながら、アリスから目を離さないようにしている。

ミアは、シエサルが戻って来る前に目を覚ます必要がある。なぜなら、そのときにまだおなじところに横たわったままでいたら、寝ているあいだに殺されるのはほぼ確実だからだ。もしくは、両腕を横に伸ばした姿勢で立たせ、やがて力尽きるころ、首に輪をかけるかだ。

アリスは、二棟目の小屋の外にバケツを並べる。天秤棒を外し、それを壁に立てかける。彼女は咳き込み、地面に唾を吐く。空気はまだあたたかい。だが身体はじっとりと冷たく感じる。またしても発熱しかけているのだ。

お婆は、掃除機を持って中庭を移動している。首にかかったミンクの頭蓋骨が、ホースに当たる。

アリスは気持ちを鎮め、残された体力をかき集める。そして、暗闇の中に足を踏み出すと、右手の檻に向かう。

「サンドラ、隅に移動して」そう言うと、手を口に当てて咳き込む。「水が行くよ」

アリスは、石鹸水を檻の床に撒く。サンドラは、ワンピースを膝の上までまくり、檻の天井を頭でほんの少し押し上げる。サンドラの裸足の周囲を流れた水は背後の壁に当たり、コンクリートの床を黒ずんだ色に変える。

サンドラはアリスからデッキブラシを受け取り、檻の隅にある乾いた排泄物を擦る。

「首はどう？」とアリスが尋ねる。

「よくならない」

「枕になりそうなものがないか見とく」

「ありがとう」

濁った水が排水溝に流れ込んでいく。髪の毛やそのほかの細かいゴミ屑が、フィルターに引っかかる。

「じゃあ、洗い流そうか」とアリスが言う。

そして二つ目のバケツの水を床に撒く。サンドラは、食事の受け渡しに使うハッチからデッキブラシを返す。

「また熱が出てるの？」アリスの顔色に気づいたサンドラが尋ねる。

「もうあんまり長くはもたないと思う」アリスは静かに応える。

「そんなこと言わないで――すぐ良くなるよ」

アリスはその目をじっと見つめる。

「忘れないでね。ここを出たらわたしのおかあさんを探すって約束したんだから」

「うん」サンドラは真剣に応える。

アリスは空のバケツを外に出し、扉を閉める。咳き込み、血の混じるねっとりとした痰《たん》を地面に吐き出す。

ブレンダは七号棟の裏にいる。キムの四肢を切断し、焼却しているのだ。炭化した肉の甘い香りには、ゾッとさせられる。煙は中庭全体に広がり、霞の向こうで輝く夕陽が銀貨のように見える。

アリスは天秤棒を片手に、六号棟へと移動する。ミアがかすかに頭を上げ、目を細めてこちらを見る。

中庭にお婆の姿はない。トレーラーの中にいるのかもしれない。

最初のバケツに水を入れはじめながら、排水溝の錆びついた格子を両手でつかみ、それを引き上げる。そして穴の脇に置く。

お婆が、荷台の背後の霞の中から姿を現す。片手には塩素の容器がある。

二つ目のバケツを充たしはじめたときに、お婆がトレーラーに乗り込むのが見えた。

アリスは、排水溝を流れるひんやりとした水の上にかがみ込む。そして完全にうつ伏せになると、腕全体を穴の中に突っ込む。

指先の感覚で、配水管が鋭角に下っていることを知る。ゆっくりと、傾斜しているパイプの両側面を探っていく。濡れた生地のようなものに触れたあと、固いものが指に当たる。

アリスは金属片を取り出し、バケツの中に入れる。そして、排水溝の格子を元に戻してから立ち上がり、トレーラーのほうをちらりと見やる。

お婆はまだ中にいる。

バケツの底には、研ぎ上げられてナイフとなった金属の欠片がある。柄の部分に巻き付けられている布はゆるみ、ほとんど完全にはずれている。アリスはしゃがみ、天秤棒にバケツを掛ける。それから足を伸ばし、バスタブへと向かう。

ミアが頭を上げ、充血した目を細めてアリスを見上げる。

「話しかけてるときは横になってて」アリスはそう指示しながら、トレーラーのほうをもう一度見やる。「起き上がって走れる?」

「たぶん」ミアは囁く。

アリスはバケツを置き、こみ上げる咳を抑え込む。

「たぶんじゃだめ……脱走に気づいたら、お婆はすぐに犬をけしかけるから」

「あと十分ちょうだい」

「檻の掃除はほとんど終わってしまったの。それに、これが最後のチャンスかもしれない」とアリスが応える。

「五分……」

「ここに残ってたら死ぬのよ——わかってるでしょう？ 言うとおりにして。これからナイフを渡す。逃げ出すときに、バスタブの下に隠しておいて……道路から離れないこと。車が来たら側溝に隠れること。森の中に入ったらだめ。そこら中に罠があるから」

「ありがとう」とミアが言う。

「わたしの名前、おぼえてる？」

「アリス」ミアはそう言いながら、唇を湿らせようとする。

アリスはバケツの中からすばやくナイフを取り出し、ミアの自由なほうの手に握らせる。それから立ち上がると、一号棟に向かって歩きはじめる。

ミアが脱走したと知ったら、シエサルは全員を殺すだろう。ヤンヌ・リンドが逃げてから、シエサルの暴力は手に負えないほどひどくなった。飼育場の人間を皆殺しにするための理由が発生するのを、待ち構えているようにすら感じられるのだ。

天秤棒からバケツを外したあと、アリスは小屋の扉を開けながらふり返り、中庭を見渡す。ぼんやりとした霞の中、ミアがふらつく足で立ち上がるのが見えた。ナイフを落とし、バスタブの縁に手を置いて身体を安定させてから、歩きはじめる。

アリスはバケツを小屋の中に運び込み、そこにある二つの檻を開ける。

「さあ行って」と彼女は言う。「道路を進むの。森に入ったらだめ」

「なに言ってるの？」ロサンナが訊く。

「シエサルは残ってる人たちを全員殺す」

「わけがわからない」とサンドラが言う。

「ミアが脱出したの。わたしはこれからほかの檻も開ける。急いで……」

バスタブのところにあるナイフを拾ってお婆を殺さなければ、とアリスは考える。それからほかの子たちを檻から解放して、自分は屋敷の中にあるベッドに寝転がるのだ。

アリスは扉に視線を走らせる。隙間に見える夕暮れの光が震えている。そして、背後の檻の中にいる女性たちの声を聞く。

扉の蝶番が、軋みをたてながらゆっくりと回転する。

アリスは疲れた目を閉じ、やかましい地下鉄駅構内で、だれかのヘッドフォンから漏れる音楽が聞こえてくるという情景を思い描く。

昂奮した声がかすかに聞こえ、どこかで犬が吠えている。

目を開けたアリスは、外の明かりが赤く染まっていることに気づく。

それで、自分は熱譫妄《せんもう》に陥っていて、これから気絶するかもしれないのだと理解する。
影がさっと通り過ぎる。
アリスはつまずくが、肩が檻に当たり、どうにか転ばずに済む。
暗い部屋の中が回転しているようだ。
四人のうち二人の女性たちが、檻の外に出ている。
急いで、とアリスは考えながら、扉に向かって進みはじめる。
身体はふわふわと漂うようだが、足元の砂利はすさまじい音をたてて砕ける。
自分の手が持ち上がるのを目にする。まるで糸に引かれたようだ。指先が扉に届き、
アリスはそれを押す。
隙間にお婆の姿が見えるが、手を止められない。
扉が開く。
背後の女性たちが恐怖の叫びを上げる。
外にいるお婆は、杖にもたれかかりながら、片方の手で斧を握りしめている。
遺体焼却炉から流れてくる煙に全身を包まれたミアが、中庭の中央に立っている。
両腕を伸ばし、キリストのような姿で。

一時間後、エンジンをかけたまま近くに停まっているトレーラーの放つ光が、唯一の明かりとなっていた。ヘッドライトはまっすぐに森を照らし、荷台のテールライトは屋敷を赤く染めている。

アリスは両腕を大きく広げたまま、ミアの傍らでバランスを保とうとしている。一号棟の檻から逃げ出した二人の女性は、何歩か離れたところに立っている。ロサンナの太腿と膝には、犬に咬まれたひどい傷がある。猛烈な苦痛に苛まれているようだ。出血が激しく、すでに何度か倒れ込んでいる。

お婆は杖に針を仕込み、もう一方の手で斧を握っている。期待と怒りの混ざり合った目つきで、四人をにらみつける。

「これだけ甘やかしてやってるのに、おまえたちときたらそれでも逃げ出そうとするんだからね。でも、迷える羊は一頭残らず見つけ出してやる。わたしたちはあきらめないよ。おまえたちは貴重な存在だからね……」

アリスは咳き込み、唾を吐こうとする。だが力が足りず、顎から胸にかけて血がだらりと流れる。

「それが神の思し召しだ」お婆はアリスの前に立ち、そう言う。

アリスはぐらつき、腕をもう少し上げる。お婆は彼女の太腿の近くで斧をぶらつかせながら、もうしばらくのあいだ観察を続ける。そして、ロサンナのほうへと移動する。

「休みたいかい？」

「いいえ」ロサンナはそう言いながら、すすり泣く。

「人間なんだから、疲れるのはあたりまえだよ」

犬が二人の周囲を巡っている。お婆は首をかしげ、歪んだ笑みを見せる。

アリスは、たった一度だけ母屋の主寝室に行ったときの風景を蘇らせる。ダブルベッドの傍らには、折りたたみ式のベッドがあった。そしてその上いっぱいに、小さくて白い頭蓋骨が積み上げられていた。何千もの小さな動物の頭蓋骨だ。

だがその上には、人間の子どもの頭蓋骨も二つ載っていた。

煙は、今もなお七号棟のまわりで渦巻いている。闇の中で大波のようにうねり、それがまるで柔らかい頭蓋のようなかたちになる。

アリスはハッとわれに返る。両手が熱くなっている。慌てて腕を持ち上げる。

お婆には気づかれていない。

アリスの心臓は激しく鼓動を打ち、冷たいアドレナリンを全身に行きわたらせる。

熱譫妄を止める方法を見つけなければ。

ロサンナの傷ついた足ががくりと折れる。そして、両腕を上げたまま膝をつく。お婆は斧を振り上げ、彼女の肩に載せてから、その姿を少しのあいだじっと見つめる。

「立ち上がるところです。すぐです」ロサンナは懇願する。

「十字架はどこだい？　十字架が見えないよ」

「待って、わたしは――」

だが斧は彼女の額を捉え、頭をほとんど真っ二つにする。めまいをおぼえたアリスは、目を閉じる。そして彼女は地面を離れ、煙とともに梢を越えて漂い去る。

九二

意識の戻ったエリックは、書斎の床に横たわっていた。頭が割れるように痛む。背中は、陽光に温められた岩にでも触れているように感じる。

天井の明かりをじっと見上げながら、なにがあったのか思い出そうとする。

マルティンがやって来て、最後にもう一度だけ催眠術をかけてほしいと話したのだった。警察の用意している隠れ家に連れて行かれる前に、と。

エリックは、少しのあいだ目を閉じる。

深い催眠状態にあるとき、マルティンは不意に長椅子から起き上がった。目を大きく見開いたまま青銅の灰皿をつかみ、それで繰り返しエリックの頭を殴った。

机に衝突したエリックは、原稿の山を抱え込むかたちで床に倒れ込み、意識を失った。

今、家の中は静まりかえっている。夕陽がカーテンをとおして射し込んでいる。

携帯電話は机の上だ。

おそらく、まだ録音しているだろう。

ヨーナに電話をかけてから、浴室に行って傷の具合を見ようと考える。だが、身体を起こそうとすると、燃えるような感覚が右肩に起こる。

上半身が、床から一センチたりとも持ち上がらない。

苦痛に大きなうめき声を上げる。エリックは目を閉じ、横たわったまま静止する。少し間をおいてから目を開け、おそるおそる頭を持ち上げる。

レターオープナーとして使っているスペインの飛び出しナイフが肩を貫き、オーク材の床に突き刺さっている。

背中に感じていたあたたかさは、自分の身体から流れ出た血液だったのだ。

呼吸の速度を落とさなければならないことはわかっている。このまま完全にじっとしていれば、失血性ショックを少しでも遅らせられるかもしれない。

できるかぎり心を落ち着かせながら、起きた出来事を頭の中で再生していく。

エリックは催眠暗示として、死んだ弟たちの葬儀をおこなったのだった。もはや弟たちに影響力はないということを、マルティンに理解させる試みだった。

それが大きな誤りだったのだ。

弟たちは、マルティンの記憶を封印し、言葉を発しないようにしていただけではなかった。彼が、まったく別の人格になってしまうことを防いでいたのだ。

つまり催眠術の第二段階に入ったとき、うかつにも、何年間も閉ざされている扉を開けてしまったということだ。

天文台公園での記憶へと、エリックはマルティンをゆっくりと導いていった。

「あなたはこれから暗闇の中に足を踏み入れます」エリックはおだやかな声でそう告げた。「傘に降りそそぐ雨の音が聞こえてきます。あなたは遊び場に近づいているのです……三、二、一、ゼロ……」

「はい」とマルティンは囁いた。

「あなたは遊び小屋の前で立ち止まります」

「はい」

「時間が止まります。カメラのフラッシュが焚かれ、光がゆっくりと夜の中に広がっていきます。ジャングルジムまで届きますが、消えることはありません……これであなたはシエサルの顔を見ることができます」

「ガラスの層が何枚もあります。でもそこに、古いシルクハットをかぶった男の姿が映っています……」

「知っている人ですか？」

「果物ナイフを使って、ジャガイモに顔を彫っています……その男の濡れた唇が動いている。でも、実際に話してるのはジャガイモの顔だと思う……」

「なにを話しているのでしょう」エリックは尋ねた。

「僕はギデオン（旧約聖書に登場する古代イスラエルの軍事的英雄。）でありダヴィデ（旧・新約聖書に登場するイスラエル王国二代目の王。）、エサウ（旧約聖書の創世記に登場する人類初の双子の兄。）でありソロモン王（旧約聖書に登場する古代イスラエル王国第三代の王。ダヴィデの子。）だと……それはほんとうのことだと思うし、子どものころの僕の顔が見える……笑顔でうなずいてる」

「しかし、カメラのフラッシュで見えているのはなんですか？」

「ヤンヌです」

「遊び場にいるヤンヌ・リンドが見えるのですか？」

「ヤンヌの足がバタバタ動いてる。片方の靴が脱げて、身体が揺れはじめる……首の輪が絞まって、喉から血が流れて、胸にもかかって……手でワイヤーをつかもうとしてる……」

「写真を撮ってるのはだれですか？」

「母親が……子どもたちが遊ぶのを見守ってる……」

「遊び場には母親とヤンヌしかいないのですか？」

「いいえ」

「ほかにはだれが？」

「男が一人」

「どこに？」

「遊び小屋の中……窓から外を見てる」

エリックは鳥肌が立つのを感じた。マルティンは、ガラスに映った自分自身の姿を見ているのだ。

「男の名前は？」

「われわれの名はシエサル」と彼は静かに答えた。

エリックの鼓動は激しさと速度を増していった。間違いなく、自分が診てきた中でこれほどとてつもない事例はない。

「あなたの名前がシエサルなら、マルティンというのはだれですか？」

「鏡像」と彼は口の中で呟くように言った。

解離性同一性障害は、米国精神医学会による《精神障害の診断・統計マニュアル第四版テキスト改訂版》にも登場する。これは、精神科医によって最も広く使われている参考文献だ。それでも、多くの臨床医たちがこの診断名を避けたがる。

エリックは、多重人格の存在を信じていない。それでもあの瞬間、シエサルが自律した人格であることに疑いの余地はなかった。

「シエサル、あなたのことを教えてください」とエリックは話しかけた。

「父は族長だった……僕が子どものころ、運送会社とミンクの飼育場を経営していた。ミンクの毛皮をとおして、主は父に報いを与えられ、それによって父は裕福な人間となった……父は選ばれし者であり、十二人の息子（族長の一人であるヤコブは十二人の息子をもうけ、彼らがイスラエルの十二部族の祖となった。）を約束されました」

「十二人の息子？」

「母は、僕のあとに子どもを産むことができなかった……」

「しかし、弟さんが二人いたのですよね？」

「はい。それは……ある晩、父は、道端で見つけた女性といっしょに帰宅したんです。彼女をとおして、さらに息子をもうけるのだと僕に告げました。地下室に閉じ込められたばかりのころのシルパは、ひどく泣き叫びました。しかし、腹違いの弟、ヨクムが生まれると屋敷の中で暮らすようになって……ちびのマルティンが生まれたときには、僕の母に対して、寝室を明け渡すようにと要求したんです」

　彼は呼吸が止まったかのように口を開け、腹部を緊張させた。

「私の声だけに耳を傾けてください……あなたはおだやかに呼吸をしていて、身体からは力が抜けています」とエリックは言い、マルティンの肩に手を置く。「あなたのお母さんになにがあったのか、教えてください」

「母に？　母は父の怒りを浴びました……磔にされたキリストとおなじ姿勢で、中庭に十一時間立たされました……それから地下室に移されたんです」

「あなたも、お母さんといっしょに地下室にいたのですか？」

「僕は第一子です」そう話す声は、ほとんど聞き取れないほど低かった。「でもある晩、母が屋敷の中に忍び込んできて、僕を起こして……」

マルティンの口は言葉と文章を発し続けているかのように動き続けたが、エリックにはもう聞き取れなかった。マルティンは両手を強く組んだかと思えば力を抜き、顎が震えはじめた。

「聞こえません」とエリックは声をかけた。

「みんな死んでしまった」マルティンは囁いた。

「お母さんがあなたを起こしにきた瞬間まで戻りましょう」

「ついてくるようにと言われました。トレーラーのエンジンをかけて、母が戻ってくるまで中で待っているようにと」

「そのときあなたはいくつでしたか？」

「七歳半……そのころまでには、中庭で運転の練習をするようになってたんです……立ち上がらないと、ペダルに足が届かなかったけど。母は遊びだと言った。僕が遊んでるあいだ見ててくれるからって……それなのに、母が屋敷に梯子《はしご》を立てかけるのが見えた。僕に手を振ってからホースを持って登っていくと、寝室についている換気窓の隙間にそれを押し込んだ」

「中にはだれがいたのですか？」背中が汗で冷たくなっていることを意識しながら、エリックは尋ねる。

「みんな……父、シルパ、それから弟たち」気だるげな笑みを浮かべながら、そう答える。「母は僕をテレビの前に座らせてから、死体を引きずり出していった……そしてそれが済むと戻ってきて、ぜんぶうまくいくからと説明しました」

「うまくいく、というのはどういう意味で？」

「十二人の息子を持つのは父ではなく、僕だったからです……それから僕は、テレビに反射した自分の顔を見つめました。そこにはシルクハットの男がいて、僕はしあわせなんだとわかりました」

殺人と罪の意識を別の人間に転嫁しようと、マルティンのほうがシエサルを生み出したのだろうとエリックは考えていた。しかしその瞬間に、シエサルのほうがマルティンを自分の中に生み出したのだと理解した。

「あなたはたった七歳半だった——十二人の息子をもうけるのだとお母さんに言われたとき、どう思いましたか？」

「母は、ミンクの内側を撮った写真を見せてくれました。それが僕の印だと話した。

そこに浮かび上がっているのは、堅信礼《けんしんれい》のガウンを着た僕の姿だと話しました……両腕を伸ばして、先の尖ったフードをかぶって」

「意味がよくわかりません」

「それは僕だった」と彼は囁く。「神は息子たちのために楽園をお作りになった……そして母親たちは、子どもたちが遊ぶのを見守らなければならない」

エリックは、マルティンの催眠レベルを深く保ちつつ、慎重に過去の中を導いていった。

シエサルは、キリスト教徒として厳格にしつけられた幼年時代、そして飼育場での仕事と教育について話した。たとえば餌――それは肉と魚を混ぜ合わせて作られていた――の加工工場からの配達について触れたときのように、ほとんど聞き取れない箇所もあった。

「年寄りの運転手が引退したら、若い女性があとを引き継いだ。マリアという名前だった。僕は距離を保つように注意していたけれど、母に見られてしまった。僕があの子を見つめていることを……するとある日、母がマリアを家に招き入れた。コーヒーとジンジャーブレッドをごちそうしたいと。マリアはソファで眠り込んでしまい、母は服を剝がした。そして、彼女は僕の息子を産んでくれるのだと言いました……僕たちは、マリアを地下室に閉じ込めて、彼女が血を流していないときには毎晩いっしょに寝た……翌年の夏までに、マリアに小さな膨らみができたので、屋敷の中に運び入れた」

ほほえみは消え、開いた口から唾液が垂れ、顎から滴りはじめた。そのあとに起きたことを説明する彼の呂律は回らなくなり、声はうつろになっていった。エリックにはすべて理解できたわけではなかったが、どうにか言葉をつなぎ合わせ全体像を把握していった。

あるときからマリアは、赤ん坊のために逃がしてくれと懇願しはじめたようだった。そして、その願いが実現することはけっしてないと理解したとき、彼女は寝室で首を吊った。シエサルは衝撃の中に取り残され、現実を見失いはじめた。

「僕は、川に投げ込まれた草の切れ端だった」口ごもりながら、彼はそう話した。

シエサルは飼育場を離れ、ある種の解離性遁走《とんそう》（解離性健忘の一種。それまで生活していた環境から姿を消し、別の環境の中で本人も変化に気づかないまま別の人生を築く場合がある。）の状態で放浪をはじめた。記憶はすべて失われていたが、やがてフィエル医師が話しかけはじめた。彼の中にいるもう一人の人物、自分自身もその存在を知らなかった人間に。彼の名はマルティンといった。弟とおなじ名前だ。そしてマルティンは、セーテルの隔離病棟にたどり着く前のことはなにも知らなかった。

「マルティンとは、身体を共有しなければならなった……」と話すシエサルは呂律が回っていない。「ときどき……ときどきコントロールができなくなると、吸い込まれてスイッチを切られた」

「そういう感覚があるのですね？」

「視野が狭まって……」

シエサルは支離滅裂なことをもごもごと話した。ほかの鏡の前に置かれた鏡と、それが生み出すワームホール。それが、バグパイプの留気袋《バッグ》のようにどこまでも膨張したり収縮したりするのだと。

それから口をつぐむと、かなり長いあいだ質問に答えることを拒み続けた。催眠状態から引き上げようとエリックが考えた瞬間、マルティンがストックホルムで人生を築いていたあいだに、自分がしていたことについて話しはじめる。

シエサルは母のいる飼育場に戻り、二人でトレーラーの旅をはじめた。各地で若い女性たちを誘拐して回ったのだ。シエサルは女性たちの外見の特徴を描写し、一人一人をどのように愛したのか、そして彼女たちがどのように人生の終焉《しゅうえん》を迎えたのかということについて話した。

マルティンは自分でも知らないうちに二重生活を送っていたのだろう、とエリックには思える。マルティンは頻繁に出張した。そのたびに母の元に戻っていたはずだ。

歳月が過ぎ、シエサルはSNS上の女性をストーキングしはじめた。投稿をとおして私生活を探り、可能なかぎりの情報を集めてから彼女たちの写真を撮った。

シエサルの話にははっきりしない部分もあったが、実際に女性たちを拉致したのは母親だったらしい。彼女が飼育場に連れ帰り、レイプの前に薬物を投与したのだ。

「マルティンはあなたのしていたことを知らないのですか?」

「マルティンはなにも知らない。目が見えないも同然だから……アリスを連れ去ったのが自分だということにも気づいていない」

「アリス?」

「マルティンにはなにもできなかった……トレーラーが走り去ると、トウヒの枝で印をつけてあった薄氷の上にまっすぐ歩いていった。そこを踏み抜いて死のうとしたんだ」

エリックは天井を見つめながら、突き刺さるような不安をおぼえる。アリスはその日に溺死《できし》した。そう話していたパメラの言葉を思い出したのだ。そして肩のナイフに手を伸ばそうとするが、できない。もはや指の感覚がないし、右手を動かすこともできない。呼吸が荒くなっている。まもなく失血死するだろうと、エリックは悟る。

エリックは、話を続けさせようとした。だが、シエサルが催眠状態から浮上しつつあることはわかった。

「シエサル、あなたはどこまでも深くくつろいでいます……あなたは私の声に耳を傾け、ほかの物音が聞こえてきても、あなたの意識はますます私の言葉に集中するばかりです……私はまもなく、マルティンのところに戻っていきます。ゼロまで数えたら、私は再びマルティンと話しています……しかしその前に教えてください。その女性たちは今どこにいるのですか？」

「どうでもいいことだ。どちらにせよみんな死ぬんだから……あとにはなにも残らない。石ころ一つたりとも……」

その顔がこわばりはじめた。目を開き、前方をうつろに見つめながら、口元を動かした。言葉を探しているかのように。

「あなたは深く深く沈んでいきます。それとともに身体はさらにくつろぎ、呼吸はおだやかになっていきます」とエリックは続けた。「私たちの話していたことに、危険や脅威はまったくありません。あなたが女性たちの居場所を話してくれれば、すべて丸く収まります……」

マルティンは催眠による深いトランス状態のまま、片手を耳にきつく当てながら身体を起こした。フロアランプをひっくり返し、青銅の灰皿をつかむと、それをエリックの頭に振り下ろした。

頬を汗が伝い下りる。だが同時に、寒さのあまり身体が震えはじめる。

心臓が激しく打っている。

エリックは目を閉じる。書斎の外の庭にだれかがいるような音が聞こえてくる。助けを求めようとするが声は出ない。ただ、浅い呼吸のあいだに喘ぎが混ざるばかりだ。

九三

車は轟音とともに加速し、木材を満載したトラックを追い抜く。北への道中、ヨーナはヘーデモーラ近辺にあるブリーダーやミンクの飼育場を検索し続けてきた。そしてなにも見つからないままアーヴェスタを通り過ぎたところで、古いインターネットフォーラムに行き当たる。そこでは、〈ドルメン〉と呼ばれる未登録の飼育場が言及されていた。〈ブラックグラマ〉(アメリカのミンク養殖団体によるブランド名。)の高級毛皮を廉価で売っているというのだ。

〈ドルメン〉についての情報をさらに検索すると、ガルペンベリ鉱山付近の森にある、閉鎖された飼育場が見つかった。ヘーデモーラからは十キロ圏内だ。

ここに違いない。

ヨーナは、時速百六十キロで車を駆っている。右側を飛び去っていくコンクリート工場を眺めながら、ローゲル・エマソンに電話をかける。特殊部隊の指揮官だ。

「今すぐに作戦を承認してもらいたい」

「前回承認したときには、私の親友が殺された」とローゲルが言う。

「そうですね。残念なことだ。できることなら――」

「それがやつの仕事だった」ローゲルが、鋭く言葉を遮る。

「われわれの予備捜査については伝わっているはずです。シエサルの潜伏先を発見できたと私は確信している」ヨーナはそう説明しながら、今はよけいな時間をかけている余裕はないのだと、もどかしさを感じる。

「了解した」

「シエサルは、ガルペンベリ鉱山付近にある閉鎖されたミンク飼育場に潜んでいると思われる」

「なるほど」

「私は今、現地に向かっている――大規模な人質案件に発展している可能性が高い」

「一人で対処できないのか？」

「ローゲル、今は議論してる暇《ひま》がない。事態は急を要する。その点を理解してくれ」

「ヨーナ、落ち着けって――すぐに向かう。すぐだ……」

ヨーナはヘーデモーラで高速道路を降り、闇の中を疾走する。不気味なかたちの灌《かん》漑《がい》装置が点在している広大な農地の傍らを飛ぶように走り去る。

右手に伸びる傾斜路に乗るために速度を落とそうとするが、タイヤはアスファルトの上で悲鳴を上げ続ける。道路脇の乾いた茂みが、車体の側面を擦る。下りに入ると再び加速し、ダール川に架かる橋の上に飛び出る。暗闇に輝く水面が、眼下にちらりと見えた。

タイヤは橋の上で轟音をたてた。携帯電話が鳴り、応答する。窓外をヴィークビンの人家の明かりが過ぎ去っていく。

「もしもし、ベンヤミン・バルクです。エリックの息子の……」

「ベンヤミン？」

「父が怪我しました……いっしょに救急車に乗っています——心配はいりません。父は無事です。ただ、あなたに電話をして、シエサルとマルティンは同一人物だと伝えるように言われたもので……」

「なにがあったんだ」

「父は、書斎で肩にナイフを刺されてたんです。僕にはなにがなんだかわからないけど、そのシエサルという男はミンク飼育場に向かってて、証拠をすべて破壊してから行方をくらますつもりなんだそうです……」

「あと少しでそこに着くところだ」

「森の中は罠だらけです——それを伝えるようにとも言われました」

「ありがとう」

「父はかなり混乱していましたが、酸素マスクを着けられる直前、シエサルはアリスという女の子を監禁してるとかなんとか話してました」

「ちょうどノーレンからおなじ話を聞いたところなんだ」

ヨーナは、フィンヒュッタンの先で左に曲がり、細い林道に入る。黒々とした湖が、木々の隙間でちらちらと光った。

ヘッドライトの光は前方に伸び、道路脇に並ぶ鉄灰色の幹を照らし出している。一頭の鹿が道端で一瞬だけ立ち止まってから、闇の中へと跳ねて姿を消す。

パメラの知らないうちに、マルティンが四号病棟で入退院を繰り返すのは簡単だ、とヨーナは考える。患者の個人情報として、彼の行動が明かされることはなかったはずだからだ。

それでも、どこかに車を駐車しておかなければならない——車庫もしくは契約駐車場に。

これまでのところは二重生活を送れてきた。だが今やシエサルは追いつめられている。エリックとパメラは死んだと考えているだろうから、追跡の手が迫りつつあることも認識しているはずだ。だからこそ、証拠をすべて破壊したうえで逃走しようとしているのだ。

ヨーナは、巨大なボーリーデン鉱山の裏にある、背の高い金属ゲートの前を走り過ぎる。柵の支柱に取り付けられている照明の列が、古い露天掘りの跡を照らし出している。

現代的な工業施設が、木々の隙間から遠くにちらりと見えたかと思うと、すべては再び闇に閉ざされた。

ヨーナは鋭角に折れ、さらに森の奥へと入っていく。

衛星写真によれば、飼育場は森の中に孤絶している。そして敷地内には、母屋と七棟の細長い建物がある。

道路の幅は狭まり、路面の凹凸が激しくなる。

ミンクの飼育場が近づいていることを悟り、ヨーナは速度を落とす。ヘッドライトをロービームに切り替え、やがて道の端に停まる。

助手席の床から拳銃を拾い、グローブボックスから予備の弾倉を二本取り出す。それから車を降り、防弾ベストを身に着けると、道の上を駆け出す。

夜のあたたかい空気は、松と乾いた苔《こけ》の匂いがする。

右足が地面を打つたびに、脇腹に鋭い痛みが走る。

一キロほど進んだところで遠くにかすかな明かりを見つけ、速度を落として歩きはじめる。

音もなく、拳銃の安全装置を外し、撃鉄を起こす。ゆっくりと前進する。

シエサルの姿はないが、ぼろぼろのプリムス・ヴァリアントが見える。運転席のドアは開け放されている。

砂利敷きの中庭には、トレーラーが停まっていてエンジンはかけっぱなしだ。煙と排気ガスがテールランプに照らされ、よどんだ空気の中に広がる血の色の雲のように見える。

ベンヤミンの警告がなければ、ほぼ確実に森の中から接近していただろう。だがヨーナは今、細い道から外れないようにしながら進んでいる。

荒れ果てた木造屋敷が闇の中に現れ、その右手に並ぶ細長い建物も見えはじめた。かつて、ミンクの檻が入っていた小屋だ。

中庭の霞んだ空気がトレーラーのヘッドライトを浴びて、ゆっくりと脈打つようだ。薄明かりの中にじっと立ち尽くす三人の女性の姿が目に入る。磔刑《たっけい》像のように両腕を伸ばしている。

その姿は、ミンクの頭蓋骨の中にある模様とおなじだ。そして少女たちの後頭部に押された烙印と、マルティンが地下鉄のプラットフォームの上で取った姿勢、さらにはシエサルが隔離病棟の病室の中で立っていたときの姿勢と。

ヨーナは、拳銃を下げたまま慎重に前進する。すると、三人の背後にいる高齢の女性に気づく。古いバスタブの端に腰かけ、膝の上に杖を載せている。

女性の一人がぐらりと揺らぎ、かろうじてバランスを保つ。彼女が顔を上げると、頬にかかっていた巻き毛が動く。

パメラに生き写しだ——アリスに違いない。

かすかな明かりに照らされている一帯の外縁部へと接近したヨーナは、アリスの全身が震えていることに気づく。両足もガクガクと揺れ、両腕を伸ばしておくのに必死だ。

高齢の女はうんざりしたようすで立ち上がり、顎をぐいと突き出す。

屋敷の前で犬が吠えはじめる。

シエサルの気配はまだどこにもない。

特殊部隊が到着するまで、あと少なくとも三十分はかかるだろう。

アリスは一歩足を踏み出し、両腕を下げる。苦しげな呼吸に合わせて胸が上下する。

女は杖を手から放し、背後からアリスに近づく。それを見ながらヨーナは拳銃を持ち上げる。

女の脇でなにかが光る。

右手で握りしめている斧だ。

ヨーナは女の肩に狙いを定め、引き金に指をかける。

女を撃てば、こちらの存在を明かすことになる。そうなれば、以降発生する事態には単独で対処しなければならなくなる。

アリスは顔にかかる髪を払いのけ、ふらつきながらふり返り、女と対峙する。

二人は言葉を交わしているように見える。

アリスは顔の前で両手を組み、懇願する。女は笑いを浮かべ、なにごとか口にしてから斧を振り上げる。

ヨーナは引き金を引き、肩に命中させる。弾丸の射出口から出た血が背後のバスタブに飛び散る。

それでも振り下ろされる斧の動きは止まらない。

ヨーナは再び引き金を引く。今度は肘に当たり、もう一人の女性がアリスを安全圏に引き寄せる。

斧の刃は、アリスの顔のすぐそばを空振りする。

女の手は柄から離れる。鈍い音とともに地面を打った斧は、そのまま闇の中に消えていく。

二発の銃声が、建物のあいだに反響していく。

犬が怒り狂った吠え声を上げる。

アリスは横ざまに地面に倒れる。

高齢の女はよろめきながら後ずさりし、かがみ込んで杖を拾い上げようとする。銃創から血が噴き出ている。

細長い建物の中から怯えきった悲鳴が上がり、ヨーナの耳に届く。

拳銃を抜いたまま光の中へと走り出したヨーナは、立ち上がろうとするアリスに手を貸しているのが、ミア・アンデションだと気づく。

「国家警察のヨーナ・リンナです」と小声で告げる。「シエサルはどこですか？　居場所を教えてください」

「家の中のものをトレーラーに積み込んでる」とミアが応える。「行ったり来たりしてて……」

「ブレンダを連れていった――運転台の中よ」三人目の女性が、震える両腕をようやく下ろしながらそう言う。

屋敷の前に駐まっているトレーラーに拳銃の狙いを定めたまま、ヨーナは手錠を取り出す。

「ブレンダとは？」

「わたしたちの仲間の一人です」

アリスはミアにもたれかかりながら、驚愕《きょうがく》の表情でヨーナを見つめている。そして弱々しく咳き込むと、卒倒しそうになる。口元を拭いなにか話そうとするが、声が出てこない。ミアは力をこめてアリスを抱え、もう大丈夫と繰り返し伝える。

高齢の女は、自分の指先から滴る血液をうつろな表情でじっと見下ろしている。杖を握りしめている左手の拳が白い。

「杖を捨てて手を差し出すんだ」とヨーナが命じる。

「怪我をしてる」女は口ごもるようにそう言うと、ヨーナを見つめる。

ヨーナは屋敷とトレーラーに視線を走らせてから、二歩前進する。そして、バスタブの中で死んでいる血塗れの女性を目にする。

「左手を出せ」とヨーナは繰り返す。

「どういうことなんだい……」

その瞬間、トレーラーの背後の森で男の叫び声が上がる。苦痛の悲鳴が響き、すぐに静かになる。

「気をつけて！」ミアが叫ぶ。

ヨーナは目の端に急激な動きを捉え、杖をよけるために身をかがめる。だが、なにか鋭いものが頬を擦る。

拳銃を使い、杖を女の手から叩き落とすと同時に足を払い、仰向けに倒す。

後頭部を地面に打ち付けた女は、自分の舌を嚙む。

ヨーナはすばやくあたりを見まわしてから足で女を転がし、うつ伏せにする。そして相手の肩甲骨のあいだを膝で押さえ込み、その左手をバスタブの脚に手錠でつなぐ。

トレーラーのほうにふり返りながら、頬の血を拭う。膨らみつつある排気ガスの雲が、かすかにうねる。

「杖には毒が仕込まれてる」アリスは咳き込みながらそう言う。

「どんな毒が？　どうなる？」とヨーナは尋ねる。

「わからない。眠らされる。ただ、アンプルを充たしてる時間はなかったと思う……」

「しばらくのあいだ、だるくなったり目が見えなくなったりするかも」ミアは、アリスの腕を引き、自分の肩に載せながらそう言う。

高齢の女は立ち上がるが、まっすぐには立てない。口元から血が滴る。うなりながら全力を振り絞り、バスタブを動かそうとするがびくともしない。

「ここには何人監禁されてるんだ」ヨーナが訊く。

「八人」とミアが答える。

「それで、みんなは屋内に？」

「ママ」とアリスが息を呑む。

九四

動力車《トラクター》と荷台車《トレーラー》の隙間に、二人の人影が見える。そしてパメラの顔が、明かりを浴びる。

ヨーナはすばやく拳銃を二人に向け、あの電話のあとすぐ車に飛び乗ったのだろうと気づく。そして、ヨーナとおなじ方法でミンクの飼育場を突き止めたのだ。

足元で枝が折れる、黒いシダが揺れる。

森のきわから、パメラがゆっくりと姿を現す。その背後にいるのがシエサルであることを、ヨーナは見てとる。

シエサルは、パメラの背後にぴたりと身体を押しつけたまま、首筋にナイフを当てている。

ヨーナは、拳銃を構えたまま二人のほうへと進む。

シエサルの顔は、パメラの背後に隠れている。

パメラが軽くつまずき、髪の毛の陰からその頰の一部が覗く。

パメラがもうあと少しでもシエサルから離れられれば、こめかみに弾丸を撃ち込めるかもしれない。

「警察だ！」とヨーナが叫ぶ。「ナイフを捨ててその人を解放しろ！」

「かあさん、僕を見て」とシエサルが言う。

そして立ち止まると、パメラの喉に当てているナイフの刃を数センチ引く。服の襟元に血液が滴る。パメラは痛みに反応を見せない。ただまっすぐ前方に顔を向けたまま、大きく開いた目でわが子を見つめている。

ナイフの刃は彼女の皮膚に当てられたままだ。シエサルが動脈を切れば、病院に搬送してもとうてい間に合わないだろう。

ヨーナはもう一歩前進する。パメラの背後にシエサルの肩がほんの一瞬だけ覗く。

だが彼は、そのまま射線を維持した。

「代わりにわたしを殺して！」アリスがそう叫びながら、前によろめき出る。

ヨーナは拳銃を両手で持ち、パメラの左目に狙いを定める。そして、照準器をそのまま水平方向に頬から耳へと移動させていく。

アリスの足元で、砂利が音をたてる。

パメラは静止し、ヨーナの目をまっすぐに見つめる。

そして自分の喉をナイフに押し当てていく。ヨーナはすぐに、パメラの狙いを悟る。

今や、血液が彼女の皮膚を伝い下りている。

ヨーナの態勢は整った。

パメラは、さらに力を込めて喉を刃に押し当てる。それでシエサルは思わず、ナイフを持つ手の力をかすかに弱める。

その一瞬を待っていたパメラは、すばやく首を後ろに引いてから横にずらす。

ヨーナは引き金を絞り、弾丸がシエサルの耳を切り裂くのを見る。

強烈な左フックを食らったかのように、シエサルの頭が反対側に弾かれる。そして、トレーラーの背後に片膝をつく。

ヨーナの位置からはその姿が見えなくなり、すばやく左へと移動するが、射線上にパメラが立っている。

微動だにしないまま立ち尽くし、娘を見つめている。シエサルは倒れ、パメラの背後の暗闇の中に横たわっている。ヨーナに見えているのは、その靴の裏だけだ。

「パメラ、そいつから離れろ!」ヨーナはそう叫びながら、拳銃を構えたまま前方に突進する。

シエサルは、パメラの背後で立ち上がる。その手には、裂けた耳がある。混乱した表情でナイフを見下ろすと、それを地面に落とす。

「パメラ?」と恐怖に怯える声で呼びかける。「ここはどこ? なにがなんだか僕には……」

「撃って!」パメラは一歩横に踏み出しながら、ヨーナに向かって叫ぶ。

ヨーナは胸を狙って引き金を引く。その瞬間、突如として耳をつんざくような爆発が起こる。

ヨーナの肺からは空気が押し出され、周囲に爆音が響きわたるのと同時に、身体を背後に吹き飛ばされる。

窓ガラスの無数の欠片が、すさまじい勢いで飛散する。

内側から破裂した屋敷の壁は引き裂かれ、屋根瓦が砕け飛ぶ。

羽目板はバラバラになり、粉々になった屋根の骨組みとともに空高く舞い上がる。

衝撃波に続いて炎が上がるやまたたくまに広がり、空中を飛散する破片も燃え上がっていく。

背中を地面に叩きつけられたヨーナは、すぐさま腹這いになる。そして両腕で頭を抱え、降りそそぐガラス片や燃えている木片から身を守る。

中庭に接している森のきわの、乾いた茂みにも火が点く。

太い梁《はり》がヨーナの後頭部を直撃し、すべてが闇に沈む。

母親に呼びかけるアリスの声が、どこか別世界の出来事のように聞こえてくる。

ヨーナはわれに返り、起き上がろうとする。

破壊された屋敷が燃え上がっている。屋根が崩れ落ち、火の粉が空高く渦巻く。

爆発の反響は、浜辺で繰り返し砕ける波のように聞こえた。

ヨーナは立ち上がり、全身を覆っていた破片や土埃がいっせいに服からこぼれ落ちる。

拳銃は消え、シエサルの姿もない。

周囲の地面には火の粉が散乱し、屋敷のあった場所を中心とした広い範囲が明るく浮かび上がっている。

パメラはアリスの名を叫びながら、よろめく足で前に進む。そして、煙の立ちのぼる瓦礫《がれき》の山を掘り返す。

巨大な雲となった粉塵《ふんじん》がいまだに中庭に降りそそいでいて、輝く火の粉が濁った空気の中を浮遊している。

アリスの姿はないが、ミアと三番目の女性が立ち上がる。燃えている扉の傍らに、スニーカーが片方転がっている。

「シエサルがどこに行ったか、見たかい？」ヨーナが尋ねる。

「わからない……顔になにかが当たって気絶してたから」とミアが答える。

「きみは？」

「なにも聞こえない」混乱状態の女性が声を上げる。

ミアは鼻から血を流していて、額には深い切り傷がある。全身を震わせながら、右上腕に突き刺さった長い木片を引っぱる。

「ミア?」とパメラが言う。

「ここでなにしてるの?」

「あなたを助けに来たの」彼女はそう応え、身体をふらつかせる。

パメラは前に進む。太腿からひどく出血していて、ズボンの裾がぐっしょりと濡れている。彼女が目の前にあった板の破片を押しのけると、その表面にはまだ金色の壁紙が残っている。

彼らから最も離れた小屋で、小さな爆発がいくつか起こる。扉が飛ばされ、炎が破風を舐める。

「みんなを檻から出してもらいたいんだ」ミアに向かってそう話しかけながら、ヨーナは地面に落ちていた配水管の一部を手に取る。

「できると思う」と彼女は応え、腕を伝い下り、肘の先から滴っている自分の血を見下ろす。

敷地の端にある小屋を包み込んだ炎が、隣接する小屋の屋根に燃え移る。

「ほんとうにできるかい?」とヨーナは念を押す。「私はシエサルを捕まえなければならないから」

「できる、ちゃんとやる」ミアが答える。

高齢の女は、バスタブに背中を預けて座っていた。顔面には木片がいくつも突き刺ささり、血だらけの顔にうつろな表情が浮かんでいる。破裂した両目からは血塗れの硝子体液《ガラスたいえき》が流れ出し、土埃と混ざり合っている。

ヨーナは大股でトレーラーに向かう。

母屋の骨組みが崩壊し、炎と火の粉が空中に舞い上がると、熱気がヨーナの全身を打った。今や森のきわ全体が燃えていて、黒い煙が夜空に昇っている。

トレーラーがシュウと大きな音をたてて動きはじめる。

ハンドルを握っているのは、ヨーナの知らない若い女性だ。

エンジンが不自然に回転数を上げる。巨大な車輪が回りはじめ、窓枠の残骸をタイヤが踏み潰す。

ヨーナは駆け出し、ひしゃげたシンクを跳び越す。そのはずみに防弾ベストの重い鉄板が、肋骨を強打する。

「アリス！」パメラはそう叫び、足を引きずりながらトレーラーを追う。

九五

トレーラーは門柱をなぎ倒しながら進行方向を変え、咆哮とともに林道に出る。ヨーナは、燃える屋敷の残骸を駆け抜ける。煙を吸い込むと肺が刺されるように痛み、脇腹の苦痛もひどくなる。一歩ごとにナイフでえぐられるようだ。

「アリス！」パメラがしゃがれ声で叫ぶ。

ヨーナは溝を跳び越え、もつれ合うイラクサの茂みを突っ切り、その先にある道路に飛び出す。そして運転手がアクセルを踏み込んだ瞬間、荷台を覆うシートの支柱をつかむ。

運転手がギアを切り替える。

配水管は取り落としたが、どうにかトレーラーにかじりついたヨーナは、そのまま引きずられるがままになる。運転手がアクセルを踏み込むのと同時に、空いているほうの手をテールゲートに伸ばす。そしてやっとのことで荷台によじ登る。

揺れる床板の上で立ち上がると、傍らに古い大型振り子時計があることに気づく。

タイヤが、背後に土埃を巻き上げる。

車体が不意に傾き、ヨーナは振り落とされまいと支柱にしがみつく。

荷台にはぎっしりと家具が積み込まれていた。

大きなものは両脇に山をなし、小さな箱や椅子、そしてランプは中央に置かれている。中には、姿見もあった。精巧な細工を施された金の枠に縁取られている。

燃えさかる屋敷の放つ明かりは、徐々に弱まっていく。その中に浮き上がっていたのは、荷台の深奥部にいるシエサエルの姿だった。肘掛け椅子に腰を下ろし、片腕を肘掛けに載せた姿で携帯電話を確認している。

片頰は血に濡れ、引き裂かれた耳の残骸が小さな釘のように見える。

その傍らに立つアリスは、ダクトテープで口元を覆われていた。首に結束バンドをかけられ、垂直に伸びる支柱につながれている。鼻の穴は煤で黒く、片方の眉毛から出血しているのがヨーナにも見えた。

トレーラーが再びぐらりと揺れる。結束バンドが首に食い込まないようにと、アリスは支柱を両手でつかむ。

トレーラーは、轟音をたてて森の奥へと進んでいる。あたりは突如、ひどく暗くなる。

運転しているのは、ブレンダと呼ばれている女性だろうとヨーナは気づく。駆けているときに、運転台にいる彼女の顔がちらりと見えたのだ。

枝や茂みが、トレーラーの横腹を打ち付けていく。運転台の背後に付いているライトの明かりが、ナイロン地のシート越しにうっすらと射し込んでいる。

「私はヨーナ・リンナ」と彼は話しかける。「国家警察の刑事だ」

「これは僕のトレーラーだ。おまえには、ここに立ち入る権利はない」携帯電話をポケットに入れながら、シエサルが応える。

「特殊部隊が向かっている。今回は逃げられないぞ。だが、今自首すれば裁判で有利になる」

ヨーナは身分証を取り出して掲げながら、シエサルに向かって歩き続ける。紐《ひも》で結び合わされたミンクの毛皮の束をまたぎ、黄金色の椅子を押しのけ、巨大な鏡の前を通り過ぎる。

「おまえらの法律は、僕の法律ではない」シエサルはそう告げると、右手を肘掛けから下ろす。

アリスは口元のテープを剝がせずにいるが、ヨーナの視線を捉えようと必死に首を振る。

ヨーナは食器棚の前を移動し、内側でかすかにカタカタと鳴る磁器の音を耳にする。そして再び身分証を持ち上げることで、さらに前進するための根拠を自分自身に与える。シエサルは埃まみれの眼鏡越しに、用心深くヨーナを観察する。金色に塗られたプラスティック製のコーニス（壁が天井と接する部分などに取り付けられる帯状の装飾物。）が積み上げられ、その両脇には布張りのヘッドボードとソファがある。

動力車と荷台車を繋ぐ牽引《けんいん》バーが軋み、足元の床が振動しはじめる。

ヨーナはバケツの前で立ち止まる。そこには、若い女性を写した何百枚ものポラロイド写真が入っている。ベッドで寝ている者もいれば、扉の隙間や窓越しに撮られた者もいる。

「もうおしまいだ。自分でもわかっているんだろう?」ヨーナはそう言いながら、シエサルが肘掛け椅子の脇に隠し持っているものを見きわめようとする。

「おしまいではない。僕には計画がある。いつでも計画は欠かさないのさ」

「アリスを解放しろ。それからおまえの計画について話そう」

「アリスを解放する? 首をはねるほうがましだな」

ヨーナはシエサルの前腕から目を離さない。筋肉が緊張し、なにかを握りしめていることがわかる。肩が数センチ上がる。

バケツをまたごうとした瞬間、シエサルが鉈を振り下ろす。不意の攻撃を予期していたヨーナだが、刃にはおそるべき力がこもっている。

影の中に沈んだ鉈は、すかさず振り上げられる。ヨーナは身を投げ出し、それをかわす。

ヨーナをかすめた刃は、ガーンという金属音とともにフロアランプの細い首を切断する。房飾りの付いた笠《かさ》が床に落ちる。

トレーラーは、激しく振動したかと思うと不意に片側に傾く。

ヨーナはよろめき、後退する。

シエサルは鼻息荒くそれを追い、再び鉈を振りかざす。

片側の後輪が側溝に落ち、床が傾くと同時に家具がいっせいに衝突し合う。防水シートの支柱が大きな音をたてる。

食器棚から無数のロールテープが転がり出る。

その戸が閉まる。

シエサルは体勢を立て直し、鉈を振り回しながらヨーナに迫る。

天井の金属フレームに刃が当たり、火花が散る。

足元のタイヤが地面の上で轟音をたてる。

ヨーナは後ずさりながら食器棚を押し倒す。グラスや磁器が砕け、床一面に散乱する。

不意に、車体全体が激しく揺れる。道端の木をなぎ倒したのだ。ヨーナは前によろめき、シエサルは仰向けに倒れる。へし折れた木の幹が、天井のシートを裂きながら転がり込んでくる。

紙切れやナプキンが風に吹き飛ばされる。

アリスの首からは血が流れている。結束バンドが皮膚を裂いたのだ。

ヨーナは椅子の背もたれに手をつき、次の攻撃に備える。頬のかすり傷からは、奇妙にひんやりとした感覚が広がっている。

立ち上がったシエサルの手は、まだ鉈を握りしめている。研ぎ上げられた刃先が、黒い刃に走る銀色の線のようだ。

「聞くんだ。おまえの病のことは知っている。治療を受けるんだ」とヨーナは語りかける。「グスタフ・フィエルの症例研究を読んだ。おまえの中にはマルティンがいる。マルティンはアリスを傷つけたくないはずだ」

シエサルは舌で唇を湿らせる。なんの味だろう？　と未知の風味をたしかめるかのように。

ヨーナは、自分の視覚が異常をきたしつつあることに気づく。

運転台の背後にあるライトの一つはなくなり、もう一つは垂れ下がった電気ケーブルの先で点滅している。

荷台の内部はほとんど真っ暗闇だ。

黒々とした木々の梢が、暗青色の空を背景に次々と過ぎ去っていく。

シエサルはにやりとする。ヨーナの視界がぼやけるとともにその顔は二つに分かれ、そのまま左右に離れていく。

「お遊びの時間だ」シエサルはそう言い、ヘッドボードの背後に消える。

ヨーナは、転倒した食器棚のほうへゆっくりと前進する。動きを見逃さないように と、暗闇の中で目をしばたたかせる。グラスと磁器の破片が足元で砕ける。

シエサルは反対側から姿を現し、再びヨーナに切りつける。鉈は額をかすめてソファを引き裂き、詰め物が飛び出る。

はためいていた側面の防水シートになにかが当たり、引き裂かれる。黄褐色の大理石模様がプリントされた一巻《ひとまき》のビニール床材が、テールゲートを乗り越え、鈍い音をたてて側溝に落ちる。

アリスは口元のテープを剝がし、咳き込みながらわずかに身をかがめる。結束バンドは水平の金属フレームにつながっていて、ほとんど身体を動かすことができない。それでもアリスは片足を伸ばし、シエサルの携帯電話を爪先で引き寄せる。家具のあいだにいるシエサルの姿がヨーナには見えない。それで、毒物の効力が視覚に及んだのだと理解する。頰のかすり傷にあったひんやりとした感覚は、顔全体に広がり両耳に達している。

トレーラーが再び揺らぎ、ヨーナは机の端をつかんでバランスを保つ。目をしばたたかせても、闇に沈む家具の輪郭が見分けられない。

アリスは携帯電話のライトを点ける。側面からヨーナに忍び寄るシエサルの姿が浮かび上がる。

「あぶない！」とアリスは叫ぶ。

シエサルが飛びかかる。その手には、三本の鉈があるように見えた——鋭い刃と二本の影だ。ヨーナは飛び退り、どうにかそれをかわす。切っ先は防弾ベストに切り傷《しさ》だけを残しながら傍らの机に食い込み、その角を大きく切り落とす。

ヨーナは後退する。

アリスは、携帯電話のライトでシエサルを追う。

背後から照らされたシエサルの髪が輝き、頬を縦に走る張りつめた頬の皺が深さを増す。

シエサルは食器棚をまたぎ、巨大な鏡の背後に消える。

ヨーナは親指と人差し指で両目を揉みながら、ゆっくりと前進する。

路面の穴が家具を揺らす。

シエサルの姿はどこにもない。だが、アリスはライトを鏡の裏に向けている。

彼女の瞳は暗く、視線は一点に集中している。

振動する鏡には、家具や箱に囲まれたヨーナ自身の姿が映っている。鏡の中の自分に向かってすばやく三歩前進し、鏡に蹴りを入れるとそれがシエサルの胸に命中する。

シエサルは背後に吹き飛ばされ、飛散したガラス片とともに仰向けに倒れる。

ヨーナは、自分が怪我を負ったことにすら気づいていない。

トレーラーは突如として片側に傾き、アリスが苦痛の悲鳴を上げる。携帯電話のライトが荷台の壁面を舐める。

ヨーナが鏡の金枠の裏に回り込むと、シエサルはすでに立ち上がっている。アリスが再びライトを向けると同時に、シエサルは鉈を振りかざす。重い刃が真上から襲いかかる。だがヨーナは、すばやく身をかがめてかわすかわりに左掌のつけ根を突き出し、シエサルの顎を捉える。頭が背後に弾かれ、眼鏡が飛ぶ。ヨーナはそのまま前に足を踏み出し、鉈を持つシエサルの手を腕で挟み込む。

おなじ方向によろめく二人。

ヨーナが右の拳をシエサルの顔面と喉に叩き込むと、鉈が音をたてて床に落ちる。

大きな音が聞こえて、トレーラー全体が揺れる。

明るい光が荷台を満たす。

金属ゲートを突破したのだ。そこは古い鉱山の裏手で、強力なスポットライトが上方から敷地全体を照らしている。

ヨーナはシエサルを床に組み伏せ、片膝で胸を押さえ込む。同時に、つかんでいる腕をねじり上げる。

シエサルの肘が音をたてて折れる。

悲鳴を上げながらうつ伏せになったシエサルの肩を、片足で踏みつける。

アリスはどうにか鉈を拾い上げ、喉を締め上げている結束バンドを切る。

トレーラーは広い砂利道を疾走している。砂埃が背後に舞い上がり、それが投光器に照らされる。

前方に視線を向けたヨーナは、狭まっていく視界の中で、露天採掘の跡が近づいていることを知る。このままでは、その中に真っ逆さまに落下するほかない。

「アリス、跳び降りるぞ」とヨーナが叫ぶ。

夢の中にいるような感覚で、アリスはシエサルをまたぐ。跳びはねる荷台車とともにふらつきながら、ヨーナと目を合わせる。彼女の顔は汗の粒だらけだ。頬は熱を帯び、唇はほとんど真っ白だ。

変速機が甲高く軋む。ブレンダはハンドルを右に切り、廃棄されたダンプカーに突っ込む。そして、まっすぐに穴を目指す。

「跳ぶんだ！」ヨーナはそう叫び、手錠を取り出す。

そして力を込めて目をしばたたかせるが、シエサルは床の上に伸びる影にしか見えない。

アリスはゆっくりと前進し、荷台の端で躊躇する。どこまでも広がる砂利の風景とその上を走る埃まみれの道路、それから左手の斜面が目に入る。

片手で握りしめている鉈が、アリスの傍らで力なく揺れる。

ブレーキがシュッと音をたてて甲高く軋るが、速度は落ちない。

フロントバンパーが外れかけ、地面を擦りながら火花を散らす。

ヨーナはシエサルを放置し、荷台の端にいるアリスのもとへと駆け寄る。それと同時に、視界が完全に闇に呑まれる。トレーラーは最後の柵を踏み倒し、背後に巻き上げた砂埃の中に、そのねじれた破片を残していく。

エンジンが咆哮を上げ、トレーラーは巨大な穴へと突き進む。

九六

パメラの乗る車のヘッドライトは、なぎ倒された木々と踏み潰された路肩の草むらを照らし出す。

トレーラーにはさほど遅れを取っていない。

デニスの車は、カーラ通りを封鎖していた規制線のすぐ外に停まっていた。パメラは、北を目指して移動しながら、ヘーデモーラ付近にあるミンクの飼育場を検索した。幼いころ、古い鉱山で遊んだと話していたマルティンの言葉が蘇ってきた。

カーブを曲がりながら加速し、細い林道に散乱している砕けた枝を踏み潰していく。粗い路面が車体に当たり、音をたてた。

デニスとともにミンク飼育場に到着したときの光景が、熱に浮かされて見た夢のようにパメラの脳裏を駆け巡る。

トレーラーの傍らに停めた車から降りたとたんに、シエサルと出くわしたのだった。二人は森の中に逃げ込んだ。だがデニスは急に立ち止まり、苦痛の叫びを上げた。

パメラは膝をつき、そのキツネ用の罠をこじ開けようとしていた。そこへシエサルがやって来て、デニスの頭を岩で殴りつけた。そしてパメラの髪の毛をつかんで立たせると、ナイフを彼女の喉に押し当てたのだ。

パメラにも、スピードを出し過ぎていることはわかっている。不意に目の前にカーブが出現し、砂利の上で車体が滑る。

ブレーキを踏み込んで曲がりきろうとするが、車は回転しながら道を飛び出る。車体後部が木に打ち付けられ、リアガラスが粉々になる。

足の傷が痛み、パメラはうめき声を上げる。

ギアを切り替え、車を後退させて道路に出ると、再びアクセルを踏み込む。

明るく照らされた鉱山に近づくと、なぎ倒された金属ゲートが目に入った。パメラはそのままそこを走り抜け、トレーラーを見つける。土埃を巻き上げながら、百メートルほど先を走っている。

タイヤが、粗い砂利を踏み砕く。

トレーラーが急ハンドルを切り、盛り土に衝突しながら横転する。牽引バーが折れ、荷台車は動力車から離れていく。

動力車は地面を滑り、古い鉱山ローダーに激突する。フロントガラスが砕け、金属の車体がぐしゃりと潰れる。

ぼろぼろの防水シートに覆われた荷台車は、巨大な穴に向かって単独で後退しはじめる。折れた車軸が地面をえぐる。

パメラはアクセルを床まで踏み込み、なぎ倒された柵の破片に乗り上げながら走り抜ける。なにかが前輪の車軸に引っかかり、ハンドルが効かなくなる。まるで氷上のように車が滑っていく。

ブレーキを踏むと、車体が回転しはじめる。そしてフロントバンパーが防爆シートの山に衝突し、車は静止する。ヘッドライトが割れ、パメラはサイドガラスに頭を打ちつける。よろめきながら車を降りると、荷台車を追って駆け出す。それはゆっくりと穴の縁へと近づいていた。

「アリス！」と彼女は声をかぎりに叫ぶ。

後部車輪が縁を乗り越えると、荷台車の底が地面を打ち、大きな音をたてる。そしてじりじりと滑りながら後退していき、シーソーのように危ういバランスを保ちながら静止する。

パメラは走るのをやめ、自分の身体が震えていることを意識しながら荷台車に接近していく。空気中には、ディーゼル燃料と焼けた砂のきつい臭気が漂っている。

軋りとともに荷台車が傾きを増し、車輪が地面を離れる。

マルティンがその中で立ち上がる。肩肘をひしと押さえている。

覆いのシートはほとんどすべて剝がれ、残された金属フレームが彼を閉じ込める檻のように見えた。

巨大な振り子時計が傾き、穴の中へと真っ逆さまに落ちていく。岩棚に当たる音が聞こえたあとさらに落下は続き、やがて底に叩きつけられる。

「だめ、こんなのだめ」パメラは囁く。

穴の縁にたどり着き、底を覗き込んだパメラは、気を失いそうになる。

アリスの姿もヨーナの姿もない。パメラは一歩さがり、気持ちを落ち着かせようとするが、頭の中では考えが散り散りに乱れている。

またしても荷台車が不意に揺れ、牽引バーが地面を擦りカタカタと鳴る。引き裂かれた覆いのシートが、風に吹かれてかすかにはためく。

「パメラ、なにが起こってるの?」マルティンが怯えた声で尋ねる。「なにもおぼえて——」

「アリスはどこ?」とパメラは叫ぶ。

「アリス? 僕らのアリスのことかい?」

「あなたのアリスだったことなんてない」

荷台車が再び傾き、マルティンの足元をプラスティックのバケツが滑っていく。縁の岩がいくつも剝がれ、落下していく。

重量を支えている車体が、ミシミシと軋む。

マルティンは、パメラのほうに二歩踏み出す。それで荷台車は均衡を取り戻すが、突如、ギーッという音とともに穴に向かって五十センチほど滑る。前に倒れたマルティンは、片手をついて起き上がると、パメラを見つめる。

「僕がシエサルなのかい？」と彼は尋ねる。

「そうよ」とパメラは告げ、恐怖におののくマルティンの目を見つめる。

マルティンはうつむき、そのまましばらく立ち尽くす。それから踵を返し、パメラに背中を向ける。荷台に取り付けられている支柱をつかみながら、ゆっくりと穴のほうに歩いていく。

マルティンが車体の中心部を過ぎると、荷台車は傾きはじめる。そしてパメラの目の前で、車輪が地面を離れる。

家具や割れたグラス類が床を滑り、闇の中に落ちていく。

車体全体が穴の縁を越えて落ちはじめるとマルティンは立ち止まり、支柱をしっかりとつかむ。

岩が部分的に割れ、壁面に当たりながら落下していく。

耳をつんざくような軋りがあがる。それから、まるで目覚めた深淵がシエサルの臭いを嗅ぎつけたかのように、丸呑みにする。

トレーラーは消えた。

あり得なく感じられるほど長い静寂ののち、三十メートルほど下の岩棚に激突する。荷台車は回転し、闇の中への墜下を続ける。そして底に打ち付けられ、もうもうと粉塵を巻き上げる。

パメラは岩壁に反響する激突音を聞きながら踵を返し、歩み去る。震える手で口元を覆いながら、車となぎ倒された柵、そして斜面を下る砂利道を見やる。

横転した動力車の背後から人影が二つ現れると、斜面を上り、道路のほうへと近づいてくる。

パメラはそちらに一歩踏み出し、顔にかかった髪を振り払う。

ヨーナはゆっくりと歩いている。両目を閉じているが、腰に回した腕でアリスを支えているようだ。

パメラは足を引きずりながら二人に駆け寄る。声に出して娘の名を呼んでいるのか、頭の中で呼びかけているつもりになっているだけなのか、自分でもわからない。

パメラの前で、ヨーナとアリスは立ち止まる。

「アリス、アリス」パメラはすすり泣きながら、何度もそう繰り返す。

両手で娘の顔を挟み、その目の奥をじっと見つめる。想像を絶する感謝の念が、あたたかい湯のようにパメラの全身を充たしていく。

「ママ」アリスがほほえむ。

二人の女性は互いをきつく抱きしめながら、砂の中に膝をつく。遠くのサイレンが、次第に近づいてくる。

九七

天井のまぶしい明かりが、携帯電話の汚れた画面に映し出される〈CNN最新ニュース〉の文字を見えにくくしている。

ヘルメットをかぶりセミオートマティック・ライフルを構えた黒服の警察官たちが、森に囲まれた砂利敷きの広場を移動していく。

不潔な服装の若い女性たちが、救急車へと導かれている。中には、担架で運ばれている者もいた。背景に見えるのは、爆発によって崩壊した屋敷の残骸だ。

「悪夢は終わりを告げました」とアナウンサーが伝える。「十二名の若い女性たちがここ、ヘーデモーラ近郊のミンク飼育場に監禁されていました。中には、五年もの時間をここで過ごした女性もいます」

ドローンによる空撮が、木々のあいだに点在する複数の焼け落ちた建物を映し出していく。そのあいだにも、警察は今なお容疑者に関する情報をいっさい公表していない、とアナウンサーは伝える。

現場にいる若い女性の一人が、救急隊員の手当を受けながら記者の質問に答える。

「警察の人が一人でわたしたちを見つけて、救い出してくれたの……」とすすり泣きながら言う。「家に帰りたい。おかあさんとおとうさんに会いたい」

そして彼女は、待機している救急車へと連れられていった。

ルーミは、そのニュース映像を止める。しばらく目を閉じ、それから父に電話をかける。

呼び出し音を聞きながら、大学構内のアトリエをあとにする。ヨーナが心配そうな声で応答したときには、すでに廊下を歩いていた。

「ルーミかい？」

「ニュース見たよ、女の子たちの……」

「ああ、それか……最後にはけっこううまく解決できたんだ」とヨーナが言う。

膝から力が抜けるような感覚があり、ルーミは床に座り込み、壁に背中を預ける。

「パパがあの子たちを救ったんでしょ？」と尋ねる。

「仲間たちみんなと力を合わせてね」

「パパ、馬鹿なこと言ってごめんなさい」

「でもルーミが正しかったんだよ」とヨーナは言う。「とうさんは警察を辞めなければば」

「だめ、辞めちゃだめ……パパみたいな人がお父さんでうれしいもん。だって、あの女の人たちを助けたんだから。あの人たち……」

ルーミは言葉を詰まらせ、頬の涙を拭う。

「ありがとう」

「訊くのがこわすぎるんだけど、パパ、怪我してるの?」とルーミは囁く。

「青痣をいくつかこしらえたよ」

「ほんとのこと言って」

「集中治療室にいる。でも心配はいらない。刺し傷がいくつかと、爆発で飛んできた破片、それから正体のわからない毒薬くらいだから」

「ほんとにそれだけ?」とルーミは皮肉らしく言う。

ミンク飼育場での出来事から五日が過ぎた。ヨーナはまだ病院にいるが、集中治療室からは出ていて、すでに寝たきりではない。

シエサルがほかの小屋に仕掛けた爆薬は、爆発しなかった。

十二人の女性たちが救出された。だが、ブレンダは二日後に亡くなった。トレーラーが横転した際に負った傷が命取りになったのだ。

シエサルの損傷した死体は、廃鉱の穴の底で見つかった。警察は、荷台車の残骸とバラバラになった家具の下に埋もれていた箱を発見した。その中には、二人の弟たちの骨と何百ものミンクの頭蓋骨が収められていた。

お婆の身柄は拘束され、独居房に入れられている。捜査は検察に引き継がれた。

プリムスは、姉の屋敷の外で逮捕された。

犯行現場の検証は現在も進行中だ。長い年月のあいだにミンク飼育場で亡くなった、もしくは殺された女性の正確な人数は、まだ確定されていない。火葬された者もいれば、埋められた者もいる。ゴミ袋に入れられて、未知の場所に遺棄された者もいる。

ヨーナは検査とリハビリを受け、包帯を交換する以外のほとんどの時間を、検察官との面会に費やしている。

ヴァレリアは航空券を取りなおし、帰路についた。ヨーナの身を案ずるあまり、電話口で泣き出したほどだった。

エリック・マリア・バルクは、昨日見舞いに来た。肩はほとんど元通り動くようになっている。執筆中の書籍について語るエリックは、このうえなく上機嫌だった。〈鏡の男〉に関する古い症例研究を基に、新たな章を書き加えようと考えているのだ。

ヨーナは黒のスウェットパンツを穿き、前面に〈近衛騎兵連隊〉とプリントされている色褪せたTシャツを着ている。理学療法士の指導のもと、負傷した上半身の筋力を取り戻すためのトレーニングを受けてきたところだ。

　足を引きずるようにして廊下を歩きながら、発見された二人の少年の骨と、彼らが埋葬も火葬もされていなかったという事実に思いを馳《は》せる。腐敗過程について、ノーレンに質問しなければ。どこかの時点では埋葬されていたのだろうか。あるいはミンクの頭蓋骨同様、煮沸することで肉を取り除いたのだろうか。

　ヨーナは自室に戻ると、トレーニングメニューのプリントをベッドの上に置き、窓際へと移動する。窓枠にミネラルウォーターの瓶を下ろし、外を眺める。

　雲の背後から太陽が顔を覗かせ、ガラス瓶を照らす。ヨーナの手と拳の傷に巻かれた医療用テープが、濃淡のあるまだらな光に染まる。

　ノックが聞こえてふり返ると、パメラが松葉杖をつきながら入ってくるところだった。緑のカーディガンを着て、チェック柄のスカートを穿いている。そして巻き毛は、ポニーテールにまとめられていた。

「前回来たとき、あなたは寝てたので」と彼女は言う。

　松葉杖を壁に立てかけてから、跳ねるようにして近づいてくると、ヨーナを抱きしめる。そして何歩か後退してから、真剣な眼差しで見つめる。

「ヨーナ、ほんとうになんて言ったらいいか……あなたのしてくれたことは……」

　そこでパメラは声を詰まらせてうつむく。

「もっと早く、手がかりをつなぎ合わせられたらよかったのですが」とヨーナは言う。

パメラは咳払いをし、顔を上げる。

「最初に気づいたのはあなただった。わたしが今、こうして人生を取り戻せたのはあなたのおかげよ……それだけじゃなくて、想像もできなかったほどのものを取り返してくれたの」

「すべてが丸く収まるということも、ときにはあるんですね」ヨーナはほほえむ。

パメラはうなずき、戸口をふり返る。

「さあ、こっちに来てヨーナに挨拶して」と廊下のほうに呼びかける。

アリスがおずおずと足を踏み入れる。その目には警戒心が浮かんでいるが、頬は紅潮している。ジーンズとデニムジャケットという姿だ。下ろした髪の毛が、肩にかかっている。

「こんにちは」彼女はそう言うと、扉から一メートルほどのところで立ち止まる。

「トレーラーの中では助けてくれてありがとう」とヨーナが話しかける。

「夢中でやっただけ――あれしかできなかったから」とアリスは言う。

「でも、すごく勇気のある行動だった」

「違うの……すごく長いあいだ閉じ込められてたから、わたし、もうだれも探しに来ないってあきらめはじめてた」そう話し、母親を見やる。

「二人とも、調子はどうですか？」ヨーナが訊く。

「実は、上々」とパメラが答える。「二人とも痣とか包帯、それに縫い傷だらけだし……アリスは肺炎に罹《かか》ってた。でも抗生剤のおかげで今では熱も下がったし」

「よかった」

パメラは再び戸口を見やり、アリスと目を合わせる。そして、

「ミアは来たくないって？」と小声で尋ねる。

「わからない」とアリスは答える。

「ミア？」とパメラが呼びかける。

ミアが姿を現し、アリスの手を握りしめてからヨーナに歩み寄る。青とピンクに染められた髪が、軽く頬にかかっている。赤いリップを塗り、眉を描き足し、迷彩柄のタンクトップと黒のズボンという姿だ。

「ミアです」そう言い、片手を差し出す。

「ヨーナです」そう応えながら握手をする。「きみを見つけるために、この何週間か必死だったんだよ……」

「あきらめないでくれてありがとう」

ミアの言葉はそこで途切れ、涙がこみ上げてくる。

「調子はどう？」とヨーナが訊く。

「わたし？　運が良かった。無傷で出られたから」

「わたしたち、姉妹になるんです」アリスは、ヨーナにそう告げる。

ミアはうつむき、一人ほほえみを浮かべる。

「みんなで話し合って、ミアを養子に迎えることにしたの」とパメラが補足する。

「いまだに信じられないけど」ミアは囁き、少しのあいだ両手で顔を覆う。

パメラは椅子に腰を下ろし、負傷したほうの足を伸ばす。窓から射し込む陽光が、彼女の疲れた顔に当たり、髪の毛を銅のように輝かせる。

「手がかりをつなぎ合わせるって話をしてたけど」パメラはそう言い、深く息をつく。「たしかに、わたしも今では全体像が見えてる。それでも、マルティンがあんなことをしたなんて信じられない。筋がとおらないもの。あの人のことはよく知ってる、というか知ってたから。善良な人だった」

「わかる。わたしもおんなじ」アリスはそう言い、片手を壁につく。「最初のうちは、逃がしてくれって必死になってシエサルに頼んだの。マルティンって呼んでみたし、ママのことを話したり、ほかの思い出のことを話したりもした。でもぜんぜん反応がなかった。わたしがなんの話をしてるのか、まったくわからないってかんじだった……それでしばらくすると、シエサルはたまたまマルティンにそっくりなだけなんだ、って考えるようになった。ほんとうは別の人なんだって……わけがわからなかった」

ヨーナは髪の毛をかき上げながら、眉を寄せる。

「その点については、エリック・マリア・バルクとも話しました。マルティンとシエサルは肉体を共有していたわけですが、純粋に精神面だけを見れば、二人は別々の人間だった。おそらく、私たちはその事実を受け入れなければならないんだと思います」とヨーナは話す。「マルティンのほうは、シエサルに関しては存在していることすら知らなかったはずです。無意識下では、シエサルと闘いを繰り広げていたとしても……一方でシエサルは、マルティンのことをわかっていた。マルティンを憎み、彼の存在を否定しようとした」

「ほんとうにそうなのかしら？」パメラはそう尋ねる。涙の粒がいくつか頬を伝い下りる。

「そう考えるほか、説明がつかないと思います」

「わたしたちは生き延びた。重要なのはそのことね」パメラが言う。

「ママ、外で待っててもいい？」とアリスが尋ねる。

「そろそろ行きましょう」パメラはそう言い、立ち上がる。

「ゆっくりしてていいよ。外の空気を吸いたいだけだから」とアリスは言いながら、杖を手渡す。

「またあとで話しましょう」とヨーナが言う。

「電話します」とパメラは応える。「でも一つだけ教えて。裁判のことでなにか知ってれば」

「はじまるのは八月半ばになりそうです。検察官は、非公開での裁判を申請しています」とヨーナは説明する。

「よかった」

「ジャーナリストも一般の傍聴もなし。直接の関係者──被害者と目撃者だけで進められます」

「わたしたちのこと？」とミアが尋ねる。

「そのとおり」とヨーナがうなずく。

「お婆も来る？」そう尋ねるアリスの頬は、色を失う。

九八

ストックホルム地方裁判所内にある警備法廷の扉は閉ざされている。ほとんど無人の傍聴席を防弾ガラスが取り囲み、その表面に反射する人工の照明がまばゆく目を射る。

法廷の正面中央に位置する淡い色の木製デスクには裁判官がつき、その傍らに三人の裁判員と書記官が並んでいる。

検察官は、歩行器を使う五十代の女性だ。その顔は左右対称で、深緑色の大きな目をしている。明るい色のスーツを身に着け、金髪にはピンク色のヘアクリップが留められている。

ぶかぶかの囚人服を着ているお婆は、座ったまま微動だにしない。両目を包帯で覆われ、右腕にはギプスがある。唇に刻まれた無数の深い皺のために、固く閉ざされた口元は、まるで縫い合わされているように見えた。

お婆とシエサルの個人情報は、どこにも登録されていなかった。本名を名乗ることを拒絶したため、裁判の過程において彼女は〈NN〉と呼ばれることになった。積み上げられた証拠の示すところによれば、息子同様彼女もまたヘーデモーラのミンク飼育場で生まれ、育てられていた。

主たる争点が検証されていくあいだ、被告人は、被告側弁護士とのやりとりを含めていっさいの発言を拒んだ。検察官が改めて被告人の供述を求めると、一部の事実については認めるものの、いかなる罪も犯していないとの被告の主張を、弁護士が伝えた。

証人尋問は、すでに二週間続いている。監禁されていた若い女性たちの多くは、苦しみながら自らの体験について供述した。うつむいたまま自分の身体を抱きかかえるようにして座っていた者もいれば、泣き出したり、全身を震わせながら口を閉ざした者もいた。

審理の最終日である今日は、ヨーナが出廷している。

検察官は、ゆっくりと証人席へと近づいていく。歩行器の車輪は、音もなく床を滑った。そしてフォルダーの中から写真を一枚取り出すが、手の震えが激しく、しばらく動作を止めなければならない。検察官は少し間をあけてから、ヤンヌ・リンドの写真を掲げる。行方不明になった当初、マスコミをとおして流布したものだ。

「ミンク飼育場の強制捜査にいたるまでの過程を、話していただけますか？」と彼女は質問する。

ヨーナが詳細にわたる証言をするあいだ、法廷は静まりかえり、ほとんど物音一つたたない。エアコンの音が低く鳴り、時折咳が響くばかりとなった。

お婆は、コンサートホールで音楽を聴いてでもいるかのように頭を傾けた。

女性たちの誘拐、監禁、そして虐待、レイプ、殺害においてお婆が果たした積極的な役割を強調し、ヨーナは証言を終えた。

「マルティンは、被害者をSNSで見つけてはストーキングしました……しかし、鬘《かつら》をかぶり、黒いレザージャケットを身に着け、トレーラーを運転したのは彼女です」と彼は説明する。

「被告は強要されて、そうした行為を実行に移したと思いますか?」検察官が尋ねる。「二人はお互いに強要し合っていたのだと思います……恐怖と破壊的な支配力との複雑な相互作用が働いたのではないでしょうか」

検察官は読書用眼鏡を外し、そのはずみにアイラインがわずかに乱れる。

「これまであきらかにしてきたとおり、虐待は長期間続きました――おそらくは何世代にもわたって」と彼女は言い、ヨーナを見つめる。「とはいえ、マルティンは二十四時間体制の看護を受けていました。にもかかわらず、犯行を続けられたのはなぜだったのでしょう?」

「マルティンは、自らの意志によって入院していました。司法精神医療の枠組みの中で治療を受けていたわけではないのです」とヨーナは答える。「つまり、おなじ病棟にいたほかの大部分の患者たち同様、いつでも望むときに退院や外出をすることが可能でした……そのことは親族や家族にも知らされません。患者の個人情報を守るためです」

「一つひとつの事件の日時と、病院に残されている退院記録を照合し、二つは合致していることが確認されました」検察官は、裁判官と裁判員に向かってそう補足する。

「マルティンはまた、オーキャラにある民営駐車場に未登録の車を駐めていました。強制捜査の際に、ミンク飼育場で発見されたプリムス・ヴァリアントとおなじ車両です」

ヨーナは、その後も二時間にわたって質問に答える。そして短い休憩を挟み、検察官は論告を終える。求刑は終身刑だった。

被告側弁護士は、特定の細部を取り上げて反論するということもなく、ただ被告の行動は善意に基づいており、いかなる不正行為にも手を染めていないと主張するにとどまった。

裁判官らが評議に入り、人びとは法廷から退出する。お婆は複数名の看守に伴われて立ち去る。ヨーナは検査ゲートをくぐり、パメラ、アリス、そしてミアとともに裁判所内のカフェテリアへと向かう。

そしてコーヒーやジュース、菓子パンやサンドイッチを購入し、食欲がなくても食べておくようううながす。

「待ち時間が長くなるかもしれないから」と補足する。

「なにか食べる？」とパメラが尋ねる。

アリスは首を振り、太腿で両手を挟む。

「いらない。ありがと」

「ミアは？」

「パンも？」

「わかった」とミアは応え、パメラから菓子パンを受け取る。

「アリスは？　ジュースだけでも」

アリスはうなずき、パメラからコップを受け取り、一口する。

「あの女が釈放されたらどうしよう」ミアはもごもごと言いながら、パンに付いている砂糖をつつく。

「そんなことにはならないさ」とヨーナは力づけようとする。

四人は口をつぐんだまま、アナウンスが鳴り響いては、ほかの裁判の関係者たちが立ち上がり、カフェテリアから出ていくのを眺め続ける。

パメラはサンドイッチをちびちびとかじりながら、コーヒーをすする。

やがて彼らも法廷に呼び戻され、判決の言い渡しに立ち会う順番が巡って来るが、アリスは立ち上がらない。

「わたしは無理。あの人の顔は二度と見たくない」と彼女は言う。


三週間後、ヨーナは、クロノベリ刑務所内にある女性囚専用棟の廊下を歩いている。ラミネートフローリングが、蛍光灯の冷たい光を浴びて氷のようにぎらぎらと光っている。壁面も幅木も扉も、すべてへこみと擦り傷だらけだ。青いゴム手袋をした看守が、汚れた洗濯物の入った袋をカートに放り込む。

スウェーデン法医学委員会の使っている面談室では、司法ソーシャルワーカー、心理学者、そして司法精神科医らがいつもの席につき、ヨーナの到着を待ち受けている。

「ようこそ」と精神科医が言う。

〈お婆〉として知られる高齢女性は、彼らの前に置かれた車椅子に拘束されている。頭に巻かれていた包帯は外され、灰色の毛髪が頰の横に張りなく垂れている。両目は閉ざされたままだ。

「シエサル？」と女が囁く。

看護師が落ち着かせるための言葉をかけ、その手をぽんぽんと叩く。

三週間前、裁判官らの評議が終わり、関係者たちが法廷へと呼び戻されたとき、アリスとパメラはカフェテリアに残った。ヨーナとともに戻ったミアは、彼の傍らに腰を下ろしたまま、評決に耳を傾けた。

すべての起訴事実について有罪が宣告されたときにも、被告の女はいかなる感情も表さなかった。

「控訴審もしくは量刑宣告の前に、被告は司法精神鑑定を受けるものとします」

以来、心理学者は、被告の一般的な知的能力と人格に関する鑑定作業を進めている。そして司法精神科医は、神経やホルモン、染色体にかかわる異常がないことを確認するための検査を重ねてきた。

目的は、犯罪に手を染めた際の被告に重篤《じゅうとく》な精神疾患がなかったかどうか、そして再び法を犯す可能性があるのかどうか、さらには、司法精神医療を受ける必要があるのかどうかの各点を評価することだ。

「シエサル？」と女は再び尋ねる。

精神科医はヨーナが席につくのを待ってから、口を開く。咳払いをすると、これまでどおり、この面談の目的について説明する。同席者全員の紹介が済むと、裁判に関するかぎり守秘義務を遵守する必要はないことを明確化する。これも規定の手順だった。

「シエサルがわたしのことを解放してくれれば、なにもかもうまくいくさ」お婆はもごもごと呟く。

それから力を込めて両腕を引き寄せようとし、車椅子の拘束具が軋む。やがて両手から血の気が引くころに、お婆はあきらめる。

「遊び場でヤンヌ・リンドを殺害した理由を教えてもらえますか？」心理学者が尋ねる。

「イスカリオテのユダ（イエスを裏切り、死に至らしめたとされる弟子。）は首を吊った。それが主の思し召しだ……」高齢の女は、おだやかにそう応える。

「ヤンヌは裏切り者だったという意味ですか？」

「若いフリーダは、まず森に逃げ込んだ。それで罠にかかったから……手を貸して家に戻り、手当をしてやった」

「どのように？」とヨーナが質問する。

お婆はそちらに顔を向け、目を細める。ヨーナから見えるのは、アクリルでできた白い仮の義眼だけだ。

「ノコギリで両足を切り落として、逃げる誘惑に二度と駆られないようにしてやったのさ……そうしたらあの子は心を入れ替えて、知り合いの電話番号をメモした紙切れがあると認めた……ヤンヌはそのことを知らないと言い張ったが、それは嘘だとわかっていた。だから、息子の電話番号を書いた紙切れと入れ替えたうえで、女の子たちを放置した……森の中に電話を隠しているのかどうかたしかめたかったし、主はなにもかもお見通しだということを思い知らせてやりたかった……」

あれほどの年月を監禁されて過ごしてきたあとで、ヤンヌ・リンドは突如、行動を起こしたのだ。お婆は度肝を抜かれたことだろう、とヨーナは頭の中で考える。警察組織の中に知り合いがいるというシエサルの嘘を信じたヤンヌは、フリーダの知り合いと連絡を取るほかないと考えた。メモを見つけた彼女は、一瞬たりとも躊躇しなかった。すぐに出発し、森の中を歩きはじめたのだ。

「ストックホルムに着いたヤンヌが、あなたの息子に電話をかけたことはわかってい

ます。そして、遊び場で彼女と合流する段取りを整えたのは彼だったということも
……なのに、なぜあなたはあそこにいたのですか？」ヨーナは尋ねる。

「あの子が逃げたのはわたしの責任だったから、そうする義務があったのさ」

「しかし、それでもシエサルはやって来た」とヨーナが言う。

「彼女が、罰を受けたことを見届けるためだけにね。しかもシエサルが望んだかたちで……世界中に恥を晒《さら》して死ぬという」

「遊び場でなにが起こったのか、話していただけますか？」心理学者が質問をする。

お婆は、光沢のある白い眼球をそちらに向ける。

「ヤンヌはあきらめた。ジャングルジムのところで待っていたのがわたしだとわかった瞬間にね……両親を罰するのだけは、やめてくれと懇願した」とお婆は話す。「あの子は磔の姿勢になって、首に輪をかけさせた。罰を受け入れる姿を見せれば、シエサルに許してもらえると考えたのさ。ところがシエサルの中には、あの子への愛など残っていなかった。それで、わたしがハンドルを回しはじめてもなにも言わなかった」

「あなた自身はヤンヌを許したのですか？」心理学者が尋ねる。

「あの子は脱出したことで、息子の心臓にナイフを突き刺した……出血を止める方法はなかった。息子は苦しんでいた。あの事件のあと、シエサルはこらえ性がなくなっ

た。女の子たちを全員、檻の中に閉じ込めた。それでも気持ちはおさまらなかった。もうだれのことも信用できなくなっていた」

「それであなた自身は、そうしたことすべての中でどういう役割を果たしたのですか?」

お婆は笑みを浮かべ、前のめりになる。髪が顔にかかり、灰色の毛のあいだから細く白い目が覗いた。

「ヤンヌ・リンドが逃げ出した理由はわかりますか?」返答がないことを確認した心理学者が、重ねて尋ねる。

「いいや」お婆は再び顔を上げて、そう言う。

「とはいえ、女性たちがだれ一人、望んで飼育場に来たわけではなかったことは、ご存じですよね?」

「まずは身をゆだねなければならない……しあわせはあとからやって来る」

心理学者はノートを取り、ハンドブックを手早く繰っていく。お婆は口を閉ざし、唇周辺の皺が深まる。

「あなたは、自分には精神疾患があると考えていますか?」心理学者が尋ねる。

お婆は応えない。

「シエサルには重い精神疾患があったことを、ご存じですか?」

「主が礎石をお選びになるとき、許可を求めることはない」お婆はそう言い、心理学者のほうに向かって唾を吐きかける。

「休憩にしましょう」と看護師が言う。

「シエサルがマルティン・ノルドストレームのことを話したことはありますか？」ヨーナがそう尋ねる。

「その名を口にするな」お婆は声を張り上げ、拘束具を引っぱる。

「なぜですか？」

「黒幕はあいつなのか？」お婆は声を張り上げる。「あいつが、なにもかもめちゃくちゃにしようとしてるのか？」

お婆はすさまじい力で拘束具を引き、車椅子の車輪が軋む。

「どうしてそう思うのですか？」

「あいつはいつでも息子を憎んでた。どこに行くのにも尾け回してた」とお婆が叫ぶ。

「あいつは嫉妬に狂った糞野郎だ……」

咆吼とともに、お婆は片手を引き抜く。裂けた皮膚から血が噴き出る。

看護師は手早く注射器を薬剤で充たし、針を装着する。

お婆は浅い呼吸の合間にうなる。手の甲を伝う血液を吸い、もう片方の手を引き抜こうと力を込める。

「シエサルかい？」と声を嗄《か》らしながら叫ぶ。「シエサル！」

エピローグ

ヴァレリアとヨーナは、狭いキッチンの中にある食卓で、ハンバーガーを食べている。クリームソースをかけたゆでジャガイモ、キュウリのピクルス、そしてコケモモのジャムが付け合わせだ。古い鋳鉄製のストーヴの中で炎がパチパチと音をたて、震える星のようにも見える光を白い壁に投げかけている。

ヴァレリアがブラジルから帰国して以来、ヨーナはここで生活をともにしている。以前となにひとつ変わっていない。冷蔵庫の戸に貼られている、生まれたばかりの女の子の写真が増えたくらいだ。

裁判は月曜日に終わった。お婆は精神科の医療を受けることとされ、退院審査における特別な条件とともに、セーテルの三十号病棟に収容された。

視覚を失ったこの高齢女性はきわめて暴力的で、ほかの患者から隔離された。床にボルトで固定された拘束ベッドに移されたのだ。目覚めているあいだはシエサルの名を叫び、地下室から出してくれと訴えた。

食事を続けながら、ヨーナは捜査の話をする。ヴァレリアが留守のあいだ、持てる時間のほとんどを注ぎ込んだ事件について。最初に発覚した殺害事件から、鉱山でのシエサルの死にいたるまでをあまさずに語った。不可解に見えたパズルのピースが、やがて収まるべきところに収まっていくようすを描き出して見せたのだ。

「信じられない」ヨーナの話が終わると、ヴァレリアはそう漏らす。

「つまり、彼は潔白であると同時に有罪だったというわけなんだ」

「言ってることはわかるし、証拠をつなぎ合わせたらそうなるってことも理解できる……筋はとおっているけど、マルティンとシエサルが一つの肉体の中にいた、っていう事実を呑み込むのは難しい」

「きみは、解離性同一性障害とか多重人格とかは信じないほう?」

「正直言って、わからない」そう言いながらヨーナにほほえみかけると、顎に皺が現れる。

「すべての背景として、シエサルは自宅で生まれ、出生届を出されなかったということがある。だから、だれも彼の存在を知らなかったし、どんな目に遭ってきたのかもわからないんだ……シエサルは生まれてからずっと、厳格で容赦なく懲罰をくわえる父親と、おおぜいの息子をもうけて地上をみたすという強迫観念の両方に支配されてきた」とヨーナは説明する。

「でも、母親のほうもただ黙って見てたわけではないでしょう」

「シエサルは八歳にもならないころに、父親とほかの家族全員を殺す母親に手を貸したんだ……その瞬間から、神に選ばれし者として父の使命を受け継ぎ、息子を十二人もうけるのが彼の義務となった。母親は息子にそう言い聞かせた」

「どうしたらそんなことができたのかしら」

「ミンクの頭蓋骨の内側に、息子が選ばれし者であるという証拠を見つけたんだ……堅信礼のガウンを着て、磔にされたキリストとおなじ姿勢で立つ息子の姿が、そこに刻印されていると思い込んだ」

「凍結烙印ね」ヴァレリアは囁く。「今になって鳥肌が立ってきた……」

「二人とも、その印にしがみついた。彼らにとっては真実だったし、真実でなければならなかった……しかもすべては聖書に書かれていたわけで」とヨーナは続ける。

ヴァレリアは立ち上がるとストーヴに薪を入れ、空気を吹き込んでから蓋を閉じる。

そして、コーヒーポットに水を充たす。

「よく考えるのだけど、父権的な宗教っていうのはいつでも、女性にとってはあんまりすばらしいものではなかったわね」

「そうだね」

「それでも、神に選ばれたと思い込むことと、連続殺人鬼になることのあいだには、かなり大きな飛躍があるでしょう」ヴァレリアはそう話し、再び腰を下ろす。

ヨーナは、最初に監禁された女性のことを話す。彼女が妊娠し、自殺したこと、そしてシエサルがセーテルの隔離病棟にいた時期のことを。グスタフ・フィエル医師の仮説に基づき、シエサルの人格は二つに分裂したのだと説明する。そうすることでしか、弟たちを愛した少年と、その弟たちを殺す手助けをした子ども、二人ともを守ることはできなかったのだと――地下室に女性を監禁するのは間違いだとわかっていた若者と、すすんで彼女たちを食い物にした少年とを。

シエサルの抱いていた、族長としての誇大妄想的な自己イメージは、その耐えがたいトラウマから逃れるためのしかけだった。

だが、パメラと義理の娘であるアリスと三人で送ったしあわせな生活は、その心理的なしかけを常に脅かすものとなった。

「シエサルはマルティンを憎むようになった」

「なぜならマルティンは、自分とは正反対の人間――やさしくて現代的な考え方の持ち主だったからね」とヴァレリアが言う。

「しかもグスタフ・フィエルが受け入れ、新しい人生を与えた相手は、マルティンのほうだった」

「そうね」ヴァレリアは、椅子の背もたれに身体を預けながら言う。

「隔離病棟に火を点けたのはシエサルだったに違いないというのが、われわれ警察の見たてなんだ。医師を殺し、マルティンにつながる情報をすべて消し去ろうとしたんだね」

「そうすれば、真実を知るのは自分だけになるから?」

「そういうことだろうね……でも不思議なことに、結局はマルティンも闘いに巻き込まれていた……シエサルは闘いを意識していたけど、マルティンにとっては無意識下での闘いだった。それは、釣りに出かけている最中に、シエサルがアリスを拉致し、彼女の身柄を母親に受け渡したときの出来事によく現れている。事件直後に氷を踏み抜いたマルティンの反応は、自分でもそうと気づかないうちに、シエサルを溺死させようとしてやったことだったんだ」

「でもうまくいかなかった」とヴァレリアが囁く。

「マルティンは救出された。でも、腹違いの二人の弟たちに監視されているという妄想性障害に苦しめられることになった……確証はないけど、二十四時間体制の医療を受けることにしたのは、シエサルを監禁しようという試みだったのかもしれない」

ヨーナは立ち上がり、天井から吊された照明に頭を打ちつける。コーヒーを二つのカップに注ぎ、それを持って食卓に戻る。

「でも、人は自分を騙すことなんてできない」

「そうだね。必ず摩擦が生じる」ヨーナはそう言いながら腰を下ろす。「シエサルは、出たいときに病院を出られるという状況を作り上げた。つまり、これまでどおりやっていけるようにしたんだ。もしヤンヌ・リンドが脱出しなければ、そのまま何年間もおなじ状況が続いていたことだろう。足をすくわれたシエサルは怒り狂い、凄惨な懲罰を思い描くようになった」

「それで、プリムスを引き入れようとしたのね」ヴァレリアはうなずきながら、コーヒーに息を吹きかける。

「預言者が隠していた携帯電話を使って、プリムスに電話をかけた。興味深いのは、シエサルが電話をかけたときには、マルティンもまた病棟内にいたってこと。それにもかかわらず、マルティンは自分の声を認識できなかった。なぜなら、それはシエサルの声だったから……自分の中のシエサルという存在は、認識できない仕組みになっていたんだね」とヨーナは続ける。「マルティンに聞こえたのは、殺人に巻き込まれまいとするプリムスの言葉だけだった」

三日間をかけてはるばるストックホルムまでたどり着いたヤンヌは、セブンイレブンの電話を借りて、遊び場での待ち合わせの段取りを付けたのだった。ヨーナはその事実に思いを馳せる。

「でも病棟の外では、マルティンもシエサルもおなじ携帯電話を使っていたんでしょう？」とヴァレリアが訊く。

「家にいるときのマルティンは、パメラといっしょだった。でも、母親から電話がかかってきたときに応答するのは、シエサルのほうだった」とヨーナは応える。「夜も遅くなってから、犬を散歩に連れ出そうとしたのはなぜなのか、マルティンにはわからなかったと思う。でも遊び場に着くと、再びシエサルに身体を奪われた……監視カメラの映像で見たのは、衝撃に凍りついている目撃者の姿ではなかった――安全な位置から、処刑がきちんと実行に移されたことを確認するシエサルだったというわけさ」

「ということは、いつでもシエサルが勝利をおさめていたということ？」

「実は、そうとも言えない……マルティンは、無意識下でシエサルとの闘いを繰り広げていた。あの晩に見たことを絵に描いたし、シエサルの正体を明かそうとすすんで催眠術を受けもした。しかも、地下鉄の駅にマルティンを突き落としたのは、シエサルではなかったと僕は考えている。そうではなくて、マルティンのほうがシエサルを殺そうとしたんだろうってね」

「自分でも気づかないままに」

「こう言ってしまっては単純化し過ぎだけど、トレーラーが穴の縁でぐらついていたとき、マルティンはわれに返ったと言えるんじゃないかな」とヨーナが言う。「自分とシエサルは同一人物だと気づき、自分のしてきたことを理解した。それで、シエサルの所業を止めるために、はっきりと意識しながら自分の身を犠牲にしたんだ」

ヨーナは、サーガのいる特別室に通される。そして肘掛け椅子の一つに腰を下ろすと、窓の外に広がる剝きだしの岩石と荒れた海面を眺める。

「もう秋の空気が感じられるね」とヨーナは言い、サーガに顔を向ける。

銀灰色の毛布にくるまったサーガの膝の上には、ノーテリエの公共図書館から借り出された一冊の本がある。

ヨーナは、これまで捜査にかかわった中でも、最も不思議な事件がどのように解決したのか、話して聞かせる。

サーガが質問を発することはない。だが彼女は、あきらかに耳を傾けていた。どのようにして無数の細部が鏡のように互いを映し出し、やがては答えを形づくっていったのか、という話に。

シエサルは、自分がセーテルで去勢されていたことを知らなかった。だが、族長としての自己イメージを現実のものにできないという事実が、女性たちを支配し、自らの性的なエネルギーを彼女たちの上に行使したいという動機を徐々に形成していったのだろう。ヨーナはそう説明する。

やがて辞去するためにヨーナが立ち上がると、サーガは膝の上の小説を持ち上げる。それは、ジョウゼフ・コンラッドの『ロード・ジム』だった。サーガは本を開き、中に入っていた絵葉書を取り出すと、ヨーナに手渡す。それは、栞《しおり》のようにページのあいだに挟まっていたものだった。

それは一八九八年と記された白黒写真で、コレラで亡くなった人びとを埋葬した古い墓地が写っている。

ヨーナはそれをひっくり返し、裏側に黒いフェルトペンで書かれた文章を読む。

私は血のように赤いマカロフ拳銃を持っている。弾倉には白い弾丸が九発。一発はヨーナ・リンナのために。彼を救えるのはきみしかいない。

アルトゥル・K・イェーヴェル

ヨーナは絵葉書をサーガに返す。彼女はそれを本の中に戻してから顔を上げ、ヨーナの目を見つめる。

「署名はアナグラムになってる」と彼女が言う。

著者からのメモ

『鏡の男』は娯楽小説です。しかし犯罪小説はまた、人間や、われわれが生きているこの世界について考える契機にもなり得ます。

ほかの多くの小説家たち同様、私たちは世界中に存在するある特定の問題を取り上げ、それをある限定された状況――解決策を導き出せるように構築された世界――の中に置きました。とはいえ、このことがすなわち、私たちが現実から目をそむけているということを意味しているわけではありません。

表に出ていない数字は膨大なものになると思われますが、国連とWHOの調べによると、世界中で十億人以上の女性が性暴力に晒されています。四千万人以上の女性が売春にかかわり、五千万人の女性が奴隷として生きることを強いられ、七億五千万人の女性が十八歳の誕生日を迎える前に結婚しています。毎年八万七千人の女性が殺され、その半数が自身のパートナー、もしくは家族の手によって命を奪われています。

訳者あとがき

ある雨の晩、公園の遊具に吊された死体が発見される。まもなく、被害者は五年前に拉致され、とうに命を失ったと考えられていた少女だったことが判明する。だが、犯行を目撃したとおぼしきたった一人の男には重い精神障害があり、なかなか記憶を蘇らせられない。そして、これは果ての見えない連続殺人のほんの一端に過ぎないことが、次第にあきらかになっていく。

一方に、精神の病を抱えた夫を支えながら、どうにか毎日を生き抜こうと力を尽くしている女性がいる。そしてそこから離れた別の場所には、各地で誘拐された少女たちと、彼女たちを〝飼育〟している者たちがいる。この二つの線がどのように交錯するのか、そして少女たちはいったい何のために監禁されているのか。例によって、上層部の無理解に阻まれながらも、粘り強く謎を解き明かしていくのが、本シリーズの主人公ヨーナ・リンナである（とはいえ、基本的に組織人でしかないその上司たちが、意外と素直に誤りを認めたり、行動を正したりするところが、どことなく親しみを感じさせるし、結果としてうらやましい社会のようにも感じられたり)。

そしてこれもまた例によって、ラストにはケプレルらしいアクロバティックなどんでん返しが待っているというわけだ。詳細には触れられないが、今の時代にこれをやる胆力には感服させられる。もちろん、膨大なディテイルを詰め込むことで時代との距離を調整し、仕掛けの説得力を高める努力も怠ってはいない。また、凄惨な描写を求める向きにもきちんと応えつつ、現代社会の抱える深刻な問題について考える契機たらんとしてもいるところはとにかく抜け目がない。

ところで、このシリーズも今作で完結するのかと思いきやその気配はいっさいなく、ヨーナの冒険は続くようだ。そこで一つだけ、宿敵との対決を経て、いわば平常運転に戻った(はずの)ヨーナを追う本作では、いろんなひどいことが起こりはするものの、ある意味で安心して先を読み進められる、ということだけは伝えておきたい。

【注意:以下物語の展開に触れます】

なお、ラストに登場するアナグラムだが、「アルトゥル・K・イェーヴェル=Artur K Jewel」の文字を入れ変えると、「Jurek Walter =ユレック・ヴァルテル」となる。言うまでもなく、前作で退場したはずの、宿敵の名である。

◉訳者紹介
品川 亮（しながわ・りょう）
月刊誌『STUDIO VOICE』元編集長、現在フリーランスとして執筆・翻訳・編集を手がける。著書に『366日 文学の名言』（共著）、『366日映画の名言』（共に三才ブックス）、『美しい喫茶店の写真集』（パイインターナショナル）、『〈帰国子女〉という日本人』（彩流社）など、訳書に『墓から蘇った男』（扶桑社）、『アントピア』（共和国）、『スティーグ・ラーソン最後の事件』（共訳）、『アウシュヴィッツを描いた少年』（共にハーパーコリンズ・ジャパン）がある。

翻訳協力：下倉亮一

鏡の男（下）

発行日　2023年2月10日　初版第1刷発行

著　者　ラーシュ・ケプレル
訳　者　品川 亮

発行者　小池英彦
発行所　株式会社 扶桑社
〒105-8070
東京都港区芝浦1-1-1 浜松町ビルディング
電話　03-6368-8870（編集）
03-6368-8891（郵便室）
www.fusosha.co.jp

DTP制作　アーティザンカンパニー 株式会社
印刷・製本　図書印刷株式会社

定価はカバーに表示してあります。
造本には十分注意しておりますが、落丁・乱丁（本のページの抜け落ちや順序の間違い）の場合は、小社郵便室宛にお送りください。送料は小社負担でお取り替えいたします（古書店で購入したものについては、お取り替えできません）。なお、本書のコピー、スキャン、デジタル化等の無断複製は著作権法上での例外を除き禁じられています。本書を代行業者等の第三者に依頼してスキャンやデジタル化することは、たとえ個人や家庭内での利用でも著作権法違反です。

Japanese edition © Ryo Shinagawa, Fusosha Publishing Inc. 2023
Printed in Japan
ISBN 978-4-594-09229-0 C0197